Bettina Elpers

SECHS WOCHEN IM HERBST

Für Geti

die Powerfrau unter
den Sozialpädagogin-
nen

♡ Bettina
November 2018

BETTINA ELPERS

wurde 1969 in Frankfurt am Main geboren und lebt im Hintertaunus. Von Haus aus Mittelalter-Historikerin, arbeitete sie als Sprachtrainerin, Dozentin, Lehrerin und in der Personalberatung. Die Begeisterung für Pferde begleitet sie schon lange. Sie reitet seit ihrem zwölften Lebensjahr und hält seit zwanzig Jahren ein eigenes Pony. »Sechs Wochen im Herbst« ist ihr Debütroman.

Bettina Elpers

SECHS WOCHEN IM HERBST

Roman

Ulrike **HELMER** Verlag

Für Mister O.

*Mein Dank geht an alle Zwei- und Vierbeiner,
die mich inspiriert, kritisiert und unterstützt haben.*

Erste Woche

Katta

Am Tag nach dem Sturm rüttelte der Wind immer noch an den Fensterläden. Katta erhob sich früh, schlüpfte in Reithose, Shirt und Pullover und verließ das Schlafzimmer, das sie seit der gestrigen Nacht mit niemandem mehr teilte. Sie stieg die Treppe hinab und warf einen Blick in alle Zimmer. Nirgendwo eine Spur von Rolf Jagoda, keine liegengelassenen Socken, kein Rasierapparat, keine Zahnbürste, kein Buch, kein Foto, noch nicht einmal eine alte Sportzeitung oder ein Kaugummipapier.

Einem Mann, der so wenig Spuren hinterließ, brauchte man wohl nicht nachzutrauern.

In der Wohnküche stellte sie Wasser auf und sah wartend aus dem Fenster. Rolf hatte diesen Ausblick geliebt. Wiesen und Felder, durch die sich der Krebsbach ins Tal schlängelte. Vor allem aber die Schafherde, die unterhalb des Hauses weidete. »Immer wenn ich diese Schafe sehe, habe ich das Gefühl, es ist in Ordnung.« Das hatte er jedes Mal gesagt, wenn er hinaussah. Was, hatte sie anfangs gefragt. »Nun ja, alles«, war seine Antwort.

Rolf war kein Mann großer Worte. Der einzige Tierarzt am Ort. Arbeitete viel. Unglücklich verheiratet.

Wer war das nicht.

Der Kessel stieß einen gellenden Pfiff aus. Katta goss das kochende Wasser in die Kanne und sah zu, wie die hellbraunen Blätter durcheinanderwirbelten, bevor sie auf den weißen Porzellanboden sanken. Sie hatte diesen Tick, Tee immer frisch aufzugießen. Rolf hatte sie damit aufgezogen, er, der nicht einmal die Sorten unterscheiden konnte, geschweige denn einen guten von einem schlechten Tee. Er müsse lediglich heiß und süß sein, mit einer Unmenge an Milch darin. Da Rolf sie kalt hineingab, war der Tee dann allerdings nicht mehr heiß, aber das war nur einer von seinen Widersprüchen, die sie nicht hatte lösen können. Sie goss den Tee in eine zweite Kanne ab, schenkte sich eine Tasse ein und führte sie an die Lippen, um sachte in den Dampf hineinzupusten.

Wenn auch nicht im Haus, aber wer weiß, vielleicht hatte dieser Mann auf andere Weise Spuren bei ihr hinterlassen?

Es dämmerte eben erst, als Katta an ihrem vor der Garage geparkten nachtschwarzen Geländewagen vorbei in Richtung Dorf ging. Der Weg war übersät von abgerissenen Ästen und Zweigen. Zum ersten Mal in diesem Jahr trug sie gefütterte Reitstiefel und ihre alte Daunenjacke. Ihr Atem bildete kleine Hauchwölkchen in der kalten Herbstluft. Drei Boxen waren auszumisten, drei Pferde zu bewegen. Sie zwang die Mundwinkel nach oben. Angeblich sollte die gute Laune sich dann von selbst einstellen. Sie wartete und ließ die Mundwinkel wieder fallen.

Rolf war also endgültig passé. Eine Affäre mit einem verheirateten Mann war eigentlich auch nicht ihr Stil, all das Verlogene, Geheime, Verschwiegene und Verborgene. Vorbei, vorbei, nie mehr Heimlichtuerei! Hey, das reimte sich …

Sie begann ihren kleinen Reim leise vor sich hin zu singen.

Beziehungen zu beenden, Männer zu verlassen, das war eher Alltag als Ausnahme seit ihrer Scheidung vor sieben Jahren, ihrer katastrophalen Scheidung. Meist war sie mit einem Mann nicht über zwei oder drei Monate hinausgekommen, wenn überhaupt, bevor sich diese gewisse Gereiztheit einstellte und am Ende nur noch Erleichterung, ihn los zu sein, kein Kummer. Bei Rolf waren es fast zwei Jahre gewesen. Fast zwei Jahre, das war lange. Sie spürte Erleichterung und fast keinen Kummer. Ihr Trällern verstummte. Wie viele Männer hatte es in ihrem Leben schon gegeben? Wie viele waren es? Neun? Zehn? Sie zählte sie an den Fingern ab. Ihre Mundwinkel sanken. Wenn sie den Jungen in der siebten Klasse mitzählte, waren es dreizehn. »Du meine Güte!«, entfuhr es ihr. Zwischen ihren noch zum Zählen erhobenen Fingern sah sie direkt in die Augen einer Frau, die versteckt zwischen den Bäumen stand und sich nun, da sie bemerkt worden war, hastig zurückzog, ohne zu grüßen. Riesengroße Augen und ein Leib, der dick und unförmig wirkte im Vergleich zu dem schmalen, halb unter einer Kapuze verborgenen Gesicht.

»Du meine Güte«, murmelte Katta noch einmal, während sie über einen großen Kiefernast stieg. Natürlich, da sie auf dem Grundstück von Jan stand, musste dies wohl seine Frau sein. Frisch verheiratet und erst vor Kurzem mit ihm hergezogen. Denn: Jan war wieder zurück. Jan Mortau war zurück, die Nummer sechs, und auch die Nummer zwei, den Jungen in der siebten Klasse mitgezählt, und eigentlich auch Nummer vier. Jan schien doppelt und dreifach zu zählen. Jan, verdammter Jan. Ihr Exmann, ihre verrückte Jugendliebe, ihr bester Kumpel für schräge Abenteuer, er war einmal alles für sie gewesen. Vorbei, auch dies vorbei. Sie hatte ihn vergessen in sieben langen Jahren. Es hatte geholfen, dass er weggezogen war, in den Norden, angeblich nach Hamburg.

Nun war er also zurückgekommen und wieder verheiratet.

Sie würde sich bemühen, nicht daran zu denken, den ganzen Tag lang und den nächsten Tag und den übernächsten. Sie war gut darin, sie würde das schaffen. Mit einiger Mühe steckte sie sich zwischen zwei Windböen die erste Zigarette des Tages an und beschleunigte ihre Schritte. Katarina Ann Eva Wolff, von jedermann Katta genannt, neununddreißig Jahre alt, Herausgeberin einer Pferdezeitschrift, Besitzerin dreier Pferde, finanziell unabhängig, allein und frei. Ein eisiger Wind zerrte den Bäumen die Blätter von den Ästen, als eine einzelne Träne warm über ihr Gesicht lief. Katta wischte sie weg und kickte mit ihren Stiefeln in einen Laubhaufen, dass die Blätter aufstoben.

Beim Stall angekommen, stellte sie missvergnügt fest, dass sie trotz der frühen Stunde nicht die Erste war. Um diese Zeit war sie normalerweise allein, und heute wäre sie es wirklich gerne gewesen. Doch da stand die alte Irene, mistete mit langsamen, arthritischen Bewegungen Stuarts Box aus, während sie ihr zotteliges, unerzogenes Pony in einem fort und völlig wirkungslos ermahnte, nicht am Griff der Mistkarre herumzuknabbern. Irene war in Kattas Augen irgendetwas zwischen fünfundsiebzig und hundert Jahren alt, ritt seit Ewigkeiten nicht mehr, wenn sie es denn je getan hatte. Dafür redete sie mit dem Pony, wenn sie es stundenlang auf dem Hof herumführte, und erklärte ihm mit leicht erhobener Stimme, warum es Dinge nicht tun durfte, die Ponys nicht tun durften. Irene gehörte definitiv zu den Einstellern auf dem Hof, denen Katta wohlweislich aus dem Weg ging.

Sie steckte sich eine Zigarette an und wollte schon unauffällig vorbeigehen, als ihr einfiel, dass Irene im Dorf wohnte. Vielleicht wusste sie mehr über die Frau, die sich in Jans Gebüschen versteckt hielt? Da sie noch nie mit der alten Frau gesprochen hatte, wusste sie nicht so recht, wie sie anfangen sollte. Da kam Stuart ihr zupass, indem er endlich die Mistkarre umkippte.

»Brauchst du Hilfe?«, rief sie Irene zu, die sie wohl eben erst bemerkt hatte, ignorierte deren Erstaunen und brachte mit ein paar schnellen Handgriffen die Sache wieder in Ordnung. Ganz nebenbei fragte Katta schließlich nach dem merkwürdigen Wesen oben im Wald. »Sie ist nicht sehr attraktiv, oder? Irgendwie unförmig. Ich meine, hat sie etwas?« Dabei fuhr sie sich vielsagend mit der Hand an die Stirn.

Irene sah sie verwundert an: »Sie ist eine ausgesprochene Schönheit, Katta. Die Frau ist nur schwanger.« Und nach einem weiteren langen Blick fügte sie hinzu: »Aber du hast sie doch schon gesehen! Auf der Party, auf der Party von Rolf!«

»Du meine Güte!«, platzte Katta heraus.

Sie hatte das Gefühl, wenn sie das heute noch einmal sagte, würde sie sich selbst ohrfeigen.

Maria

Maria Mortau hatte sich bei ihrem schnellen Rückzug durch die Tannen an der Hand verletzt. Dabei hatte sie die Frau gespannt erwartet und war trotzdem erschrocken, als sie an ihr vorüberging, mit diesen seltsam aufgefächerten Fingern, und dann hatten sie sich in die Augen gesehen, hatten im wahren Sinne des Wortes einen Augen-Blick ausgetauscht. Das wäre lustig, wenn sie jemandem davon erzählen könnte! Maria betrachtete den Kratzer, der sich vom kleinen Finger über den Handballen schräg nach unten zum Handgelenk zog. Sie versuchte das heruntertropfende Blut abzulecken, aber es kam zu viel.

Oder hatte die andere sie gar nicht wahrgenommen?

Konnte man in die Augen eines Menschen blicken, ohne dass er es bemerkte? Das war eher unwahrscheinlich, oder?

Schließlich fand sie in ihrer Tasche noch ein sauberes Taschentuch und wickelte es um die Hand, die nun auch wehtat. Wie sollte sie ihr das jemals erklären können? Entschuldigen Sie, ich war am Gärtnern, im Herbst ist ja immer so viel zu tun im Garten. Sie könnte sich über sich selbst lustig machen und beide würden lachen.

Aber wem konnte sie jetzt und heute davon erzählen? Ein nasser Zweig streifte ihr die Kapuze vom Kopf und kaltes Wasser lief ihr den Nacken hinunter. Sie schüttelte sich.

Egal. In nicht einmal zwei Monaten würde das Kind zur Welt kommen. Sie sollte sich darauf konzentrieren, glücklich zu sein. Langsam ging sie zum Haus zurück. Es war riesig und protzig und stand von Tannen dunkel umrahmt gegen die Dämmerung. Ganz anders, als sie es sich vorgestellt hatte, ganz anders, als Jan es ihr geschildert hatte. Es war kein bisschen romantisch oder idyllisch.

Mein wunderschönes Haus im Wald für meine wunderschöne, junge Frau – das hatte er gesagt und das Grün seiner Augen war vor Zärtlichkeit ganz dunkel geworden und sie hatte ihm so gerne geglaubt. Insgeheim schwebte ihr wohl so eine Art Blockhaus vor. Wie naiv. Die Wirklichkeit sah ziemlich anders aus. Es gab sogar Säulen und Marmor. Eine strahlend weiße Villa, anmaßend, kühl und arrogant, eine Art Miniaturpalast für eine eher unzulängliche Prinzessin. So hatte sie es anfangs beschrieben, als sie noch mit ihren Freundinnen in Hamburg telefoniert hatte, und sie hatten darüber gelacht. Nun telefonierte sie nicht mehr. Stattdessen verkroch sie sich hinter Bäumen und beobachtete heimlich Leute und ließ sich auch noch dabei erwischen.

Nachdem sie den Hintereingang durch die Spülküche genommen hatte, blieb sie im Flur vor dem großen Spiegel stehen und betrachtete sich. Tannennadeln waren in ihren dichten rotblonden Haaren haften geblieben. Sie umrahmten ein blasses, schmales Gesicht, in dem hellbraune Augen brannten. Ihr Hals ragte lang und schlank aus dem alten Regenmantel, der viel zu groß war, aber dennoch um den Bauch herum spannte. Sie spürte, wie die Zeit an ihr abtropfte. Gedanken an Hamburg, an ihr altes Zuhause, stiegen auf und mit ihnen die Tränen, die ihr über die Wangen liefen und vom Kinn herabfielen. Unverwandt starrte sie in den Spiegel, ihre Augen schauten daraus zurück. Nebelbälle mit darunterliegenden dunklen Schatten, durch den Tränenschleier weichgezeichnet.

Sie sah so jung aus, geradezu kindlich, ein übermüdetes Kind, keine vierundzwanzig Jahre alt. Jung genug, um dem Spiegelbild beim Weinen zuzusehen, kindisch genug, um sich vom Sturm der gestrigen Nacht wachhalten zu lassen. Regelrecht gefürchtet hatte sie sich allein in dem großen Haus.

Was war nur mit ihr los? Diese Stimmungseinbrüche, diese Traurigkeit. Ihre Frauenärztin hatte gesagt, das seien die Hormone, sie solle sich nicht sorgen. Aber in Hamburg hatte sie sich nie so gefühlt. In Hamburg war sie auch nie allein gewesen, in Hamburg waren sie immer zusammen, sie und Jan.

Wie sie ihn liebte und vermisste!

Endlich löste sie ihren Blick vom Spiegel, ließ sich auf den Boden gleiten und schloss die Augen. Unwillkürlich drehte sie an ihrem Ehering.

Wenn jemand sie so fände! Es stand nicht zu befürchten, dass irgendjemand sie in diesem Zustand fand. Sie hatte in den drei Monaten, die sie nun schon hier war, noch keine Freunde gefunden. Ihre alte, verhasste Schüchternheit war in der neuen Umgebung wieder stärker geworden, was wenig hilfreich war. Jan wollte immer nur mit ihr allein sein oder er war geschäftlich unterwegs, wie auch jetzt. Frühestens am Mittwochabend würde er wiederkommen. Er müsse sich durchsortieren, Bankkram erledigen, irgendetwas mit Immobilien und Aktien. Deswegen war er noch einmal nach Hamburg hochgefahren. Sie wusste nicht, was genau er tat.

Einmal gefragt, hatte er gesagt, sie solle sich keine Sorgen machen, er habe genug Geld, um für sie zu sorgen, er sei reich. Wenn sie nicht wolle, müsste sie niemals arbeiten und, wenn sie es so wollte, er auch nicht. Dabei hatten sie Champagner getrunken. Mit ihm schien das Leben leicht.

Es gab diese Momente der Leichtigkeit.

Das Telefon schrillte durch die Eingangshalle. Mit aller Kraft kniff sie die Augen zu. Es war herrlich dunkel, solange sie die Lider geschlossen hielt. Das Telefon klingelte erneut, sie bewegte sich nicht, es klingelte immer und immer wieder, bis der letzte Ton verhallte. Kurz darauf ertönte die Melodie, die sie für Jan auf ihrem Handy eingestellt hatte. Sie wollte nicht unter Tränen drangehen, wollte nicht, dass er es merkte: dass er dachte, sie weine, weil sie unglücklich sei oder nicht erwachsen genug, um ein paar Tage allein zu bleiben. Als es still wurde, hatte sie aufgehört zu weinen. Sie würde sich zusammenreißen.

Langsam stand sie auf, zog den Regenmantel aus und hängte ihn sorgfältig an die riesige Garderobe. Dabei suchte sie automatisch die Taschen ab, damit sie kein blutiges Taschentuch darin ließ, und hielt plötzlich einen glatten Stein in der Hand. Einen Amethyst, violett und leicht durchsichtig, als Handschmeichler geschliffen, ein kleines J war eingraviert und noch ein Zeichen, das sie nicht erkannte, aus verschlungenen Ringen. Sie würde Jan danach fragen, hätte gar nicht gedacht, dass er an Heilsteine glaubte. Gedankenverloren steckte sie den Stein in die Tasche ihrer Jeans und ging ins Kinderzimmer hoch, für sie der schönste Raum im Haus, groß und hell, dessen Fenster auf die weite Rasenfläche hinausgingen.

Jan hatte das Zimmer schon komplett einrichten lassen, bevor sie herkamen, und auch hier war irgendwie alles zu viel, zu perfekt. Er hatte sogar schon nagelneue Bücher in die Regale gestellt, auch eine komplette Märchensammlung. Das wiederum war so lieb von ihm. Er wusste, wie sehr sie Märchen liebte, Märchen und Kinderbücher. Und dennoch hätte sie diese Einrichtung hier gerne selbst in die Hand genommen.

Um sich aufzuheitern, nahm sie das Hochzeitsbild in die Hand. In jedem Raum hatte sie eines auf die Fensterbank gestellt. Jan sah so elegant aus in dem Zwanzigerjahre-Frack, den er zu ihrer Hochzeit getragen hatte. Er sah überhaupt sehr gut aus, niemand konnte etwas anderes sagen. Die leuchtend grünen, leicht schräg geschnittenen Augen, die oft etwas Abwartendes, Taxierendes hatten. Oft lag auch ein Hauch von Amüsiertheit darin, was sie noch nicht recht verstand. Die dunklen Haare, immer ein bisschen zu lang, sogar am Hochzeitstag hingen sie ihm in die Augen. Wie erstaunlich regelmäßig seine Gesichtszüge waren! Von engelsgleicher Schönheit, fast zu weich für einen Mann, wenn nicht die Narben gewesen wären. Kleinere helle Narben, die seinen Zügen etwas Raubtierhaftes verliehen. Wenn er den Kiefer anspannte, wie er es tat, wenn er vor sich hinbrütete, bekam er einen harten, nahezu höhnischen Zug um den Mund. Was öfter geschah, seit sie hier waren. Sollte sie dann fragen, was er dachte? Oder fragte man besser nicht? Sollte sie nicht vielleicht einfach wissen, was ihn bedrückte, als seine Frau? Sie war in vielen Dingen noch so unsicher. Meist ging sie einfach schweigend zu ihm, dann entspannte er sich, lächelte, und sein Mund verlor diese unheimliche Härte. Und wenn er sie küsste, wurde ihr immer noch schwindlig.

Ihre Freundinnen hatten gesagt, er sehe ein bisschen verlebt aus. Vielleicht stimmte das sogar, er war schließlich auch wesentlich älter als sie, fünfzehn Jahre. Auch trank und rauchte er zu viel und schlief zu wenig. Aber das würde sich ändern. Er schlief jetzt schon so viel besser. Als sie angefangen hatten, die Nächte miteinander zu verbringen, war sie erschrocken, wie oft er wach lag. Die Schlaflosigkeit quälte ihn schon seit Jahren.

Schlimmer waren seine Alpträume.

Er schrie im Schlaf, manchmal weinte er. Sie hatte sich nicht getraut, ihn darauf anzusprechen. Aber sein Schlaf sei besser geworden und das liege an ihr, sagte er immer wieder, worüber sie von ganzem Herzen glücklich war. Wenn er sie fest in den Arm nahm, sein Gesicht in ihren Nacken vergraben, dann konnte er einschlafen. Manchmal flüsterte er mit seiner tiefen Stimme, dass sie seine Fee sei, die erste Frau in seinem Leben, die ihm wirklich guttue; dass sie ihn heile mit ihrer Unschuld und Jugend; dass er sie brauche. Das waren die Momente, in denen sie restlos glücklich war.

Was genau dort heilen musste in ihrem Jan, das wusste sie nicht, wie so vieles. Aber schließlich war er ein Mann, der schon ein Leben gelebt hatte, er war so ganz anders als die jungen Kerle, die sie im Studium kennengelernt hatte und die im Grunde dumme Jungs gewesen waren, nett, aber unbeholfen. Jan war ein richtiger Mann, er hatte Charme und Witz und gute Manieren. Sie liebte seine tiefe Stimme und seinen Duft, bei dem sich erdiger Körpergeruch dezent mit einem Vintage-Parfüm mischte.

Überhaupt, sein Körper.

Jan war groß und muskulös vom Krafttraining und Kampfsport, und dann waren auch dort überall Narben, ein helles Muster geheimnisvoller Zeichen. Alter Schmerz, an den sie nicht zu rühren wagte. Nur manchmal, nach der Liebe, zeichnete sie die Linien sanft mit der Fingerkuppe nach.

Meine wilde Jugend, hatte er nur achselzuckend gesagt, als sie sich zum ersten Mal nackt sahen. Abenteuersport, Raufereien, Unfälle – und dann war es auch nicht mehr wichtig gewesen.

Beim Umzug hatte sie ein Jugendbild von ihm gefunden, auf dem er hochgewachsen und schlaksig war, ganz schmal, ganz anders. Der größte Unterschied hatte aber in seiner Haltung gelegen, in seinem Blick. Dort auf dem Bild hatte er etwas unendlich Verletzliches gehabt. Sie fragte sich, wie er es verloren hatte.

Ausritt

Als Katta am frühen Sonntagmorgen an Jans Grundstück vorbeikam, spürte sie erneut Blicke im Rücken, wandte sich aber mit hochgezogenen Schultern ab. Auf keinen Fall würde sie wieder hinsehen.

Wie lange lag diese neue Frau schon auf der Lauer, ohne dass sie es bemerkt hatte? Und was genau beobachtete sie? Den Weg, das Nachbarhaus, das ihr, Katta, gehörte, sie selbst?

Entschieden lenkte Katta ihre Gedanken auf andere Bahnen. Sie hatte hervorragend geschlafen, ordentlich gefrühstückt und wollte ausreiten. Jetzt, da es nach dem Sturm wieder windstill und klar war, freute sie sich auf einen ersten langen Ausritt mit Fürstprimas. Was für ein passender Name für den Trakehnerwallach! Zum ersten Mal in ihrem Leben hatte sie ein Pferd gekauft, einfach nur, weil sie es so schön fand. Inzwischen hatte sie eine Idee, warum das Tier trotz strotzender Gesundheit und edler Abstammung so günstig gewesen war. Vorsichtig ausgedrückt, war der Wallach unruhig. Das stürmische Wetter hatte ihn gewiss nicht ruhiger gemacht. Sie würde alle Hände voll zu tun haben, um ihn zu bändigen. Das hinderte am Denken. Gut so. Sie rieb sich über die Ohren und verwuschelte dabei ihr kurzes Haar. Es war empfindlich kalt, sie wünschte, sie hätte eine Mütze aufgesetzt, doch noch einmal an der Postenwache vorbei wollte sie nicht zurückgehen. Entschlossen beschleunigte sie ihre Schritte, während sie eine Zigarette aus der Jackentasche friemelte.

Um zum Pferdehof zu gelangen, musste man am Waldrand entlang ins Dorf hinunter, durch eine schmale Gasse direkt wieder aus dem Ort hinaus und einen von Weißdorn gesäumten Feldweg bergauf zur anderen Seite des Tales. Keine zwanzig Minuten zu Fuß, ein Weg, den Katta liebte. Dort auf der Anhöhe lag der Engelshof von alten Kastanien umgeben inmitten weitläufiger Wiesen und Weideflächen.

Nur wenig später tänzelte der große braune Trakehner um Katta herum, rannte fast gegen sie, als sie den Koppelzaun öffnete, stieg dann, als sie ihn zur Ordnung rief, und war zappelig, als sie ihn zum Putzen an der Stallwand festband. Seine Unruhe zerrte an ihren eigenen Nerven. Rolf hatte ihr abgeraten, hatte sie regelrecht gewarnt, das Temperament dieses Pferdes passe einfach nicht zu ihr.

Schon wieder Rolf. Es schien, als sollte sie den Mann heute noch nicht aus ihrem Kopf bekommen.

Sie holte das Putzzeug. Das Striegeln würde sie sich sparen, Fürstprimas mochte es nicht, vielleicht war seine Haut zu empfindlich, vielleicht hatte sie den Trick einfach noch nicht heraus, vielleicht sollte sie es googeln, wie striegele ich einen Trakehner, jedenfalls war ihr nicht danach, das gegenseitige Unbehagen noch weiter zu steigern. Sie nahm eine extraweiche Bürste aus dem Putzkasten, atmete bewusst tief ein und noch tiefer aus und bürstete mit großen, regelmäßigen Bewegungen sanft über das Fell. Immer und immer wieder, bis sie fühlte, dass sich das Pferd entspannte und schließlich mit gesenkten Lidern still dastand. Sie fuhr noch eine ganze Weile fort und genoss den Moment. Dann legte sie langsam die Bürste weg und streichelte Fürstprimas mit den Händen über das samtweiche Fell, während sie ihm leise erzählte, wie schön er war.

Es war das positivste Erlebnis, das sie mit diesem Pferd bisher gehabt hatte. Am besten brachte sie ihn jetzt wieder auf die Weide. Aber was sollte sie dann tun? Ihre Fjordpferde konnte sie nicht reiten, ein Pony zu alt und eins zu jung, aber reiten wollte sie. Also sattelte sie den Wallach, stieg auf und ritt über Feldwege zwischen den Koppeln und abgeernteten Feldern hindurch auf den Wald zu. Das Tier bewegte sich ruhig und gleichmäßig unter ihr, vollkommen entspannt.

Die Gedanken kamen ungebeten, Gedanken an die Party, Rolf Jagodas große Geburtstagsparty zu seinem Fünfzigsten vor zwei Wochen. Einmal da, waren sie nicht mehr beiseite zu schieben. Als ob jeder Schritt ihres Pferdes, jede schwingende Bewegung sie tiefer in die Erinnerung zurückfallen ließe. Definitiv ein schwieriger Abend! Zu viel geraucht, bei weitem zu viel getrunken. Sie war nun einmal nicht abgebrüht genug, um sich ungezwungen unter den Augen von Rolf Jagodas Frau bewegen zu können. Unglücklich und auseinandergelebt hin oder her, es war Betrug, Verrat und Lüge. Zwar war es sein Betrug und Verrat, schließlich hatte er seiner Frau Treue versprochen, aber sie hing mitten drin im Lügengespinst. Die heimliche Geliebte.

Ein Glas Wein in der Hand zu halten, zu essen, was Julia Jagoda zubereitet hatte, und dabei normal und entspannt auszusehen, erforderte ihre ganze Aufmerksamkeit. Eine Unmenge von Leuten hatte sich im großen Haus des Tierarztes gedrängt. Natürlich kannte sie nahezu jeden. Auch Irene war da, tatsächlich, in einem altmodischen Ballkleid hatte sie ein bisschen ausgesehen wie Miss Marple in »Der Wachsblumenstrauß«.

Katta hatte zu viel geredet und zu grell gelacht. Sie war witzig gewesen, hatte sich aber nicht amüsiert. Nur mit einem hatte sie sorgfältig zu sprechen vermieden und das war Rolf. Nachdem sie ihm so unpersönlich wie möglich zum Geburtstag gratuliert und ihm eine noch unpersönlichere Packung Pralinen überreicht hatte, vermied sie es, ihm zu nahe zu kommen.

Da war die Band gewesen, es hatte tatsächlich Livemusik gegeben. Sie hatte einige Zeit im riesigen Wohnzimmer verbracht und den Jungs beim Spielen zugehört und zugesehen. Sie kannte sie alle noch aus der Schulzeit. Merkwürdige Kerle alle miteinander, aber sie machten nette Musik, einen Mix aus nachgespieltem Latinojazz und ein paar schrägen eigenen Sachen. In einer der Spielpausen hatte sie mit Maik, dem Drummer, über alte Zeiten gequatscht und ein bisschen geflirtet – Nummer drei, wenn sie das richtig in Erinnerung hatte. Da Rolf auf Pferde spezialisiert war, stammten die meisten Gäste jedoch aus der Reitszene.

Sogar die ›Missmutige Elsa‹ war da. Irgendwann war Katta betrunken genug gewesen, um Elsa ein Kompliment über ihr Aussehen zu machen, was ihr nur einen mürrischen Blick eingetragen hatte. Nicht alle Leute sprühten vor guter Laune, wenn sie auf eine Party gingen.

Die Frau ihres ehemaligen Hausarztes, eine schon ältere, zarte Dame, hatte sie in der Küche angesprochen und sie waren sich gegenseitig behilflich gewesen, Kanapees und Salat auf ihre Teller zu häufen. »Herzchen«, hatte sie gesagt, wobei sie Kattas Hand mit beiden Händen umfasst hielt, »Herzchen, ich hoffe sehr, es geht Ihnen gut!«. Der warmherzige Blick aus ihren gütigen Augen ließ Katta ahnen, dass die Frau Doktor so manches gehört hatte, was dagegen sprach. In ihrem Fall fühlte sich das nicht schlecht an, denn die alte Frau verurteilte nicht, sodass sie den Blick aufrecht hielt und sie in ihren Augen lesen ließ. Daraufhin wurde ihre Wange getätschelt und sie wurde mit einem tröstlichen »Ja, ja. Ja, ja« entlassen.

Natürlich hatte sie getanzt. Sie hatte getanzt bis weit nach Mitternacht. – Und dann war da Jan gewesen. Eine schwungvolle Drehung, und plötzlich stand er, nach sieben Jahren, direkt vor ihr, gleich ein bisschen zu nah. Unwillkürlich atmete sie seinen Geruch ein. *Grey Flannel*! Dass er noch genau so roch, nach all der Zeit das gleiche Parfüm, machte sie fassungslos.

Er trat einen Schritt zurück, zog seine verfluchten Augenbrauen hoch und betrachtete ihr schwarzes, enganliegendes Kleid, ihre Pumps, ihr kurzes Haar, ihren rot geschminkten Mund. Betrachtete sie. Sein Lächeln, sanft und spöttisch zugleich, seine Stimme, zu rau, um cool zu sein.

»Du bist immer noch verdammt gut anzuschaun, mein Schatz.«

Denn du trägst keine Liebe in dir, summte der Text in ihr nach.

Er zitierte doch tatsächlich dieses Lied!

Die Wut kam mit einer vulkanartig eruptiven Kraft, rotglühend, vernichtend, ließ ihr keine Chance, den Ausbruch aufzuhalten. Gehirn tot, weggebrannt. Hatte sie ihn angeschrien? War der abnehmende Mond eine Sichel? Hieß sie Katarina Wolff? Schrieb man ihren Vornamen ohne ein verdammtes H?!

Danach hatte sie sich ernsthaft betrunken.

In der schwärzesten, verwünschtesten Dunkelheit eines sehr frühen Herbstmorgens war sie nach Hause gewankt. Irgendwer hatte sie gebracht, sie konnte sich nur nicht erinnern, wer. An diesem vermaledeiten Morgen, da hatte es angefangen, dass sie keine Geliebte eines verheirateten Mannes mehr sein wollte.

Ein vom Sturm heruntergerissener Ast lag auf dem Weg und Fürstprimas hörte auf, entspannt und gleichmütig unter ihr zu laufen, als sei er ein ganz normales, braves Pferd. Sein Rücken zog sich zusammen wie eine Sprungfeder, bevor er einen riesigen Satz zur Seite und noch fast in der Luft eine Kehrtwende machte. Schon waren sie im Jagdgalopp wieder auf dem Rückweg. Als sie ihn endlich durchparieren konnte, standen sie vor dem Stall. Der Wallach trompetete laut durch die Nüstern, um seinem Unbehagen Luft zu machen, und Katta hatte vor Zorn Tränen in den Augen. Das würde der erste und letzte Trakehner in ihrem Leben sein! Rolf hatte ja so recht gehabt.

Rolf, Rolf, Rolf, und immer noch einmal mehr Rolf.

Und doch hatte sie keine Lust mehr, seine Lügen zu leben.

Hiltrud, die Hofbesitzerin, eine stämmige, durch und durch robust wirkende Frau Ende fünfzig mit roten, drahtigen Locken und von der Kälte gerötetem Gesicht, kam ihr entgegen. »Hatte Euer Exzellenz einen seiner kleinen Ausfälle?«

»Einen seiner größeren, würde ich sagen«, schnaubte Katta und sprang ab.

Das hätte sie nicht tun sollen. Der Trakehner war wesentlich größer als ihre Ponys und sie hing noch in der Luft, als sie ihrem Gefühl nach längst auf dem Boden hätte gelandet sein müssen.

Entsprechend hart kam sie auf und knickte um, was ihre Laune nicht verbesserte. Hiltrud hatte die Zügel genommen, half ihr hoch und erntete ein schmerzverzerrtes Lächeln als Dankeschön.

»Wann hast du zum letzten Mal in deinem Leben eine völlig falsche Entscheidung getroffen, Hiltrud?«, knurrte Katta.

Die große Frau lachte laut auf. »Oh, tagtäglich, oder?« Sie reichte die Zügel zurück. »Gerade heute Morgen habe ich mich in aller Frühe wieder beschwatzen lassen und den falschen Einsteller angenommen. Der wird mich Nerven kosten!« Sie lachte wieder und sah nicht im geringsten so aus, als ob ihr Nervenkostüm in Gefahr wäre. Dann klopfte sie Fürstprimas freundlich auf den Hals. »Und der hier war keine falsche Entscheidung. Du wirst schon sehen!«

Katta sah sie misstrauisch an. »Hast du das im Kaffeesatz gelesen?«

»Das habe ich im Gefühl, glaub mir.« Hiltrud lachte sie nochmals herzlich an, klopfte auch ihr freundlich auf die Schulter, was seltsam beruhigend wirkte, und ging zurück in die hinteren Stallungen.

Schließlich versorgte Katta den Wallach, der nun zufrieden und ausgeglichen wirkte, brachte ihn auf die Koppel und kümmerte sich kurz um ihre beiden Ponys. Sie humpelte immer noch leicht, als sie sich auf den Heimweg machte. Jetzt bereute sie, dass sie nicht gefahren war. Beim Verlassen des Hofes kam sie an einem schwarzen Mercedes vorbei, strich mit der Hand leicht über den altmodischen Kotflügel, ein leises Gefühl von Nostalgie. So ein altes Modell hatte sie schon sehr lange nicht mehr gesehen. Daneben parkten zwei Geländewagen, von denen jeder leicht ihr eigener hätten sein können, wäre sie heute dummerweise nicht zu Fuß unterwegs. Verdrießlich humpelte sie weiter.

Obwohl sie nur langsam gehen konnte, kam sie früher nach Hause, als ursprünglich geplant. Deswegen hatte Fritzi sie gleich am Telefon. Fritzi, das war Friedrich Walter, eine feste Größe in der Pferdewelt und Nummer fünf, der Sandwichmann nach Jan und vor Jan, ein hervorragender Reiter, ein begnadeter Trainer und Ausbilder, ein guter Mann. Jetzt sagte er mit seiner klaren Stimme: »Super, dass ich dich erreiche, Katta!«

»Bedank dich bei meinem spinnerten Pferd, sonst wäre ich noch nicht zu Hause.«

»Probleme?«, erkundigte er sich besorgt.

»Nein. Nichts.«

»Nichts …?«

»Fritzi, wegen des Lehrgangs: Ich komme. Samstagnachmittag, vierzehn Uhr. Ist fest eingeplant.« Katta hasste es, wenn der Mann empathisch wurde.

Fritzi räusperte sich: »Nein, ich wollte dich um etwas anderes bitten. Und ich wollte das nicht unbedingt am Samstag besprechen, wenn Anke dabei ist.«

»Du hast Geheimnisse vor deiner Frau? Ich bin entsetzt!«

»Katta. Es gibt da eine mysteriöse Sache. Vermutlich hat es mit Futtermitteln zu tun. Bei uns im Umkreis sind Pferde sehr krank geworden.«

»Und das darf Anke nicht wissen?«, unterbrach sie ihn.

»Natürlich weiß sie das. Sie gehört schließlich zu den Tierärzten, die die Pferde behandelt haben.« Fritzi atmete tief durch. »Ich bin ehrlich gesagt davon überzeugt, dass da etwas faul ist. Ich will dich engagieren. Als Detektivin. Anke muss davon nichts wissen.«

Katta versteifte sich. »Du weißt genau, dass ich das nicht mehr mache. Der Job ist vorbei.«

»Weil Jan dich damals dazu überredet hat.«

»Weil ich es nicht mehr wollte.«

»Du bist gut darin. Du kennst dich aus. Du kennst die Leute, hast das richtige Gespür für Mensch und Tier, wenn es darum geht, etwas herauszufinden. Wenn jemand Klarheit in diese Sache bringen kann, dann du.«

»Lass gut sein, Fritzi.«

»Es kann doch nicht sein, dass du dich immer noch danach richtest, was dieser Mann sagt!«

»Hey, ich bin damals zusammengeschlagen worden!«

»Eine Sache solltest du noch wissen, bevor du ablehnst. Es gibt einen besonderen Grund, warum du die einzige bist, die das aufklären kann.«

»Fritzi. Es gibt einen besonderen Grund, warum ich dieses Gespräch jetzt beende. Ich sterbe nämlich vor Hunger. Wir sehen uns am Samstag.«

Damit legte sie auf. Sie fühlte sich zittrig und tatsächlich sehr hungrig. Vorsichtig humpelte sie in die Küche, um sich Reste aufzuwärmen.

Irgendwie hatte sie das Gefühl, dass Fritzi es nicht dabei bewenden ließe. Und irgendwie beunruhigte sie das in einer Weise, die sie sich nicht erklären konnte.

Einladung

An eben jenem Sonntagmorgen war Maria fast gegen ihren Willen wieder in ihr Versteck gegangen. An der linken Hand trug sie einen sauberen Verband. Als wieder die zierliche Frau mit dem dunklen Haarschopf mit hochgezogenen Schultern vorbeiging, hätte sie am liebsten ihren Namen gerufen: Katta!

Katta! So hatten die Leute sie auf dieser seltsamen Dorfparty genannt, manchmal mit Empörung in der Stimme, oft mit Belustigung, aber immer mit Ausrufezeichen. Da hatte sie noch nicht gewusst, dass sie ihre nächste Nachbarin war in diesem unfreundlichen, düsteren Wald. Inmitten all dieser Fremden war sie ihr sofort aufgefallen. Doch Katta gehörte nicht zu den Leuten, mit denen Jan sie bekannt gemacht hatte.

Eher klein, mit kurzen schwarzen Haaren und der Ausstrahlung einer dunklen Gewitterwolke, leuchtete ihr Verstand wie ein heller Blitz in jeder boshaften Bemerkung auf, mit der sie ihre Umgebung traktierte. Und das hatte sie auf dieser Party zur Genüge getan. Maria war sofort fasziniert gewesen. Diese Frau war hinreißend frei von guten Manieren und schüchterner Zurückhaltung, beides ihr nur allzu wohlbekannte Fesseln. Mit dieser Frau lachen und Spaß haben musste herrlich sein! Es hatte einen Moment gegeben, als Maria von der Toilette kam und die andere allein stand, da hätte sie hingehen, sie ansprechen können, doch der Moment ging vorüber. Katta sah lediglich durch sie hindurch. Und so hatte Maria sich getrollt, zurück zu Jan, der sie auch noch dem letzten seiner Freunde und Bekannten vorstellen wollte, so stolz war er auf sie. Es war so anstrengend, dass sie sich früher nach Hause bringen ließ, von Übelkeit geplagt und müde.

Maria stand noch immer zwischen den Tannen, ihren rund geworden Bauch in den Händen haltend, den Blick ins Tal gerichtet. Dort unten lag das Dorf, das alles bot, was man zum Leben brauchte, und dennoch klein und ländlich genug war, um noch einige Bauern zu beherbergen. Oben auf dem Berg gab es nur noch wenige Häuser, in gebührendem Abstand zueinander von betuchten Leuten von außerhalb gebaut. Vor fremden Blicken im Wald verborgen, boten sie einen herrschaftlichen Ausblick ins Tal.

Diesen Anwesen vorgelagert stand ein einzelnes Haus gut sichtbar am Hang, dem Dorf zugewandt. Dort wohnten, nur wenige hundert Meter entfernt, ihre nächsten Nachbarn. Eine alteingesessene Familie, das hatte sie gleich am Anfang mitbekommen. Es war alt und im Vergleich zu den protzigen Villen in seinem Rücken nicht allzu groß. Das steile Dach hatte einen auffallend hohen Giebel, es gab neogotische Fenster, Erker und Türmchen. Nichts passte so recht zusammen und doch wirkte es einladend, gemütlich und gastlich. Maria betrachtete das Haus seit ihrer Ankunft mit sehnsüchtigen Blicken. ‚Ein wahres Hexenhäuschen!

Und dann hatte sie eines Morgens kurz nach der Party festgestellt, dass Katta die Besitzerin war. Ausgerechnet die Gewitterwolkenfrau bewohnte das Hexenhaus! Da waren die Assoziationen nur so geströmt. Die kleine Hexe droben im Wald, nur mit dem Raben Abraxas als Gesellschaft! Wenn sie es schaffte, einmal plötzlich genug um die Ecke zu biegen, würde sie sehen, wie der Rabe von Kattas Schulter flog, um ins Haus zurückzukehren. Als Kind ihre Lieblingsgeschichte, stand Preußlers Buch immer noch in jeder Küche, die sie bewohnte, neben den Kochbüchern.

Maria sah ihr nach, wie sie mit federnden Schritten den Weg ins Dorf entlangging, bis der dunkle Haarschopf den Berg hinab verschwunden war. Kein Vogel zu sehen.

In ihr brannte der Wunsch, mit dieser Katta zu sprechen, und wenn sie sich dafür in einen verdammten Raben verwandeln und jeden Satz mit »Krah, krah« beginnen müsste.

Alles, nur sich nicht mehr einsam fühlen.

Bei der Vorstellung, am Ende wirklich nur ein heiseres Krächzen zustande zu bringen, musste Maria einen Kicheranfall niederringen. Zurzeit war das so. Weinen und kichern, das konnte sie leicht, es überfiel sie förmlich. Mit dem Reden dagegen tat sie sich immer schwerer. Man kam aus der Übung. Mit einiger Anstrengung arbeitete sie sich aus dem dichten Tannenwäldchen heraus, das ans Südende ihres Grundstückes grenzte. Während sie in der Küche mit Wasserkocher und Rotbuschtee hantierte, fasste sie einen Entschluss ...

Nach dem Mittagessen gab sie sich einen Ruck, duschte und wusch sich die Haare, wobei sie beim Ausziehen den Blick in die riesigen Badezimmerspiegel vermied. An manchen Tagen liebte sie ihren schwangeren Körper. An anderen fand sie ihn monströs und heute war definitiv einer der anderen Tage. Diesen Spiegeln aber zu entkommen, die einem den eigenen Körper von allen Seiten entgegenwarfen, war nicht einfach. Man musste im Grunde die ganze Zeit den Blick gesenkt halten, die Augen ganz zu schließen, wäre noch besser gewesen. Abtrocknen, föhnen, neue frische Sachen anziehen und richtige Schuhe, das waren die Äußerlichkeiten. Das Wichtigste jedoch: die mentale Vorbereitung. Maria trat in Jans Wohnzimmer, das die Ausmaße eines Tanzsaales besaß. Ein wenig musste sie in der umfangreichen CD-Sammlung suchen, bis sie auf die alten Grunge-Alben stieß. Das passe so gar nicht zu ihr, hatte Jan gesagt und sie ganz nach hinten gepackt, aber warum sollte eigentlich immer alles passen? *Nirvana* sollte es tun. Angelegentlich drehte sie die Anlage voll auf, warf ihre Haare nach vorne und fing an, so wild zu tanzen, wie es ihr Zustand zuließ.

Rübergehen, eine Einladung aussprechen, das war der tollkühne Plan. Als Maria schließlich vor dem Hexenhaus stand, war sie nervös. Sie zögerte, dann drückte sie auf eine alte, eingedellte Klingel, die so aussah, als sei sie jahrzehntelang nicht benutzt worden.

Nichts geschah.

Suchend sah sie die Hauswand entlang. Weiter links hing etwas, das ein Klingelzug sein mochte. Er sah eigentlich noch älter aus als die Klingel, trotzdem zog sie daran.

Nichts. Marias Entschlossenheit fing an zu bröckeln. Mein Gott, sie war noch nicht einmal mehr fähig, bei ihrer Nachbarin zu läuten und sie auf eine Tasse Tee zu sich nach Hause einzuladen! Da entdeckte sie den messingfarbenen Türklopfer – in Form eines Pferdehinterns! –, der eigentlich ins Auge stach, weil er so neu aussah. Sie betätigte ihn mehrmals sehr laut. Es dauerte lange, bis sie Schritte hörte und Katta die Tür öffnete. Ihr kurzes Haar war zerzaust. Ziemlich mürrisch sah sie aus. Jetzt, wo sie ihr zum ersten Mal wirklich gegenüberstand, konnte Maria erkennen, dass ihre Augen von einem sehr dunklen Blau, ja, nahezu schwarz waren, ihre Haut dagegen weiß wie Porzellan. Weiß wie Schnee, rot wie Blut, schwarz wie Ebenholz. Nein, keine Hexe. Wenn ihre Haare lang wären, sähe sie aus wie Schneewittchen.

Während Maria sie so ansah, weiteten sich die dunklen Augen der Nachbarin fragend – erschrocken, oder bildete sie sich das ein? Dabei hatte sie doch noch gar nichts gesagt. Sie hatte sich ein paar Worte zurechtgelegt, mehr als nur Worte, ein kleines Gespinst. Dass sie etwas gefunden habe, auf der Straße, zufällig, ob es vielleicht ihr gehöre; dass sie Nachbarinnen seien. Verborgen in der Manteltasche umklammerte ihre Hand eine alte Silberkette, die sie nie trug. Notlügen für Schüchterne, darüber hätte sie ein Buch schreiben können. Doch da war etwas in Kattas Miene, das sie abhielt. Ein derart intensives Misstrauen, dass Maria der Mut verließ. Unbehaglich trat sie von einem Fuß auf den anderen, drehte an ihrem Ehering, als sei er ein Wunschring, dreimal rechts, zweimal links und sie wäre unsichtbar, siebenmal gegen den Lauf des Mondes und die letzten fünf Minuten wären nie geschehen.

Doch dann steckte sie die Hände in die Taschen und sagte einfach: »Wir hätten uns gestern beinahe begrüßt.«

Brief

Katta war einigermaßen fassungslos. Die Frau in Jans altem, gefüttertem Armeemantel starrte sie mit glänzenden Rehaugen an, während sie wie verrückt an ihrem Ring herumfingerte, was die eingearbeiteten Diamanten aufblitzen ließ. Ein Ehering mit Diamanten? *Fancy*, dachte sie, da hatte Jan sich ja selbst übertroffen.

Sie hörte und hörte nicht auf mit diesem Ring. Vielleicht würde sie ja anfangen, um sich selbst zu kreiseln, und mit einem Pling wieder verschwinden? So ungewöhnlich dies wäre, aber grundsätzlich käme ihr das durchaus entgegen.

Doch schließlich schob Jans neue Frau die Hände in die tiefen Manteltaschen und ihre Augen bekamen einen entschlossenen Ausdruck. Nun gut, dann würde sie wohl nicht verschwinden. Katta wappnete sich, als die Jüngere zu sprechen anfing.

Beinahe begrüßt? Katta sah wieder die unter einer Kapuze riesengroß aufgerissenen Augen vor sich, zwischen Büschen und Bäumen versteckt, und lachte laut heraus. »*Beinahe* begrüßt? Was machen Sie, wenn Sie jemanden *nicht* grüßen wollen? Legen Sie sich flach mit dem Gesicht nach unten auf den Boden?«

Die Frau lief zartrosa an, sah aber nicht weg und zeigte sogar ein vorsichtiges Lächeln. »Vielleicht versuche ich das mal. Bisher bin ich einfach schnell weggelaufen.«

Unerschrockenheit im Angesicht des Feindes! Katta war beeindruckt und so sagte sie zu, am Dienstagnachmittag zum Tee vorbeizukommen.

Sie würde also Maria Mortau besuchen, die wie selbstverständlich den Namen ihres Exmannes trug, den sie selbst nie angenommen hatte – und was für ein Zoff das damals gewesen war! Nun, warum nicht. Bizarr, aber warum nicht. Jan war auf Geschäftsreise und dieses seltsame junge Reh hatte sie neugierig gemacht.

Und dann, und nichts hätte Katta darauf vorbereiten können, zog Maria die Hände aus den Taschen des alten Mantels, damit sie sich zum Abschied die Hände schütteln konnten, und hielt plötzlich Jans alten Troststein in der Hand. Den Amethyst, den sie selbst ihm bei der Beerdigung seiner Eltern gegeben hatte, den Stein, mit ihrem alten Zeichen eingraviert. Erstaunt sah Maria darauf und steckte ihn wieder weg, um Katta die Hand zu reichen, die ihre innere Erschütterung erst begriff, als sie die Tür hinter sich geschlossen hatte.

Bis zum darauffolgenden Montagmorgen hatte Katta sich erfolgreich eingeredet, dass eigentlich nichts geschehen war und sie gar nicht mehr an den Stein dachte. Sie musste in dieser Woche früh arbeiten, denn am Freitag war Redaktionsschluss. Der SATTLER war eine Pferdezeitschrift, die aus einem Gewerbeheft hervorgegangen war. Ursprünglich ging es darin tatsächlich nur um Sättel, Zaumzeug und Fahrgeschirre. Das Blatt stand vor dem Aus, als Katta es übernommen und wiederbelebt hatte. Inzwischen lief der SATTLER recht gut, erschien einmal im Monat und hatte eine Auflage erreicht, auf die sie stolz war. Allerdings hatte sie es nie dahin gebracht, dass sie Leute einstellen konnte, und ohne das Erbe ihrer Mutter und das Haus ihrer Großmutter, in dem sie lebte, hätte sie ihre Existenz nicht bestreiten können. Die meisten Artikel schrieb sie selbst, veröffentlichte aber auch Leserbeiträge, die sie nur leicht redigierte. Deren Qualität entsprach oft nicht ihrem eigenen Anspruch, dafür waren sie umsonst. Es gab einen breitgefächerten Veranstaltungskalender, für den sie den Input aus dem Stall nutzen konnte und die Tatsache, dass sie einen riesigen Bekanntenkreis unter den Pferdeleuten unterschiedlichster Couleur hatte. Natürlich hatten die unumgänglichen Kleinanzeigen ihren Platz in dem Blatt und, weitaus ungewöhnlicher, ein großer Literaturteil, in dem Katta alles besprach, was in Sachen Pferd auf den Markt kam. Sie widmete sich nicht nur Sachbüchern, sondern rezensierte gerne auch Romane, die mit Pferden zu tun hatten, ein kleines Tribut ans Germanistikstudium. Ein guter Draht zur Druckerei, die von Olaf, einem freundlichen ruhigen Mann, geleitet wurde – Nummer neun, mit dem sie zwei ruhige und leicht gelangweilte Monate verbracht hatte –, sicherte ihr einen gleichbleibend niedrigen Freundschaftspreis.

Für die letzten Tage, bevor alles in Druck ging, hatte sie es sich zur Gewohnheit gemacht, sehr früh aufzustehen, den ganzen Tag zu arbeiten und erst am späten Nachmittag für zwei Stunden in den Stall zu gehen, um danach noch einmal eine abendliche Korrekturschicht einzulegen. So stand sie auch diesmal in aller Frühe auf, trank in der Küche einen Tee und starrte hinaus ins Dunkel.

Es war eine Ewigkeit her, seit sie diesen Stein das letzte Mal gesehen hatte. Damals hatte Jan ihn immer mit sich herumgetragen, sie hatte ihr gemeinsames Zeichen eingravieren lassen. Gott, waren sie jung gewesen, so jung, romantisch, pathetisch, todtraurig und ekstatisch. Ich bin jetzt eine Waise und du bist alles, was ich habe, Katta! Katti, Kätzchen.

Mein Gott, was tat sie da? In Erinnerungen schwelgen? Entschlossen trug sie ihre Tasse ins Arbeitszimmer hinauf und startete den Computer. Plötzlich erinnerte sie sich an die Art, wie er mit dem Stein gespielt hatte, ihn durch die Finger einer Hand laufen ließ. Geschickt.

»Schluss jetzt!«, befahl sie laut.

Sie hatte gestern vergessen, die Post hereinzuholen. Das kam davon. Also ging sie wieder hinunter und legte schließlich ein Dutzend an den SATTLER adressierte Umschläge auf den dunklen Tisch, von denen etwa die Hälfte Einsendungen von Lesern versprachen. Die nahm sie sich zuerst vor. Die meisten schickten ihre Artikel ja inzwischen per Mail, aber es gab immer noch

Traditionalisten, die ihr Handgeschriebenes auf richtigem Briefpapier zusandten. Auch wenn es mehr Arbeit machte, mochte sie diese Briefe, sie erinnerten sie an ihre Kindheit und Jugend. Eine andere Zeit, eine Zeit, in der man Dankesbriefe an Patentanten schrieb. Und Geheimsymbole auf Steine gravieren ließ, wenn sie schon mal dabei war.

Ungeduldig schüttelte sie den Kopf und riss die Umschläge auf. Nachdem sie drei Leserbriefe zur Seite gelegt hatte, die sie veröffentlichen würde und zwei Veranstaltungshinweise, blieb ein weißer Umschlag übrig, an den SATTLER adressiert wie die anderen, aber ohne Absender. Die Adresse war auf einer Schreibmaschine getippt. Sie öffnete ihn und holte ein einzelnes, eklig riechendes Blatt heraus, auf dem ein einziger Satz stand. Ihr wurde schlagartig kalt, während sie auf die Schrift starrte: »Halt dich von den anständigen Frauen im Ort fern, du Hure.«

Katta ließ das Blatt fallen, als würde es ihr die Hände verätzen. Es glitt über den Boden.

War das von Jan? Die altmodische Schreibmaschine wäre sein Stil. Aber Jan hätte ›Hexe‹ geschrieben. Nein, Jan hätte gar nicht geschrieben, sondern ihr ins Gesicht gesagt, was er dachte, und das mit Vergnügen. Andererseits hatte er wohl kaum einen Grund. Schließlich hatte sie ihn lediglich angeschrien, das war zwei Wochen her, und konnte er überhaupt wissen, dass sie mit Maria gesprochen hatte? Jedenfalls würde er sich nie hinter einem anonymen Brief verstecken. Keiner der beiden Jans, denn wenn sie darüber nachdachte, gab es zwei. Ihre Jugendliebe war ein anderer als der Mann, den sie geheiratet hatte und von dem sie geschieden war. Aber warum zum Teufel sollte sie darüber nachdenken?

Sie war immer schon mehr von Frauen als von Männern angefeindet worden, direkt oder indirekt, jedenfalls nicht schriftlich. Und es hatte sie nie geschert, was über sie geredet wurde, denn meistens geschah es hinter ihrem Rücken. Und was sie nicht wusste, brauchte sie auch nicht zu ärgern, jedenfalls sah sie das so. Das Papier war halb unter die Kommode gerutscht, in der sie die Belegexemplare des SATTLER aufhob. Sie schob es mit dem Fuß ganz darunter und wandte sich wieder ihrer Arbeit zu.

Weit kam sie nicht.

Als Jan das erste Mal den Stein mit den Fingern umschlossen hatte, waren Tränen über sein schmales, erstarrtes Gesicht gelaufen. Später dann, in ihrer kurzen, turbulenten Ehe, hatte es keinen Stein mehr gegeben. Sie hatte immer geglaubt, dass er ihn verloren hatte. Gedankenverloren tippte sie weiter einen Leserbrief ab, bevor ihr Blick unter die Kommode und auf einen Zipfel des anonymen Briefes fiel.

Mit diesem Dreck wollte sie nicht in einem Raum sein. Das zumindest konnte sie ändern, und dann würde sie sich zusammenreißen. Kräftig rieb sie sich über den Nacken, der unangenehm kribbelte. Was tun? Zerreißen, verbrennen? Zögernd hob sie den Zettel auf und trug ihn in die kleine Kammer neben der Dachbodentüre, wo sie ihr Putzzeug aufbewahrte. Dort legte sie ihn mit der Schrift nach unten auf den Boden, warf einen alten Putzlappen darüber und verschloss die Tür. Dann ging sie zurück und arbeitete mehrere Stunden ohne Unterbrechung.

Erst gegen Mittag, als sie sich Brote gemacht und neben den Computer gestellt hatte, kam sie auf die Idee, sich den Briefumschlag näher anzusehen. Eine Briefmarke klebte darauf, aber kein Poststempel – also hatte ihn jemand in den Briefkasten geworfen. Wahrscheinlich einer aus dem Ort; wer würde dafür einen weiten Weg in Kauf nehmen?

Mit welchen »anständigen Frauen« hatte sie denn zu tun gehabt, die sie hätte verderben können? Wohl wahr, dass sie nicht mit zwanzig ihren ersten Freund geheiratet hatte und ihm treu geblieben war, bis dass der Tod sie scheide; wohl wahr, dass sie einige Leute deswegen scheel ansahen – aber Hure hatte sie deshalb noch niemand genannt! Wütend biss sie sich durch ihr Leberwurstbrot. Entschlossen trug sie den Umschlag ebenfalls in die Dachkammer und schob ihn zu dem Brief unter den Lumpen.

Morgen Nachmittag würde sie in ihrer alten Küche sitzen, in ihrer Exküche, und Tee trinken. Sie konnte sich nicht vorstellen, dass Maria mit ihr ins Wohnzimmer oder den »Salon« gehen würde.

Sie wäre wieder im Haus. In dem Haus, das Jan für sie beide entworfen und gebaut hatte. Jans merkwürdige Vorstellung von einem gemütlichen Heim.

Sie würden definitiv in der Küche sitzen.

Hiltrud

Hiltrud kehrte, als sie Katta auf sich zukommen sah. Sie kehrte mit Akribie und Hingabe. Sie liebte es, am Abend langsam über den gesamten Hof zu wandern und alles zusammenzukehren, was der Tag an Staub und Schmutz gebracht hatte. Anschließend würde sie füttern und allmählich Ruhe einkehren lassen. Es war schon weit nach fünf und dämmrig. Nach einigen kalten Tagen direkt nach dem Sturm war es wieder mild geworden, fast schon frühlingshaft. Als hätten sie dieses Jahr den Winter übersprungen.

Katta hatte sich den ganzen Tag noch nicht blicken lassen. Es musste also Redaktionsschlusswoche sein. Normalerweise bot ihr das keinen Anlass zu trüber Laune, im Gegenteil, in dieser Zeit pflegte Katta vor Energie zu glühen. Diesmal eindeutig nicht. Hiltrud unterbrach ihre Arbeit, stützte sich auf den Besenstiel. »Hallo! Du trägst deine eigene kleine Gewitterwolke über dir. Schick. Die Düsternis steht dir.«

Katta starrte sie überrascht an, doch dann lächelte sie einfach zurück. »Guten Abend, Hiltrud. Die Ponys werden sie vertreiben. Darin sind sie Profis.« Einen Moment lang sah sie so aus, als wolle sie noch etwas hinzufügen, doch dann fragte sie nur nach der Kräutermischung, die sie über Hiltrud bestellt hatte und die noch nicht da war. Dann ging sie Richtung Koppel, um die Pferde zu holen.

Hiltrud sah ihr lächelnd hinterher. Dann kehrte sie weiter. Sie mochte die junge Frau, auch wenn sie damit ziemlich alleine stand. Den meisten anderen Einstellerinnen und Einstellern war Katta zu verschlossen und eigenbrötlerisch. Und bei Weitem zu unabhängig. Sie stand im Ruf, arrogant zu sein. Ihre scharfe Zunge hatte Verletzungen hervorgerufen, die Hiltrud noch Jahre später hatte bluten sehen, während Katta sich schulterzuckend umgedreht hatte und nichts davon wahrzunehmen schien. Mit ihren schwarzen Haaren und ihrer hellen Haut war sie zudem von einer speziellen Schönheit und unbewussten Sinnlichkeit, die geeignet war, unter dem guten Dutzend Einstellerinnen auf dem Hof Neid hervorzurufen. Die zwei Männer, die hier schon lange Pferde hielten, waren von ihr so wenig diplomatisch zurückgewiesen worden, dass sie in ihnen keine Freunde besaß. Und jetzt war noch ein Dritter hinzugekommen, den sie mit Sicherheit auch vor den Kopf stoßen würde. Man musste ihr nur ein bisschen Zeit lassen.

Der junge Mortau war ja nun auch wieder im Lande, blieb aber auf Distanz, da war sich Hiltrud sicher. Katta und er waren nach einer sehr bösen Scheidung wie Hund und Katz. Er war jetzt in dem Alter ... Rein äußerlich ähnelte er seinem Vater wenig, bis auf die unverwechselbaren grünen Augen, aber er hatte die schönen Gesichtszüge seiner Mutter. Glich er ihm im Charakter? Sie war jedenfalls froh, dass Katta nicht mehr mit ihm zusammen war.

Hiltrud kehrte die letzten Reste direkt auf den Misthaufen, dann brachte sie den Besen zurück in den Schuppen neben dem Wohnhaus. Seit zwölf Jahren hatte sie diesen Hof nun schon, hatte ihn direkt nach der Scheidung gekauft, ihren Bankjob aufgegeben und es nie bereut. Seitdem lebte sie allein und mochte es, auch wenn dies niemand glaubte. Den Namen Engelshof hatte sie beibehalten, schon weil alle anderen Pferdeställe nach Bäumen benannt waren. Im Gegensatz zu den meisten Aussiedlerhöfen, die man zu Pferdepensionen umgenutzt hatte, war der Engelshof ein altes Gehöft, das Wohnhaus und die daran anschließenden Stallungen aus Fachwerk. Und sie hatte einiges getan, um auch den neuen Stallungen und der Reithalle Schönheit zu verleihen. Alle Gebäude waren dunkelrot angestrichen wie schwedische Sommerhäuschen. Überall gab es Rosenbeete und Schatten spendende Bäume, neben den Kastanien, die schon da waren, auch Platanen und Wallnussbäume, die Hiltrud angepflanzt hatte. Es war ein Gesamtkunstwerk, auf das sie sehr stolz war. Von Anfang an war Katta mit auf dem Hof als eine der ersten Einstellerinnen, und sie hatte mit großem Abstand das beste Händchen von allen. Von zwanzig Pensionspferden konnte niemand leben, deshalb hatte Hiltrud immer ein halbes Dutzend Tiere zur Korrektur oder Ausbildung da, und Katta war die einzige, bei der sie sich ab und an Hilfe holte. Die junge Frau war eine phantastische Reiterin und besaß ein einzigartiges Gespür für Pferde. Wäre es für Menschen doch nur halb so gut.

Am nächsten Morgen stieß Hiltrud auf ihrem Weg zur Futterkiste beinahe mit ihr zusammen. Es nieselte, aber Katta trug keine Regenkleidung, sondern Jogginghose und mehrere Sweatshirts zu Reitstiefeln. Charmant. Die Gewitterwolke hatte sich deutlich vergrößert. Hatte sie sich mit dem Redaktionsschluss geirrt?

»Kannst du mir sagen, mit welchen *anständigen Frauen* ich zu tun habe, bitte sehr?«, fragte sie unvermittelt. »Fällt dir jemand ein? Mir nicht! Ich kümmere mich einen Scheißdreck um *anständige Frauen*! Ich kümmere mich um Pferde und um mich selbst. Was ist das überhaupt, eine anständige Frau? Ich meine, heutzutage! Mein Kräuterfutter?«

»In der Ecke.«

Katta legte sich den Sack über die Schulter und stapfte durch die Stallgasse.

»Wenn du reden willst?«, rief Hiltrud ihr hinterher.

»Heute nicht. Vielleicht morgen. Danke.« Damit ging sie hinaus.

*

In der Putzkammer lagen derweil zwei identische Blätter und Umschläge. Als Katta vom Stall nach Hause kam, zwang sie sich, weiterzuarbeiten. Sie war einfach geflüchtet. Das ging so nicht. Verdammt. Briefe und Steine. Was war bloß in sie gefahren? Sie schenkte sich einen großen Whiskey ein, obwohl es noch nicht einmal Mittag war, ignorierte ein schallend lautes Wiehern, Fritzis Klingelton auf ihrem Handy, ließ das Handy einfach wiehernd auf dem Küchentisch liegen und ging nach oben. Sie würde arbeiten, bis es Zeit war, mit Maria Tee zu trinken. Zumindest von den ekligen Briefen konnte sie das ablenken.

Treffen

Dienstagnachmittag und Maria fiel es schwer, den Blick von dieser Frau mit den zarten Gesichtszügen und den elegant wirkenden Bewegungen abzuwenden, die tatsächlich bei ihr in der monumentalen Wohnküche saß, zwischen weißem Marmor, Edelstahl und dunklem Holz, und ihren Tee trank.

»Der Tee, den Sie da haben, ist köstlich. Es ist Jahre her, dass ich aromatisierten Tee getrunken habe, aber dieser hier ist wirklich ganz hervorragend.«

Obwohl man ihr das Erstaunen anmerkte, darüber, dass sie die Einladung angenommen hatte, oder weil ein Earl Grey tatsächlich schmecken konnte, strahlte sie eine natürliche Selbstsicherheit aus. Sie bewegte sich so unbefangen in dieser Küche, die einem kleinen Restaurant Ehre gemacht hätte, als könne sie nichts und niemand jemals einschüchtern.

Maria war rückhaltlos in ihrer Bewunderung. Wenn sie jemanden bewunderte, dann tat sie es gänzlich ohne Vorbehalte.

In diesem Moment flog die Küchentür auf. Sie wurde plötzlich und mit einem theatralischen Geräusch aufgerissen, kein Motorengeräusch, kein Klirren des Schlüssels als Vorwarnung, und ein Mann stürmte herein, Jan stürmte herein mit breit geöffneten Armen und einem noch breiteren Lachen im Gesicht: »Überraschung, mein Schatz!« Bevor er erstarrte und gebannt auf die Frau mit den kurzen Haaren in seiner Küche starrte: »Was zum Teufel macht die Hexe hier?«

*

»Die Hexe?«, rief Maria erstaunt aus.

»Ja, ich habe ihren Besen gar nicht draußen neben der Tür lehnen sehen. Ist sie gar zu Fuß hierhergekommen?«

»Ich verstehe nicht, Jan?«, fragte Maria.

Endlich sah er seine Frau an. »Nein, das kannst du auch nicht verstehen, liebste Maria. Aber musstest du dir von allen Nachbarn ausgerechnet sie einladen?«

Katta war aufgestanden, stand nun an den Küchenschrank gelehnt und blies bedächtig in ihren Tee.

»Dürfte ich dich höflichst ersuchen, meine Küche zu verlassen?«, wandte Jan sich nun an sie.

»Um wohin zu gehen? In dein Bett?«

Die Gesichter ihrer Gastgeber überzogen sich mit Röte. Marias Augen wurden kreisrund. Mit süffisanter Stimme fuhr Katta ungerührt fort: »Deine im Gegensatz zu dir liebenswürdige Frau hat mich in dieses Haus eingeladen, deswegen betrachte ich mich so lange als willkommen, wie sie es für richtig hält. Die Zeiten für wild gewordene Machos sind definitiv vorbei, Jan. Auch wenn sich das deiner Kenntnis entzogen haben mag.«

Und damit setzte sie sich wieder. Maria sah es mit Erstaunen, das noch zunahm, als ihr Mann, statt nun wirklich wütend zu werden, sich grinsend ein Bier aus dem Kühlschrank holte und sich ebenfalls niederließ.

»Deine Laune hat sich nicht gebessert, seit du mich bei Rolfs Party beschimpft hast. Die Wortwahl allerdings schon. Bier?«

»Nein danke. Es ist früher Nachmittag. Du solltest mit der Sauferei aufhören, sie fängt an, deinen Teint zu verderben.«

»Was machen deine Gäule?«, überging er die Stichelei.

»Danke bestens, deine?«

Jan riss die Augen auf: »Was?«

»Ich dachte, du hättest da noch ein paar Pferdchen laufen«, sagte Katta völlig ins Blaue hinein, lediglich der Spur seines Ärgers folgend.

»Vergiss dich nicht. Du bist in Gesellschaft einer Dame!«

Maria sah fasziniert zwischen ihnen hin und her. Niemals hätte sie sich einen solchen Ton Jan gegenüber herausgenommen, eigentlich niemandem gegenüber, und ihn hatte sie auch noch nie so sprechen hören. Aber trotz der Frechheiten, die sich die beiden gegenseitig an den Kopf warfen, schienen sie völlig ungerührt. Die Wut war offenbar zu einer Art Ritual geronnen, die sie nicht wirklich genossen, obwohl ... sie wusste auch nicht. Aber nun hatte Katta wohl doch genug, denn sie stand auf und verabschiedete sich dezidiert nur von ihr. Bedankte sich herzlich für den hervorragenden Tee und ging.

Die Tür schloss sich. Weg war sie und mit ihr der Geist von Unabhängigkeit, Stärke und Freiheit. Maria fühlte sich förmlich verlassen. Nur wenige Minuten hatten sie alleine zusammengesessen, kaum etwas geredet in dieser Zeit und wenn, nur über Tee, aber es war lange genug gewesen, um sie spüren zu lassen, wie wohl sie sich in Kattas Gegenwart fühlte. Sie war kein bisschen linkisch oder schüchtern gewesen, als hätte sich deren Unbefangenheit auf sie übertragen.

Jan unterbrach diese Gedanken, indem er sie zärtlich umarmte. »Es tut mir so leid, Liebes, dass du das mit anhören musstest. Diese Frau ist einfach unmöglich! Die ganze Sippe ein arroganter Haufen, alle zusammen und schon immer gewesen. Wie geht's dir, mein Engel? Und unserem kleinen Schatz?« Sachte streichelte er über ihren Babybauch. »Du siehst müde aus!«

Damit komplimentierte er sie aufs Wohnzimmersofa, trug Sorge, dass ihre Füße hoch lagen, sie etwas Gesundes zu trinken hatte, entzündete ein wohliges Kaminfeuer und setzte sich dann neben sie. Behutsam strich er ihr eine Haarsträhne aus dem Gesicht und küsste sie sanft auf den Hals. Nach einer Weile drehte er sachte ihr Gesicht zu sich. »Du bist etwas ganz Besonderes. Du trägst ein Licht in dir, das alle Dämonen vertreibt. Schon als ich dich zum ersten Mal gesehen habe, war mir klar, wie gut du mir tun wirst.« Beschwörend nahm er ihr Gesicht in beide Hände. Sie ertrank fast in der Intensität seines Blickes. »Bewahre dir deine Unschuld, Schatz!«

»Welche Dämonen?«, fragte Maria leise.

»Hat nicht jeder Mann ab einem gewissen Alter seine Dämonen?«, wechselte er wieder in seinen neckenden Tonfall. »Du bist noch ein solches Kind! Und ich liebe dich.«

Danach überließ er sie den eigenen Gedanken. Grüblerisch drehte sie an ihrem Ring. Was meinte er mit seinen Dämonen und warum sprach er mit ihr, seiner Frau, nicht darüber? Sie verstand manches nicht an Jan, so vieles blieb rätselhaft, trotz der zwei Jahre, die sie ihn nun schon kannte, doch eines hatte sie heute verstanden: dass er offensichtlich ganz andere Seiten hatte, wenn es um seine Exfrau oder -freundin ging. Diesen Eindruck hatte das Gespräch bei ihr deutlich hinterlassen. Wie wüst Katta und er sich auch beschimpft hatten, so war doch eine Vertrautheit darin nicht zu leugnen gewesen, die eigentlich nur einen Schluss zuließ: Die beiden waren ein Paar gewesen.

Jan hatte ihr nichts davon erzählt!

Nun dachte sie darüber nach, warum. Und war mit ihren vierundzwanzig Jahren jung genug, um sich von Herzen gekränkt zu fühlen, und schüchtern genug, um ihm dies zu verschweigen.

Lächeln

Als sich am nächsten Tag ein dritter Brief hinzugesellte, lagen Kattas Nerven blank. Ständig über Jan zu stolpern war schon lästig, die Trennung von Rolf nagte wider Erwarten an ihr und dass sie Fürstprimas nicht in den Griff bekam, frustrierte sie. Fritzi hatte auch wieder angerufen. Diesmal hatte sie eine SMS zurückgeschrieben: »*Don't call us. We'll call you.* Samstag!« Sein Angebot bereitete ihr zusätzliches Unbehagen. Aber diese Briefe waren nun wirklich das Letzte!

Es war ausgerechnet an diesem Nachmittag, dass ihr die ›Missmutige Elsa‹ begegnete. Sie hatte sie vor Jahren so getauft, um bald festzustellen, dass die Stallgemeinschaft den boshaften Spitznamen bereitwillig übernahm. Mit den meisten Leuten auf dem Hof pflegte Katta einen höflichen und entspannten, wenn auch recht oberflächlichen Umgang. Sie grüßte, lächelte oder nickte jedem zu, dem sie begegnete, und hielt sich ansonsten an ihre Pferde. Doch Elsa verweigerte ihr dieses Grundmaß an gegenseitiger Wahrnehmung. Und das seit Jahren. Elsa war älter als sie, wie viel älter, war schwer zu sagen. Sie wirkte gebrochen. Die Schultern hingen, der ganze Körper schien sich wegzuducken. Kleidung und Haare waren ungepflegt, das Gesicht von tiefen Linien zerfurcht, keine davon eine Lachfalte. Ihr Pferd ähnelte seiner Besitzerin auf unheimliche Weise, es wirkte immer struppig, obwohl es regelmäßig geputzt wurde, und biss mit angelegten Ohren von Elsa abgesehen nach jedem, der ihm zu nahe kam. Elsa selbst hatte die Angewohnheit, ärgerlich vor sich hinzumurmeln, sprach aber nie jemanden direkt an. Selten redete sie mit Hiltrud, und auch dann nur, um sich über etwas oder jemanden zu beschweren. Wenn sie gegrüßt wurde, starrte sie zurück, sagte aber kein Wort. Die meisten nahmen Elsa so hin, wie man einen räudigen alten Hund duldet, der über den Hof schleicht und jeden zahnlos anknurrt, der ihm über den Weg läuft. Katta jedoch grüßte mitleidslos weiter, jedes einzelne Mal. Sie hatte eine Wette mit Hiltrud abgeschlossen, wie viele Jahre sie brauchen würde, bis Elsa zurückgrüßte. Manche Leute gewöhnten sich eben langsamer an ein fremdes Gesicht, hatte sie gemeint.

An diesem Nachmittag putzte Katta ihre an der Stallwand angebundenen Fjordponys Tara und Little Joe voller Konzentration. Pferdeputzen tat ihr immer gut. Wenn es nach ihr ginge, sollte man das als therapeutisches Mittel auf Rezept verordnen. Doch heute schien es nicht richtig zu wirken. Da hörte sie hinter sich schlurfende Schritte. Jemand murmelte »rücksichtslos. Immer rücksichtslos« und ging vorbei, kam nach wenigen Augenblicken zurück, »überall fliegen die Haare. Sauerei das« und ging wieder weg. Beim dritten Mal konnte Katta das Gemurmel gar nicht verstehen, aber ihr Geduldsfaden riss beinahe hörbar. Sie fuhr herum und fand sich Elsa gegenüber, die zunächst ziemlich erschrocken dreinsah, dann aber zu ihrem gewohnt feindseligen Gesichtsausdruck zurückfand.

»Wenn du mir etwas mitteilen willst«, fauchte Katta, »dann tu es. Tu es jetzt!«

Elsa senkte den Blick und zog sich zurück, heftig vor sich hinbrabbelnd. Wenig später, Katta holte gerade eine andere Bürste aus der Sattelkammer, stand sie plötzlich wieder hinter ihr. »Du. Du hast mich vorhin so von der Seite angemacht, oder? Du warst das doch, oder? Euch kann man ja alle nicht auseinanderhalten. Seht alle gleich aus. Alle gleich.«

Katta drehte sich um und starrte in das verbitterte Gesicht. Das Blut stieg ihr in den Kopf. Die Frustration der ganzen Woche quälte sie, und nun erzählte diese Frau ihr noch, dass sie aussah wie alle anderen? Sie versuchte still zu bleiben, aber dann entfuhr es auch schon ihrem Mund, ohne vorher das Hirn durchquert zu haben: »Na, wenigstens du bist unverwechselbar. Dich erkennt man immer sofort an deiner schlechtgelaunten Fresse!«

Elsa sah einen Moment aus, als wäre sie geschlagen worden, dann huschte sie schnell in einem seltsamen Hoppelschritt davon. Meine Güte, dachte Katta, meine Güte, Katta, du bist kein guter Mensch!

Als sie an diesem Abend vor dem Zubettgehen am Fenster stand, überlegte sie, was Rolf wohl zu einem solchen Auftritt gesagt hätte. Die letzten Tage war es ihr einigermaßen gelungen, nicht an ihn zu denken, doch vorhin im Supermarkt hatte sie einen Flashback gehabt. Plötzlich hatte sie vor sich gesehen, wie sie sich liebten, als hätte sie es gefilmt und würde es nun abspielen, einfach so, während sie an der Kasse ihr Kleingeld abzählte. Hoffentlich passierte ihr das so schnell nicht wieder!

Auch jetzt, während sie so dastand und zu den Sternen aufsah, war er sehr präsent. Sein Lachen. Wie es sich anfühlte, wenn sie ihre Hand in seinen warmen Nacken legte. Der Ausdruck seiner Augen, wenn er anfing sie zu begehren, wenn dieses Etwas sich in seinen Blick stahl. Eben hatte er noch etwas über Hufgeschwüre erklärt, ganz Tierarzt, sachlich, pragmatisch, doch sie musste sich nur eine Haarsträhne aus den Augen wischen, ihren Kopf neigen, ihre Hüfte ein klein wenig drehen, einen Arm heben – was auch immer sie tat, eigentlich konnte sie sich gar nicht bewegen, ohne dass es ihn erregte. Rolf zu verführen war einfach. Und dann bekam er diesen Ausdruck. Sie hatte es hunderte Male beobachtet und sie hatte es geliebt, wie er sie ansah. Die Erinnerung zog ihr schmerzhaft Kehle und Brustkorb zusammen. Sie schüttelte die Bilder ab und zwang sich, an etwas anderes zu denken.

Zur Not konnte sie sich Gedichte aufsagen, das lenkte ab. Sie kannte ziemlich viel von Heine auswendig. Die meisten waren Liebesgedichte, also wenig hilfreich. Aber Belsatzar: *Die Mitternacht zog näher schon; In stummer Ruh lag Babylon.* Sie sagte die ganze Ballade auf, laut und deutlich, sprach die altbekannten Worte über Hochmut und Gotteslästerei des Königs und den grausigen Verrat seiner Knechte, sprach extra langsam und überdeutlich, und dann ließ der Schmerz nach und sie konnte wieder atmen.

Am Donnerstagmorgen wachte sie auf und der Spuk war vorbei. Es war der vierte Morgen nach der Trennung. Vermutlich hatte sie das Schlimmste nun hinter sich. Immerhin war es ihre eigene Entscheidung gewesen, sich zu trennen.

Zu ihrer Erleichterung holte sie nur ein Werbeheftchen aus dem Briefkasten. Dies also konnte ein guter Tag werden. Sie arbeitete lange und konzentriert. Als sie nachmittags in den Stall ging, schaute Hiltrud sie ein wenig schräg an, als sie sich grüßten, zumindest kam es ihr so vor. Katta überlegte kurz, ob sie ihr von den Briefen erzählen sollte, aber eigentlich wollte sie die Sache einfach nur vergessen. Schließlich hatte es nun aufgehört.

Sie longierte Fürstprimas, der zwanzig Minuten lang brav um sie herumlief, um dann von einem Moment zum anderen zu bocken, als sei er ein Mustang, den sie frisch von der Prärie weg eingefangen hatte. Sie hing mit ihrer ganzen Kraft in der Longe, die Absätze in den Sandboden gebohrt, damit er sie nicht von den Füßen riss. Nun bedauerte sie, dass sie in die Reithalle gegangen war, der Round-Pen hätte seinen Spielraum begrenzt. Sie musste ein Stück mitrennen, um wieder Boden zu gewinnen, um nicht loslassen zu müssen. Dann, an der kurzen Seite angekommen, zog sie mit allem, was sie hatte, kämpfte, fluchte, wirklich nicht nach Lehrbuch, und konnte das große Pferd schließlich zu sich heranholen. Als es bei ihr stand, schnaubte es zufrieden.

Nur Katta war alles andere als das.

Verdammt! Dieses Pferd brachte sie ständig aus der Fassung. Warum nur? Weil Rolf überzeugt war, dass sie nicht damit fertig wurde? Und dreimal verdammt! Sie würde ihm beweisen, dass sie mit diesem Trakehner zurechtkam!

Nein, nichts würde sie ihm beweisen. Schließlich musste sie ihm gar nichts mehr beweisen.

Wütend stampfte sie mit dem Pferd an der Longe aus der Halle, als ihr ein bemerkenswert gutaussehender Mann in den Weg trat. Vermutlich war das Hiltruds neuer Einsteller. Er hatte die klar geschnittenen Gesichtszüge eines Hollywoodstars aus den ganz alten Schnulzen, wie Cary Grant oder Fred Astaire, und nun erhellte ein hinreißend strahlendes Lächeln diese Züge. Katta, durchaus empfänglich für männliche Schönheit, sah ihn interessiert an. Hiltrud hatte gesagt, er sei eine falsche Entscheidung gewesen, und wenn sie in ihrem Leben auf eines vertraute, dann war es die Menschenkenntnis dieser Frau.

Sie wartete. Immer noch lächelnd, schüttelte er nun den Kopf. »Tsstsstss«, raunte er mit angenehm tiefer Stimme, »es ist doch wirklich erstaunlich, wie wenige von euch Mädels mit ihren Pferden zurechtkommen.«

Katta biss die Zähne zusammen. Offensichtlich hatte er sie vom Reiterstübchen aus beobachtet. Sie war fest entschlossen, es zu keinem zweiten zwischenmenschlichen Zusammenstoß innerhalb von nur zwei Tagen kommen zu lassen. Sie würde den Mund halten. Offensichtlich sah er dies als Ermutigung. Er lächelte weiterhin filmreif. Ein wirklich atemberaubend schöner Mann, das musste man ihm lassen.

»Wenn du Hilfe brauchst, jederzeit. Lars Hönstett mein Name. Wirklich jederzeit gerne!«

Idiot. Vielleicht konnte sie den Ton ausblenden und sich einfach nur an seinem Anblick erfreuen? Sie brachte es fertig zu nicken, als wolle sie sich bedanken, und so würdevoll, wie Fürstprimas es eben zuließ, davonzugehen. Das Pferd hatte während des kurzen Gesprächs ruhig dagestanden, als sie jetzt aber weiterging, stieß es ihr mit dem Kopf gegen die Schulter, sodass sie ins Stolpern kam. Sie schnalzte ihm zum Dank mit dem Strick gegen die Nase und knurrte leise: »Nein. Du Depp!«

Als sie abends in der Badewanne den Tag noch einmal vorbeiziehen ließ, konnte sie nur eines feststellen: Es lief nicht gerade gut im Moment.

Der Freitag begann unaufgeregt. Es gab keine unerfreuliche Post und sie musste, um den SATTLER druckfertig zu bekommen, nur ein Mal den Belsatzar aufsagen. Als sie zum Schluss der Ballade gekommen war und *Belsatzar ward aber in selbiger Nacht von seinen Knechten umgebracht* deklamiert hatte, war sie mit Korrektur und Layout durch und schickte die gesamte Datei noch vor dem Mittag an den Drucker. Eine Stunde (und doch noch einen Belsatzar) später telefonierte sie kurz mit Olaf, um abzuklären, ob alles okay war. Am frühen Nachmittag setzte sie sich in ihr Auto und fuhr die kurze Strecke hinüber nach Kerndorf, wo er seine Druckerei hatte, um sich den ersten Probeabzug anzusehen und wie gewöhnlich mit einem Kaffee und einem Kräuterschnaps darauf anzustoßen.

Als sie gegen drei in den Stall kam, stapfte ihr Elsa entgegen, die zusammenzuckte, als sie sie erkannte und schnell abdrehte. Auch gut, dachte Katta ihr schlechtes Gewissen hinunterschluckend, und absolvierte einen durchwachsenen Ausritt auf Fürstprimas, bei dem er einmal durchging und drei weitere Male plötzlich mitten im Wald kehrtmachte und sie in die Gegenrichtung schauen ließ. Es gelang ihm nicht, sie abzuwerfen, Katta fiel nie herunter, aber sie musste absteigen und ihn ein Stück führen, weil sie vor Ärger und Enttäuschung nicht mehr wusste wohin mit sich. Der Heimweg verlief ohne Störungen, was sie wieder ein bisschen versöhnte.

Diesmal fing Hiltrud sie ab. »Herzchen, wenn du dein Pferd versorgt hast, komm doch bitte mal zu mir rein, auf eine Tasse Tee, ja?«

Tee

Hiltrud bugsierte Katta ins Wohnzimmer, dessen Fenster auf einen kleinen, sorgsam gepflegten Staudengarten hinausgingen. Dank des milden Oktoberwetters trugen die Dahlien noch ihre Blüten und leuchteten zusammen mit Herbstastern, Goldruten und verschiedenen Sonnenhutarten in der hereinbrechenden Dämmerung. Der Kaminofen knisterte, auf dem Tisch brannten Kerzen. Dort hatte Hiltrud schon eine große Kanne Tee und einen Teller selbstgebackener Zimtplätzchen bereitgestellt und die Sessel mit den bunten Decken und Kissen um den niedrigen Tisch zurechtgerückt. Katta begann sich sichtlich zu entspannen, als sie den farbenfrohen, nach Lavendel duftenden Raum betrat und den Blick über den Dielenboden mit seinen flauschigen Teppichen zu den Wänden wandern ließ, die in einem kräftigen Rosa gestrichen waren, das bei dieser Beleuchtung rosenrot wirkte. Dort hingen zwei große Bilder, die Hiltrud von einer ortsansässigen, von Franz Marc inspirierten Künstlerin erworben hatte. Die wilden bunten Pferdeleiber wurden mit versteckt angebrachten Lampen zart ausgeleuchtet.

Hiltrud wartete einen Moment, ließ Katta erst von ihrem Tee trinken und Zimtplätzen knabbern. Das gab ihr Gelegenheit, sie in Ruhe zu betrachten. Die junge Frau wirkte in den letzten Tagen angestrengt. In ihrem Gesicht, in ihren Bewegungen lag eine ungewohnte Spannung. Wenn sie etwas an Katta von Anfang an fasziniert hatte, dann ihre Art, mit sich selbst im Reinen zu sein. Katta konnte egozentrisch sein, rücksichtslos und unabsichtlich grausam, aber sie war immer ganz sie selbst, auf eine selbstverständliche Weise klar. Wenn sie wütend war,

war sie wütend. Wenn sie sich abgeregt hatte, dann war es wieder vorbei. Da blieb nichts Zweifelndes, Zögerliches, da blieb nichts hängen. Sie tat, was sie wollte und zwar gut; sie machte nichts, was sie nicht wollte. Unterlief ihr ein Fehler, entschuldigte sie sich und Punkt, aus. Diese Frau wusste nicht, was es bedeutete, verstrickt zu sein. Das Leben war einfach für eine Katarina Wolff.

Nicht für sie selbst. Sie hatte sich nie freimachen können von ihren Fehlern, und mochten sie noch so lange zurückliegen. Eine lebenslange Neigung zum Grübeln, das war ihres. Tägliche Meditation, Gebete, intensive Beschäftigung mit spiritueller Weisheit verschiedenster Provenienz hatten sie nicht davon befreit, über die fatalen Folgen ihrer Handlungen zu brüten. Sie beneidete Katta um die Leichtigkeit des Schlussstriches.

Aber nun war etwas geschehen. Hiltrud überlegte, ob es die beendete Affäre mit Rolf sein konnte, sie hatte da etwas läuten hören. Aber sie hatte Katta zu viele Beziehungen beenden sehen, ohne dass sie das je aus dem Gleichgewicht gebracht hätte. Sie hatte sogar gesehen, wie sie den plötzlichen Tod ihrer Mutter verwunden hatte, wie sie getrauert hatte, ohne dabei aus dem Tritt zu geraten. War diese eine Beziehung anders? Oder gab es da noch etwas?

Schließlich ergriff Hiltrud das Wort und hatte sofort die volle Aufmerksamkeit ihrer Besucherin. »Katta. Du bist einer der wenigen Menschen, mit denen ich geradeheraus reden kann.« Sie hielt Kattas Blick fest und sah in ihren hellwachen Augen, dass die Jüngere bereits verstanden hatte, worauf sie hinauswollte. »Ich weiß, du hast einen scharfen Verstand«, fuhr sie fort. »Und ich weiß, dass du der Dummheit in dieser Welt nicht schweigend begegnen kannst. Das ist in Ordnung. All diese Leute, die sich selbst was vormachen und sich und andere belügen. Es trifft die Richtigen. Du hast dich bisher nie an jemandem vergriffen, der so viel schwächer ist als du.«

Katta senkte den Blick und seufzte tief.

»Kennst du *L'heure bleue*?«, fragte Hiltrud plötzlich.

»Die blaue Stunde?«, fragte Katta zurück.

»Der Name eines Parfüms, das Jacques Guerlain 1912 kreiert hat? Es feiert dieses spezielle Licht, die besondere Stimmung, das Schwebende und Flüchtige der Abendstunde – wie jetzt, wenn die Sonne hinter dem Horizont verschwunden, aber die Nacht noch nicht hereingebrochen ist. Der Duft hat eine besondere Art von Romantik, ist altmodisch, aber sehr sinnlich, weit weg von dem plumpen Sexappeal heutiger Marken.«

Katta hörte einfach zu und wartete ab. Hiltrud sah, dass ihre Augen glänzten.

»Es gibt nicht viele Leute heutzutage, die einen Sinn für Parfüms, Düfte, Gerüche und Zwischentöne haben. Aber«, fuhr sie nach kurzer Pause fort, »noch weniger haben hier im Stall Pferde stehen. Du bist eine von ihnen. Eine andere ist Elsa.«

Katta schwieg. Dann sagte sie: »Jedenfalls hast du die Wette gewonnen. Jetzt wird sie mich niemals zurückgrüßen.«

»Katta. Sie wandelt an einem Abgrund. Ihr garstiges Pferd gehört zu dem Wenigen, was sie noch vom Absturz abhält. Es ist nicht deine Aufgabe, sie hinunterzustoßen.«

Katta knirschte mit den Zähnen.

»Was ist mit dir?«, erkundigte Hiltrud sich sanft.

»Ich hatte eine schwere Woche«, antwortete Katta lahm. »Ich werde versuchen, auch wenn ich nicht weiß, wie, aber ich werde versuchen, es wieder gutzumachen.«

»Wenn du reden willst ...«

»Danke. Ein andermal.«

Hiltrud rollte innerlich die Augen. Verschlossen wie eine Auster, diese Frau. Laut sagte sie: »Gut. Dann wollte ich dich bitten, ob du mir heute Abend mit dem spinnerten Quarter hilfst. Ich bin nicht mehr gelenkig genug für diese Art von Rodeo.«

»Sicher. Gerne. Wenn ich danach von deiner fabelhaften Lasagne bekomme?«

»Abgemacht!«

*

Und so ging diese verfluchte Woche damit zu Ende, dass Katta eine Stunde lang geduldig mit dem jungen Westernpferd arbeitete, das einige ziemlich fiese Bocksprünge im Repertoire hatte. Am Ende ging der Wallach ruhig und zufrieden kauend unter ihr. Katta war trotz der abendlichen Kälte nassgeschwitzt, aber sehr zufrieden mit sich. Sie konnte es also doch noch.

Dann würde sie es auch mit dem Trakehner schaffen.

Sie musste nur einfach mit den Grundlagen beginnen, so wie sie es mit Hiltruds Ausbildungspferden tat. Wie hatte sie das vergessen können!

Sie versorgte das Pferd, hängte sich dann eine der Pferdedecken um, um sich nicht zu erkälten, und schritt voller Euphorie über den Hof zu Hiltruds Haus, wo es schon nach Lasagne duftete.

Zweite Woche

Join up

Am Samstagmorgen vor dem Küchenfenster, als sie in die Finsternis starrte, wurde Katta klar, dass sie die erste Woche ohne Rolf hinter sich gebracht hatte. Heute brauchte sie kein Gedicht. Sie prostete ihrem Spiegelbild mit der Teetasse zu und murmelte: »Gratuliere.«

Seit dem letzten Zusammentreffen mit Jan und seiner Frau hatte sie möglichst wenig Gedanken auf ihre neue Nachbarin verwandt. Dass Maria lieb und sensibel war, so viel hatte Katta inzwischen verstanden, aber mit dieser Sorte Mensch konnte sie nicht sonderlich gut umgehen. Gegen die andere Sorte hatte sie sich schon immer wehren können. Auch wenn sie an Elsa lieber nicht denken wollte ...

Nun, da alle Druckunterlagen termingerecht abgeliefert waren, konnte sie wieder früher in den Stall gehen, und dieser Samstagmorgen war zudem sonnig.

Katta führte Fürstprimas gerade zum Round-Pen, einem hölzernen Rundbau, wo sich ihr Pferd-Mensch-Miteinander hoffentlich harmonischer gestalten ließ als in Wald und Flur, da sah sie Maria mit ihrem schüchternen Lächeln und ihrem geschwollenen Bauch auf sich zukommen.

»Ist das nicht zu riskant in Ihrem Zustand?«

»Was?«, fragte Maria erstaunt.

Katta zeigte auf die Kugel, die wesentlich dicker war als nur wenige Tage zuvor. »Nun, ich fühle mich einer Geburt im Stall nicht gewachsen, wissen Sie, das ganze Blut und dazu noch das Geschrei. Es ist echt schlimmer geworden mit Ihnen. Sie sehen aus, als würden Sie gleich platzen.«

Maria wirkte ein bisschen schockiert, musste dann aber lachen. »Keine Angst, es hat sich noch nicht gesenkt. Der Termin ist auch erst in sechs Wochen.«

»Ah« war alles, was Katta darauf erwidern konnte. Sie hätte Maria gerne umgehend ins Krankenhaus geschickt, sicherheitshalber. Da Maria nach wie vor dastand und sie erwartungsvoll ansah, zeigte Katta ihr kundenfreundlichstes Lächeln oder zumindest das, was sie sich darunter vorstellte, und sagte: »Wen kennen Sie hier denn? Ich helfe Ihnen gerne weiter.«

*

Maria war entschlossen, sich nicht abwimmeln zu lassen. Also riss sie sich zusammen und antwortete mit leiser, aber fester Stimme: »Mir wurde gesagt, dass Sie so eine Art Pferdeflüsterin sind. Ich wollte mal sehen, was Sie so machen. Wenn ich darf, und stören will ich natürlich nicht.«

Bis hierher hatte ihr Mut sie getragen, nun wusste sie nicht mehr so recht weiter. Ein wenig Entgegenkommen wäre hilfreich gewesen. Stattdessen bekam sie nur einen langen, nachdenklichen Blick aus sehr dunklen Augen. Am liebsten hätte sie kehrt gemacht und wäre wieder gegangen. Da sie sich aber weder vor noch zurück traute, verharrte sie in zunehmender Unsicherheit. Nach einer Ewigkeit zuckte Katta mit den Schultern.

»Dann kommen Sie eben rein. Am Rand sind Bänke.«

Vorsichtig betrat Maria die kleine hölzerne Halle. Auf der linken Seite war ein schmaler Durchgang und tatsächlich befand sich dort in einer erhöhten Nische eine Art Bank. Sie setzte sich. Es war alles andere als bequem und kälter als draußen, aber sie hatte einen guten Blick auf das mit hellen Sägespänen ausgelegte Rund, das von der Herbstsonne warm ausgeleuchtet wurde. In den Sonnenstrahlen, die den Weg ins Innere fanden, schwebten Staubpartikel. Krähen flogen auf und krächzten heiser, sonst war nichts zu hören, außer jetzt den gedämpften Schritten des großen dunkelbraunen Pferdes, das an Kattas Hand hereinkam. Als sie den Strick löste, trabte das Tier sofort mit federnden Bewegungen los, mehr springend als laufend, als wisse es nicht wohin mit seiner Energie. Schnaubend warf es dabei den Kopf hin und her. Maria hielt die Luft an. Sie war völlig gebannt. Es war eine verzauberte Atmosphäre, so vollkommen anders als alles, was sie kannte, von geradezu magischer Schönheit. Katta war in der Mitte stehen geblieben, eine große Peitsche locker in der Hand. Maria kniff die Augen zusammen, doch es war nicht zu erkennen, was sie eigentlich tat, um das Pferd zu bewegen.

*

Herzlich wenig, hätte Katta, die große Pferdeflüsterin, ihr antworten können, wäre sie gewillt gewesen zu sprechen. Gegenwärtig blieb ihr aber keine Zeit zum Reden. Fürstprimas rannte aufgeregt um sie herum und scherte sich nicht um sie. Er hatte sich schon vom Strick losgerissen, als sie noch den Finger auf dem Karabinerhaken hatte und ihr dabei den Nagel und das halbe Nagelbett schmerzhaft eingerissen. Wenn sie ehrlich war, kämpfte sie mit dem Impuls, mit der Peitsche auf ihn einzudreschen, und brauchte gerade ihre ganze Selbstbeherrschung. Sie senkte den Blick auf den Boden und konzentrierte sich darauf, zehnmal tief ein- und auszuatmen, bevor sie sich wieder dem Pferd zuwandte. Fürstprimas rannte derweil mit erhobenem Schweif und geblähten Nüstern in heller Aufregung im Kreis.

*

Was Maria mitbekam, war ausschließlich Kattas Konzentration und die Schönheit des Tieres. Sie legte die Hand auf ihren Bauch, weil das Kind angefangen hatte zu strampeln, als würde es die Bewegungen aufgreifen, und sah bewundernd auf Pferd und Frau. Durch die oben offenen Seitenwände konnte man an diesem klaren Tag den blauen Himmel sehen, vor dem sich das leuchtend goldfarbene Laub der Bäume abhob, das der Sturm noch übrig gelassen hatte. Maria nahm all dies in sich auf und seufzte tief.

*

Katta hatte sich wieder im Griff. Ein letzter tiefer Atemzug, dann sah sie ihr Pferd an, wandte sich ihm zu, richtete sich auf und machte sich so groß und breit wie möglich. »So, wenn du laufen willst, dann lauf«, murmelte sie. Sie fing an, auf einem kleinen Kreis in der Mitte zu gehen, immer hinter dem Pferd bleibend und ihm immer zugewandt, den Blick auf seine Kruppe gerichtet, eine Handbreit vor dem Schweifansatz.

Ein leichtes Knallen mit der Longenpeitsche, mehr brauchte es nicht, Fürstprimas reagierte sofort und startete durch, bis er in rasender Geschwindigkeit um sie herumjagte. Sie machte keinen Versuch, ihn zu bremsen, ließ ihn laufen. Im Gegenteil, sobald der Wallach ein bisschen nachließ, trieb sie ihn wieder an. Das Tempo des großen Pferdes in der Halle war beängstigend, die Hufe trommelten auf den Boden, bei jedem Galoppsprung hörte man ein keuchendes Schnauben.

Entweder er bricht sich jetzt seinen verdammten Hals oder er lernt es, schoss es Katta durch den Kopf. Sie war nicht gewillt, nachzugeben, diesmal nicht. Immer wieder trieb sie ihn an und wartete auf die Zeichen. Es dauerte unerträglich lange. Da endlich nahm das Tier den Kopf herunter, riss ihn aber sofort wieder hoch. Es dauerte noch einige Runden, bis es den Kopf wieder senkte und diesmal länger unten behielt; gefühlte hundert Runden später drehte ein kauender Fürstprimas, dem der Schweiß nur so vom Fell tropfte, ihr auch das innere Ohr zu.

Endlich.

Katta atmete auf, senkte den Blick und wendete sich ab. Wenn er jetzt nicht zu ihr kam, müsste sie weitermachen; sie seufzte bei dem Gedanken. Und dann kam er und stand neben ihr. Erleichtert streichelte sie seinen Hals. Einen Moment verharrten sie so. Das Pferd pumpte heftig und schnaubte mehrmals zufrieden ab. Die Zeit war stehengeblieben.

Als sie nach einer Weile langsam in Schlangenlinien durch die Halle ging, folgte das Pferd jeder ihrer Bewegungen. Sie hatten es also geschafft, ein erster großer Schritt zu einem besseren Einverständnis war getan. Erst als sie merkte, das der Atem des Tieres wieder ruhiger geworden war, blieb Katta stehen und das Pferd hielt wie selbstverständlich und ohne ein weiteres Zeichen neben ihr. Ein unglaubliches Glücksgefühl durchströmte sie.

Nun fühlte sie auch, wie hungrig und durstig sie war.

Da hörte sie einen begeisterten Ausruf: »Das ist ja phantastisch. Wie haben Sie das gemacht? Das müssen Sie mir unbedingt beibringen!«

Katta schaute erstaunt auf. Sie hatte Marias Anwesenheit völlig vergessen. Zumindest war die Frau keine Nervensäge. Da saß sie bewegungslos hinter ihrem dicken Bauch und ihre Augen leuchteten vor Begeisterung.

»Wollen Sie mit mir zusammen frühstücken?«, fragte Katta spontan. »Es wäre vermutlich Ihr zweites Frühstück, aber ich habe noch nichts gegessen. Ich reibe ihn nur schnell trocken und bringe ihn weg.«

*

Wie immer, wenn sie überrascht war, fing Maria an, unzusammenhängendes Zeug zu reden. »Ich weiß nicht, ich meine, sehr gerne, ich weiß nur nicht, ob ich etwas essen kann, mir ist immer schlecht, wissen Sie … darf ich ihn anfassen?«

Als Katta nickte, verließ Maria ihren Holzverschlag und ging zögernd auf Fürstprimas zu. Sie fragte nach seinem Namen und Katta nannte ihn.

»Hat er keinen Kosenamen? Fürstprimas klingt so adelig.«

»Er ist ja auch ein Aristokrat. Ein reinrassiger Trakehner!«

Sehr vorsichtig legte Maria ihre Hand auf die Stirn des Pferdes, das sofort den Kopf senkte und zart gegen ihren Bauch stupste. »Oh! Du sagst hallo zu meinem Baby? Wie lieb von dir!« Der Pferdekopf blieb leicht gegen den Bauch gelehnt und Fürstprimas schnaubte mit einem ganz leisen Blubbern zärtlich dagegen.

»Imi, Imi, Imi, bist duu ein Guuuter«, gurrte Maria zärtlich und vergaß alles um sich herum.

*

Katta stand da und traute ihren Augen nicht.

»Hatten Sie schon einmal mit Pferden zu tun?«

»Nein, überhaupt nicht.«

»Wollen Sie ihn in seine Box führen?«

»Oh, darf ich?« Wie ein kleines Mädchen, das auf den Ponyhof darf. Verrückt, dachte Katta.

Dann nahm Maria den Strick, so wie sie es bei ihr gesehen hatte, sagte mit hoher aufmunternder Stimme »Komm, Imi!« und ging voraus. Fürstprimas folgte, die Nase an ihrer Schulter, als hätte er nie etwas anderes getan. Katta ging mit deutlichem Abstand neben ihnen her, damit sie das Schauspiel mitverfolgen konnte. Als Hiltrud mit einer Schubkarre voll Mist über den Hof kam, setzte sie die Karre abrupt ab und blieb staunend stehen. Dann rief sie hinüber: »Es gibt keine falschen Entscheidungen, Katta!«

Katta schenkte ihr ein breites Grinsen.

Die Frauen rieben das Fell mit viel Stroh so trocken, wie es eben ging, dann legte Katta eine Abschwitzdecke auf. Hiltrud würde sie später wieder abnehmen und das Pferd hinausbringen. Als sie schon draußen vor der Box standen und den Wallach mit Karotten fütterten, sah Katta zu Maria hinüber. Ihr Gesicht strahlte vor Glück. Erst da fiel ihr auf, in welchem Maße es das bisher nicht getan hatte.

Sie gingen zu den Autos, als Katta Lars Hönstett entdeckte, der gerade an den hinteren Boxen entlanglief. Obwohl groß und athletisch, ging er mit eingezogenen Schultern, sein Gang war steif, auf den schönen Gesichtszügen lag heute ein missmutiger, ja bitterer Ausdruck. Schlechte Laune ließ die ganze Attraktivität dieses Mannes zum Teufel gehen. In diesem Moment kam Hiltrud mit geleerter Karre vom Misthaufen zurück, sah den Mann ebenfalls und zuckte kurz zusammen, bevor sich die Blicke der beiden Frauen kreuzten. Hiltrud seufzte auf und grinste schief. Da hob Katta nur die Augenbrauen leicht an und formte mit den Lippen zwei Worte: »Falsche Entscheidung?«

*

Kurz darauf saß Maria zum zweiten Mal mit Katta in einer Küche zusammen. »Was für ein herrlicher Ausblick«, rief sie aus, sobald sie die Küche betreten hatte. Sofort ging sie ans Fenster und betrachtete voller Bewunderung Tal, Bach und Schafe. »Sie müssen einfach glücklich sein, das jeden Tag vor Augen zu haben! Man sieht das alles von hier aus so viel besser als von uns. Wunderschön!«

Nun, da sie beide am Tisch saßen und in ihren Tassen rührten, verfielen sie in Schweigen. Maria merkte jetzt in der Wärme, wie erschöpft sie war. An ihrem Ring drehend, suchte sie nach einem Gesprächsthema, es fielen ihr aber nur unpassende Fragen ein, und so rührte sie schweigend in ihrem Tee.

Sie hätte zu gerne gewusst, wie das mit Kattas Verhältnis zu

Jan aussah. Sie hatte sich nicht überwinden können, ihn selbst zu fragen, was ja eigentlich das Naheliegende gewesen wäre. War Katta in Jans Haus ein- und ausgegangen? Hatte sie vielleicht sogar selbst darin gelebt, sich dort wohlgefühlt?

War sie gar die Exfrau, über die Jan niemals sprach?

Und warum nannte Jan Katta eine Hexe? Das allerdings hatte sie ihn an dem Abend noch gefragt, aber seine Antwort war dergestalt, dass sie das Thema fallengelassen hatte.

»Wenn jemals eine Frau eine war, dann sie!«

Sein Tonfall, in dem sich Zorn mit widerwilliger Bewunderung mischte, hatte sie vollkommen entmutigt, weiterzufragen.

*

Auch Katta dachte über Beziehungen nach. Da war etwas in dem Verhältnis zwischen Jan und Maria, das sie nicht verstand. Es musste mit Marias Persönlichkeit zusammenhängen. Wer war diese schüchterne Frau, die sich begeistern konnte wie ein kleines Mädchen? Was tat sie, was interessierte sie? Es war kein Beruf mit ihr in Verbindung zu bringen. Katta sah zu, wie Maria im Essen herumpickte, ein paar Oliven aß und sich kleine Stücke vom Baguette abzupfte. Währenddessen hatte Katta sich ein riesiges Sandwich gebastelt mit Gurke, Tomate, Ketchup, Käse, Schinken, Mayo und gekochtem Ei, das Maria über den Tisch hinweg mit allen Anzeichen des Ekels betrachtete.

»Darf ich Sie etwas fragen?«, kam es plötzlich von beiden zugleich. Von Maria in zaghaftem, von Katta in forschem Tonfall. Sie ließ Maria den Vortritt, doch diese wehrte höflich ab, also begann Katta, die selten die Geduld zu allzu großer Höflichkeit aufbrachte: »Was haben Sie eigentlich gemacht, bevor Sie hierher gekommen sind? Ich meine vor dem«, sie deutete mit den Händen einen schwangeren Bauch an. »Welche Arbeit?«

*

Maria riss ein Baguettestück in kleine Teile. »Oh, ja. Ich meine, also gearbeitet habe ich noch nicht wirklich, nur ein bisschen im Geschäft meines Onkels mitgeholfen, bei dem ich auch gelebt habe. Sehen Sie, ich habe erst letzten Herbst meinen Abschluss gemacht. Jura. Also, ich habe Jura studiert, nur das erste Staatsexamen, ja und dann habe ich Jan kennengelernt. Auch im Geschäft meines Onkels, er hat eine Fachbuchhandlung für Rechtswissenschaften, juristische Bücher, hauptsächlich. Er ist eigentlich Jurist. Und da, na ja, so halt. Eigentlich wollte ich weitermachen, Referendariat und zweites Staatsexamen, wissen Sie, aber dann«, sie klopfte leicht auf ihren Bauch. »Es ist alles etwas verwirrend. Ich wollte eigentlich sogar Staatsanwältin werden oder Richterin, die Noten dafür habe ich. Aber dann ... Wer weiß, vielleicht mache ich später ja auch was mit Pferden?« Als Maria lachend aufsah, saß Katta nur stumm mit erhobenen Augenbrauen da und schwieg, sodass sie schließlich weitersprach. »Ich bin Waise. Meine Eltern, besonders meine Mutter hätte nicht gewollt, was ich hier tue. Meine Karriere wegwerfen und so. Sie war eine starke Frau. Sie war auch Juristin. Wir sind eine Juristenfamilie. Aber meine Eltern sind früh gestorben. An einer Lebensmittelvergiftung. Ich habe bei meinem Onkel gelebt, seit ich sechzehn bin.«

*

Da saß dieser kleine, unförmige Spatz von einer Frau und redete mit zarter Stimme, ohne jede Spur von Wehleidigkeit. Katta fühlte eine Welle der Sympathie, die die Distanz, die sie normalerweise zu ihren Mitmenschen hielt, einfach wegschwemmte. Und deshalb sprach sie plötzlich über etwas, was sie noch nie ausgesprochen hatte. Hier im Dorf wusste es sowieso jeder: »Ich habe meine Mutter bei einem Autounfall verloren. Ziemlich lange her. Im November werden es zehn Jahre.« Sie saßen und schwiegen. »Jan übrigens auch«, fügte sie nach einer Weile hinzu.

*

Maria nickte und sagte leise: »Als wir uns kennengelernt haben, stellten wir fest, dass wir beide im selben Alter die Eltern verloren haben. Deshalb verstand er mich sofort, ohne viel Worte. Er ist ein so einfühlsamer und fürsorglicher Mensch. Der erste Mann, der wirklich nachvollziehen konnte, was das für mich bedeutet hat, wie es ist, jemanden zu verlieren, zu trauern. Auch wenn ich ihn nicht immer verstehe, aber ich glaube fest, dass so etwas verbindet, mehr als andere Dinge. Das gleiche Schicksal. Ich meine, Jan ist natürlich älter als ich und es ist länger her für ihn, aber wir waren beide sechzehn, als es passierte.«

»Stimmt«, bestätigte Katta matt, »stimmt, Jan war sechzehn.«

Maria sah sie neugierig an. Jetzt war der Moment, der Moment, sie nach Jan zu fragen, doch sie ließ ihn vorbeiziehen.

Schließlich ergriff sie wieder das Wort: »Ihr Türklopfer ist wirklich originell. Das muss ein Geschenk von jemandem sein, der Sie wirklich gut kennt.«

»Ja.« Jetzt lächelte Katta. »Er ist von ... meinem Ex.«

Von Jan?, fragte sich Maria, aber sie sagte etwas anderes: »Das mit dem Pferd, mit Imi, war toll. Wie machen Sie das?«

Katta sah zu dem Cowboyhut hinüber, der an der Tür hing. Sie setzte ihn auf, stapfte mit wiegendem Gang durch die Küche und erklärte mit übertriebenem amerikanischen Akzent: »Well! Damals im Wilden Westen, da hab ich wilde Mustangs beobachtet. Tag und Nacht, bis ich fast *myself* ein Gaul war. Sin' nich' die Hengste, die was zu sagen haben. Is' die Leitstute. Wird so'n Fohlen frech, dann verjagt sie's. Stellt sich ihm einfach quer in' Weg. So kann's nich' mehr zur Herde. Well, allein in der Prärie is' das der sichere Tod. Keine schöne Aussicht. Wenn das Fohlen kapiert hat, dreht sie sich wieder und fängt friedlich an zu fressen. *That's it.* Ganz einfach. Wenn wir mit Gäulen so reden, dass sie 's verstehen können, is' es ganz leicht.«

Maria sah Katta misstrauisch an, dann murmelte sie ganz leise: »Faszinierend!«

Katta prustete laut los. »Entschuldigung«, lachte sie. »Hey! Entschuldigen Sie bitte. Natürlich war ich nicht ...« Doch sie konnte ihren Satz nicht beenden, weil laut und energisch der Türklopfer bedient wurde und gleichzeitig ein herrischer Bass durch den Flur dröhnte.

»Kannst du dir keine normale Klingel anschaffen, wie normale Leute auch?!«

»Es ist offen«, brüllte Katta zurück, »verdammt noch mal, als ob du das nicht wüsstest!«

Gleich darauf entstand Tumult in der Küche, als nun ein großer, breiter Mann laut schimpfend hereinpolterte. Maria stand abrupt auf, warf dabei ungeschickt ihren Stuhl um und murmelte mit hochrotem Gesicht etwas von Mittagessen kochen, wobei sie Katta einen verletzten Blick zuwarf und sich an der den ganzen Raum einnehmenden Gestalt vorbeimanövrierte, der noch während sie die Küche verließ, röhrte: »Gibst du dich jetzt mit den Zugezogenen aus dem Wald ab, die sich für was Besseres halten? Ja? Cowgirl, was?«

Maria bekam noch mit, wie Katta sich den Hut fester auf den Kopf drückte und in schneidendem Ton »Verdammt, Vater! Wirklich, verdammt!« sagte. Dann rannte sie hastig aus dem Haus und zu ihrem eigenen hinüber.

*

Katta sah ihren Vater an. »Was willst du?«

»Dir die Schrauben bringen, die du bestellt hast!«

Und damit knallte er ein nur locker in Packpapier gewickeltes Päckchen auf den Küchentisch. Eine Strähne seines schlohweißen Haares fiel ihm in die Augen.

»Ich habe keine Schrauben bestellt«, stöhnte Katta entnervt.

»Du hast aber welche nötig. Alle, die bei dir locker sind!«

Katta lehnte am Küchenschrank und blinzelte unter ihrem Hut hervor. Schwieg.

»Du warst mit dem Kerl verheiratet, kurz genug, nun gibst du dich mit seiner neuen Frau ab. Hast du gar keinen Stolz?«

»Über falsche Partnerwahl müssen wir beide uns wohl kaum unterhalten!«

»Rede gefälligst respektvoll mit mir, Göre! Und respektvoll über deine Stiefmutter.«

Katta atmete tief durch: »Was willst du?«

»Deine Stiefmutter möchte dich zum Essen einladen.«

»Wenn das alles ist, kannst du wieder gehen. Sie ist nicht meine Stiefmutter. Sie ist zehn Jahre jünger als ich und spricht nur Thai. Wie sollten wir uns da wohl verständigen?«

»Man kann sich immer verständigen, wenn man es will.«

Katta blickte lange und betont ausdruckslos auf einen Punkt genau oberhalb der Wanduhr, bis die Gesichtsfarbe ihres Vaters von rot in fast violett wechselte, er sich umdrehte und erst die Küchentür, dann die Haustür mit einer Wucht zuwarf, dass sie dachte, sie falle aus den Angeln.

Das braune Päckchen blieb auf dem Küchentisch zurück, saß dort wie ein unglückliches kleines Tier. Katta betrachtete es aus der Ferne, während sie ein Fenster öffnete und sich eine Zigarette ansteckte. Sie inhalierte tief und blies den Rauch langsam in die klare Luft hinaus, wo er für einen kurzen Moment Rolfs vermaledeite Schafe in Nebel hüllte.

Ihr Erzeuger war völlig verrückt geworden, seit ihn seine Freiersfüße nach Thailand geführt hatten.

Auch das Gespräch mit Maria ließ sie ratlos zurück. Jan verständnisvoll? Jan einfühlsam? Fürsorglich? Von wem war hier die Rede? Sie konnte sich bei Gott nicht vorstellen, dass Marias Art zu trauern auch nur das Geringste mit der von Jan zu tun hatte. Sie erinnerte sich noch sehr gut an Jans Rezept: Kiffen, Saufen und Sex. Nach der Beerdigung hatten sie die Trauergesellschaft einfach stehen lassen, waren auf Jans 80er direkt vom

Friedhof in die Bude eines Kumpels gefahren, um Whiskey zu trinken und stundenlang zu vögeln.

In den Monaten danach war er schlicht durchgedreht. Sie hatten nachts Autos geklaut, sie kurzgeschlossen und waren mit dreihundert Stundenkilometern über die Autobahn gerast. Nichts war riskant genug, schnell genug, laut genug für ihn.

Im Angesicht des Todes hatte Jan das Leben gefeiert oder auch versucht sich selbst zu zerstören, eins von beidem oder beides gleichzeitig. Sie hatte er dabei mitgenommen, so lange jedenfalls, bis sie das Tempo nicht mehr halten konnte.

Auftrag

Katta packte ihre Sachen zusammen und steckte als Letztes ihren alten Laptop in die Reisetasche. Es wurde langsam Zeit, wenn sie eine Stunde vor Veranstaltungsbeginn in der Wetterau eintreffen wollte. Die Birkenmühle war ein kleiner Stall mit nur zwanzig Pferden, den Friedrich Walter geerbt hatte und den er seit seiner Heirat mit Anke zusammen bewirtschaftete. Beide waren sehr rege, was das Organisieren von Lehrgängen betraf, und der SATTLER berichtete gern darüber.

Allerdings freute sich Katta weniger auf »Zirzensische Lektionen für Anfänger« als darauf, die schönen alten Fachwerkgebäude wiederzusehen. Das Wetter war ideal. Denn es gab da nur einen Reitplatz, idyllisch gelegen und komplett umgeben von Rosenhecken, einzigartig schön im Vergleich zu den üblichen Anlagen, aber ohne Dach. Keine Halle, nichts, was vor Regen schützen konnte. Man musste schon überdurchschnittlich optimistisch sein, um hier im Oktober eine Veranstaltung zu planen.

Sie wählte den Weg über die Landstraße, auch wenn er etwas länger war, und genoss die Fahrt. Gelb und rot verfärbtes Laub wirbelte vor ihr auf wie Konfetti einer himmlischen Party. Hier in der Gegend hatte der Sturm weniger gewütet, Bäume und Hecken standen noch in ihrer ganzen bunten Pracht.

Während sie fuhr und die herbstliche Landschaft betrachtete, fragte sie sich, was Jan letztes Jahr wohl in einer juristischen Fachbuchhandlung in Hamburg zu suchen gehabt hatte? Hauptberuflich war er Sohn und Erbe. Im zarten Alter von achtzehn Jahren, als sie noch zusammen in der Schule saßen, war er mit Erreichen der Volljährigkeit auf einen Schlag stinkreich geworden. Gearbeitet hatte er nie. Wenn er denn Geschäfte machte, lagen diese, soweit sie wusste, immer am Rande der Legalität und dienten einzig dem Zweck, ihn vor der Langweile zu retten und einen Kick zu geben, nachdem er alle Risikosportarten durch hatte.

Sie seufzte und schaltete Musik ein. Für heute hatte sie genug über Jan nachgedacht. Irgendwie schien Maria das auszulösen.

Amy Winehouse' Stimme erfüllte das Auto. Katta sang mit, fühlte die Melancholie und ließ sich eine Weile darin treiben. »*And I wake up alone*« – wie sehr sie es gemocht hatte, wenn Rolf sie noch einmal ganz fest in die Arme nahm, diese wenigen schlaftrunkenen Minuten in der Dunkelheit, bevor er sich in aller Herrgottsfrühe nach Hause schlich. Sie schaltete die Musik aus, wollte am liebsten gar nichts denken, rezitierte zur Abwechslung mal ein Herbstgedicht von Hebbel ... *Dies ist ein Herbsttag, wie ich keinen sah. Die Luft ist klar, als atmete man kaum.* Oder hieß es: still? Still, als atmete man kaum? *Und dennoch fallen raschelnd fern und nah* ... was? Was fällt? Sie wusste es nicht mehr, schade. Zu Hause würde sie nachschauen. Nach einer Dreiviertelstunde stellte sie ihr Auto im Hof der Birkenmühle ab.

Es war schon eine Weile her, seit sie das letzte Mal hier gewesen war. Als sie ausstieg und sich im Hof umsah, kam der stolze Besitzer gerade aus einem der Ställe und lief ihr sofort freudig entgegen. Fritzi, den niemand Friedrich nannte, war groß und muskulös, überragte sie um mindestens zwei Köpfe. Fritzi hatte seine ältere Schwester ihn genannt, als er noch ein kleiner Junge war, und der Hüne trug diesen Namen so gelassen, als sei er sich des komischen Effekts gar nicht bewusst. Wie eine Zwergin fühlte sich Katta neben ihm, ein altvertrautes Gefühl in seiner Gegenwart. Wie eine misslaunige Zwergin in Gegenwart eines strahlenden Giganten.

»Katta! Wie schön, dass du kommen konntest!«

Jeder andere wäre nach ihrem letzten Telefongespräch und ihrer SMS leicht sauer gewesen, nicht so Fritzi. Genau das war es gewesen, was sie am Ende nicht mehr ertragen hatte. Sie lächelte zurück. »Ich freu mich auch, Fritzi!«, und versank in einer bärenstarken Umarmung. Gott, sie hatte vergessen, wie gut sich das anfühlte! Mit leicht kribbeligen Gliedern löste sie sich wieder und fing an, verlegen an ihrer Kleidung herumzunesteln. »Der Lehrgang«, sagte sie schließlich. »Erzähl.«

Das Kribbeln verschwand, als sie bei einer Tasse Kaffee im Reiterstübchen saßen, einer umfunktionierten Gartenhütte mit großen Fenstern zum Reitplatz hinaus. Sie redeten über die Tücken von Teilnehmern mit Problempferden. Es würden sechs Leute sein, fünf Frauen und ein Mann, von denen drei ihre Tiere schon kaum in den Hänger bekamen. Eine Halterin hatte explizit gesagt, dass ihr Pferd eine komplette Katastrophe sei. Fritzi würde den Lehrgang zunächst allein leiten, Anke sei heute Morgen in aller Frühe zu einem Kolikpferd gerufen worden und käme später dazu. Der Lehrgang ging über anderthalb Tage. Gastboxen und Weideplätze waren schon vorbereitet. Katta tippte alles in ihren Laptop, auch die bereits geplanten Termine für das kommende Jahr.

»Was willst du ihnen beibringen?«, fragte sie ihn.

»Meist geht es ja um die Basics: Dominanz und Vertrauen. Die Lektionen selbst sind leicht. Das Kompliment sollte drin sein. Es ist ja nicht so schwierig, einem Pferd einen Knicks beizubringen. Vermutlich müssen wir unglaublich viel Führarbeit machen.« Er redete noch eine Weile weiter, erklärte sein Konzept. Es entstand eine Pause. Katta tippte noch die letzten Worte ein, aber Fritzi hatte aufgehört zu reden.

Sie sah auf. »Was?«

»Katta, ich wollte dich wirklich bitten, dich dieser Sache anzunehmen. Eines der kranken Pferde ist gestern Nacht gestorben, hier bei mir.«

»Das ist ja furchtbar.« Sie steckte sich eine Zigarette an.

»Hey, das ist gesundheitsgefährdend!«

»Wenn eines gestorben ist, steht das außer Frage.« Sie ließ es sich nicht nehmen, einen besonders schönen Rauchkringel in die Luft zu blasen.

»Das Rauchen, Katta!«

»Ach Fritzi, hör auf, ein solch verdammter Moralapostel zu sein. Ich habe es dir doch gesagt. Keine Detektivarbeit mehr! Warum fragst du nicht jemand anderen?«

Fritzi schob seine leere Kaffeetasse abrupt in die Mitte des Tisches. Für ihn geradezu ein Wutausbruch. »Weil dein Ex darin verwickelt ist.«

»Was?«

»Irgendwie ist er darin verwickelt. Weißt du, was Jan geschäftlich macht?«

Katta mochte das Thema nicht, ganz und gar nicht.

»Er verhökert und verwettet sein Erbe«, antwortete sie leichthin, »wie immer, nehme ich an. Aber vielleicht täusche ich mich auch. Er wird ja jetzt Familienvater.«

»Ich habe davon gehört.«

»Immer wieder erstaunlich, diese Buschtrommeln.«

Fritzi zog bloß sein Gutmenschgesicht.

Oh ja, wie hatte sie das genervt! Sie hätte kaum sagen können, wie lange sie Fritzi eigentlich kannte. Schon immer, irgendwie. Er hatte im Dorf gewohnt, neben dem Bäcker. Und er hatte immer mit Pferden gearbeitet, sich bereits während der Schulzeit für Westernreiten interessiert. Irgendwann in der Zeit, als sie zum Studieren in die Stadt gegangen war, hatte er die Birkenmühle von seinem Onkel geerbt.

»Nein«, sagte er jetzt und sie musste sich besinnen, über was sie gerade sprachen. »Jan handelt mit Zusatzfuttermitteln. *Magic Powder*. Macht nervöse Tiere ruhig. Erst werden sie ruhig, dann werden sie krank. Kannst du ihm mal auf die Finger schauen? Schließlich seid ihr jetzt Nachbarn.«

»Futtermittel? Jan? Du musst dich täuschen. Er mag Pferde nicht einmal. Wieso sollte Jan mit was anderem handeln als mit Aktien? Damit spielt er ganz gern. Aber er arbeitet nicht. Hat genug Geld. Außerdem bin ich froh, wenn ich nichts mit ihm zu tun habe.«

»Bitte, um der alten Zeiten willen!«

»Himmel, Fritzi!«

»Du weißt, dass ich dich geheiratet hätte«, sagte er plötzlich.

»Himmel, du bist mit deiner Frau besser dran.«

»Da hast du recht!«

Dass er das so betonte, fand sie nun auch wieder überflüssig.

»Und trotzdem!«, blieb Fritzi beharrlich. »Dass du mich für einen solchen Narren verlassen konntest!«

»Du hast mir die Luft abgeschnürt. Ich war noch so jung. Ich war noch zu jung, um mich fest zu binden, mit dem Hof und allem. Bei Jan bestand keine Gefahr.«

»Machst du es?«, fragte er. »Ich zahle dir deinen alten Tagessatz.«

»Und dann starb meine Mutter«, fuhr sie fort. »Sie war ihr Leben lang unglücklich – alles nur, weil sie den falschen Mann geheiratet hatte. Alles stürzte über mir zusammen. Ich konnte nicht anders.«

»Den alten Tagessatz. Katta?«

»Im Endeffekt war es gut so. Du hast die richtige Frau gefunden. Ihr seid glücklich.«

Fritzi seufzte. »Ja. Du hast recht. Die kurzen Haare stehen dir übrigens.«

Sie holte tief Luft, überwand sich und grinste ihn dann an: »Okay. Aber ohne Bezahlung. Ich kann ja ein bisschen rumfragen.«

»Wirklich?«, freute er sich.

»Ach weißt du, ich konnte Komplimenten noch nie widerstehen.« Der Spott in ihrer Stimme war nicht zu überhören. In Wirklichkeit überspielte sie damit das ungute Gefühl, das sie schon nach dem Telefonat gehabt hatte. Ein bisschen unheimlich war es schon, dieses Gefühl. Wie eine Vorahnung.

»Ich habe dich geliebt, Katta.«

»Die Hölle ist gepflastert mit Liebesschwüren, Fritzi.«

Da öffnete sich die Tür und jemand rief: »Ich krieg das verdammte Pferd nicht aus dem Hänger!«

»Nicht *raus*? Tatsächlich?« Unter Kattas spöttischem Blick wurde die Teilnehmerin sofort rot.

Fritzi sprang schnell auf und eilte mit ihr hinaus. Es dauerte nicht lange, bis man nervöses Hufgetrappel auf dem Pflaster des Hofes hörte, das sich schnell wieder beruhigte.

Führarbeit

Katta verbrachte die nächsten Stunden damit, zuzuschauen, wie Fritzi den Kurs leitete. Er hatte alles im Griff, Pferde wie Frauen und sogar den einen Mann, der sich hierher verirrt hatte. Anke war aufgrund eines zweiten Kolikfalles inzwischen komplett ausgefallen, aber niemand kam auf die Idee, Katta um Hilfe zu bitten. Sie hatte es nicht angeboten und Fritzi hatte nicht gefragt. Im Gegenteil. Neben dem Kurs sorgte er noch dafür, dass sie es bequem hatte und immer eine Tasse heißen Tee in der Hand hielt, während sie an der einen Seite des Reitplatzes in eine Decke gehüllt auf einer Bank in der Sonne saß oder langsam hin- und herging, um sich warmzuhalten.

Es war gut so. Sie wussten beide, dass sie viel zu ungeduldig war, sich mit unfähigen Besitzern und deren verzogenen, teils gefährlich gewordenen Tieren auseinanderzusetzen. Es amüsierte Katta, wie Fritzi es schaffte, sie vorsorglich von den Teilnehmern fernzuhalten. Fritzi, Takt- und Zartgefühl in Person, der es sich nicht verkneifen konnte, ihr vorwurfsvolle Blicke zuzuwerfen, wenn sie sich eine Zigarette ansteckte.

Sie hatte beschlossen, weder über Fritzi nachzudenken noch über Rolf oder Jan, und wenn sie schon einmal dabei war, am besten überhaupt nicht über Männer, sondern sich auf ihre Arbeit zu konzentrieren. Sie brauchte lebendige Details für einen guten Bericht. Und die wurden ihr hier zuhauf geliefert.

Die erste Übung bestand schlicht darin, die Pferde in einem großen Kreis zu führen. Dabei offenbarten sich so ziemlich alle denkbaren Unarten. Vorneweg ging der Schleicher, ein brauner Warmblutwallach, der sich mit hängender Unterlippe am Strick ziehen ließ, während ihn seine Besitzerin, groß und vierschrötig, mit tiefer Stimme anspornte. Dann kam der ADHS-Typ, eine weiße Araberstute, die keinen Moment stillstehen konnte und den Kopf in alle Richtungen warf, als wolle sie ihn loswerden. Die zierliche Besitzerin war kaum in der Lage, die Stute dem langsamen Tempo anzupassen, das der Braune vorgab. Mussten sie anhalten, löste das wahre Zappelanfälle aus. Im Moment galoppierte sie auf der Stelle. Dritte in der Reihe war eine hübsche kleine Scheckstute, deren Besitzerin unentwegt beruhigend auf sie einredete, obwohl das Tier ruhiger gar nicht werden konnte. Es trottete gleichmäßig voran. Die Probleme lagen hier eindeutig bei der Halterin, nicht beim Pferd.

Dann die Frau, die ihren riesigen Wallach nicht aus dem Hänger bekommen hatte. Sie war auffallend klein, untersetzt, mit teigigem Gesicht und trug einen rosa Trainingsanzug. Katta mutmaßte, dass sie sich dieses Pferd aus einem Bedürfnis nach Größe gekauft hatte, oder vielleicht mochte sie auch Kontraste, denn das Tier hatte ein Stockmaß von über eins fünfundsiebzig. Nur dass es sich nicht von der Stelle rührte, egal, was die Frau mit ihm veranstaltete. Sie zog und schob, wedelte mit der Gerte, nur zuzuschlagen traute sie sich nicht, obwohl Katta sicher war, dass sie dies im heimischen Stall sehr wohl tat. Das Fell des Riesen war von einer Schwärze, die das Licht zu verschlucken schien und verlieh ihm die Ausstrahlung eines Dämons, der von einer rosafarbenen Leuchtkugel bedrängt wurde. Das ungleiche Gespann bildete ein Hindernis, um das die anderen Teilnehmer ab der zweiten Runde herummanövrieren mussten.

Dann folgte Nummer fünf, die angekündigte Komplettkatastrophe: ein Fjordpferd. Man musste schon einiges tun, um diese ausgeglichenen Charaktere zu verderben. Katta starrte die Besitzerin unfreundlich an. Sie hatte ihr Pony geradezu gefesselt. Statt ein einfaches Halfter zu tragen wie die anderen Tiere, war es mit einer Kandare voll aufgetrenst und mit Führzügeln an einem Longiergurt festgezurrt, dass es die Nase fast auf der

Brust hatte. Zudem hielt die Frau eine Kette statt eines normalen Stricks in der Hand. Sie starrte verbissen nach vorne. Plötzlich hielt das Fjord inne und startete rückwärts durch, lief gegen das Westernpferd hinter ihm, das von dem einzigen Mann (ganz das Klischee in Hut und Sporen) geführt wurde. Das Westernpferd fackelte nicht lange und biss in den Ponyhintern, woraufhin das gepeinigte Tier kreischend quiekte, sich losriss und durch die Halle davongaloppierte, die Führkette hinter sich herziehend. Die Araberstute machte Anstalten, hinterherzupreschen, eine der Teilnehmerinnen schrie auf. Das komplette Chaos! Herrlich!

Der einzige, der gelassen blieb, war Fritzi. Zunächst schnitt er mit einem kleinen Spurt dem Fjord gekonnt den Weg ab und fing es ein. Beeindruckt von dieser Leistung, blieb es zufrieden neben ihm stehen. Mit raschen Bewegungen löste er die Führzügel. Das Pony senkte den Kopf und schnaubte ab. Mehrere souveräne Kommandos, und die Araberstute führte die Gruppe an, während die Fjordfrau auf der anderen Seite des braunen Wallachs zu gehen hatte, der aufgrund ihrer aggressiven Energie sofort einen Schritt zulegte. Fritzi zauberte Halfter und Strick hervor, befreite das Fjordpferd nun ganz und begann mit ihm im inneren Kreis zu arbeiten. Langsam und extrem ruhig erklärte er dabei, was er gerade tat. Die Gruppe hatte sich wieder beruhigt und zog nun im gleichmäßigem Tempo um ihn herum.

Katta schmunzelte. Allein mit seiner Stimme vermochte Fritzi eine kleine panische Herde in Trance zu versetzen. Selbst der Dämon schien zuzuhören und seine Besitzerin, deren Gesichtsfarbe sich mittlerweile ihrem Anzug angepasst hatte, hörte auf, an dem Tier herumzuzappeln. Es war schlicht beeindruckend. Er hatte es wieder einmal geschafft! Innerhalb weniger Minuten. Und er würde ihnen allen etwas beibringen in den kommenden zwei Tagen, diplomatisch, freundlich und bestimmt, ohne jemanden vor den Kopf zu stoßen. Ja, so war er, der Mann, den sie verlassen hatte für einen Oberegoisten, der nun angeblich krumme Sachen mit Futtermitteln drehte. Aber was wusste sie schon über Jan ... sie hatte ja nicht einmal gewusst, dass er einfühlsam sein konnte. Katta seufzte tief auf, steckte sich eine neue Zigarette an und beobachtete weiter.

Sie war todmüde, als sie endlich zu Hause ankam. Es war erst Nachmittag, aber schon düster. Herbst eben. Die dunkle Jahreszeit. Sie würde mindestens einen Whiskey brauchen, um wieder auf Kurs zu kommen. Was für ein Tag! Als sie ausstieg, tauchte Maria aus der Dunkelheit auf wie ein unförmiger Geist.

»Ich habe es gegoogelt.«

»Was?«, fragte Katta, obwohl sie es erraten konnte.

»Das mit den wilden Pferden«, sagte Maria.

Katta sah sie nur an. Was hatte sie wohl als Stichworte genommen? *Wilde Pferde* und *Katta redet Schwachsinn*. Ergibt ...

»Monty Roberts! Man nennt es *Join-up*! Er hat bei den Mustangs gelernt, wie man das Vertrauen von Pferden gewinnt. Ich weiß nicht, wieso Sie mir eine Western-Show vorspielen, statt es mir schlicht zu erklären. Das war gemein und unhöflich!«

Damit drehte Maria sich um und ging mit der Würde eines beleidigten Kindes zurück, von wo sie gekommen war.

Noch etwas, was sie wieder in Ordnung bringen musste.

Heute sah sich Katta dazu nicht mehr in der Lage. Vielleicht noch der Hebbel, der Hebbel würde sie trösten. Sie griff nach dem Gedichtband. Der Hebbel mit einem doppelten Whiskey.

Julia

Julia Jagoda schlug am Sonntagmorgen die Augen auf und nahm zur Kenntnis, das Rolf neben ihr lag. Wie fühlte sich das an? Ungewohnt, aber nicht unangenehm. Es dauerte einen Moment, bis die Wut wiederkehrte. Rolf hatte ihr alles gestanden.

Da hatte diese Frau ihr also den Mann weggenommen und wieder zurückgegeben, weil sie die Lüge nicht mehr leben konnte. Wie hochmoralisch! Sie konnte kaum schlucken vor Empörung. Und dazu hatte sie zwei Jahre gebraucht! Wo war ihre verdammte Moral denn vor zwei Jahren gewesen?

Nein danke, Rolf, aber diese Lüge könnte *ich* nicht leben.

War das so schwierig? Von Beginn an moralisch zu handeln?

Und sie hatte nichts von alledem geahnt. Julia starrte an die Decke, bemerkte ein Spinnennetz, lag da und nahm das filigrane Zickzack wahr, nahm ihre eigene Bewegungslosigkeit wahr und schloss die Augen.

Nein, wenn sie ehrlich war, hatte sie es geahnt, sie hatte es nur nicht wissen wollen. Sie mochte ihre Ehe, das Freundschaftliche, das Vertraute. Selbst die leichte Langeweile. Mein Gott, sie waren fast fünfundzwanzig Jahre verheiratet! Sie hatte es als angenehm empfunden; auch dass sie kaum noch Sex hatten. Die letzten zwei Jahre keinen mehr, wenn sie schon dabei war, ehrlich zu sein. Weil Rolf rücksichtsvollerweise aus dem Schlafzimmer ausgezogen war, damit er sie mit seinem Schnarchen nicht mehr störte.

In der Tat. Sie hätte es wissen können. Und nun? Ob er nun wieder etwas von ihr wollte? Er war nie ein phantasievoller oder besonders zärtlicher Liebhaber gewesen. Das Wesentliche ihrer

Ehe hatte definitiv nicht im Bett stattgefunden. Es gab andere Qualitäten. Dass sie sich blind aufeinander verlassen konnten, eine Zusage war eine Zusage. Sie teilten dieselbe Art von trockenem Humor, fanden dieselben Dinge wichtig.

Eine fast körperlich spürbare Erinnerung ergriff plötzlich Besitz von ihr. Sein Stöhnen, wenn er zum Orgasmus kam und sich dann mit einem Seufzen von ihr runterwälzte. Danach hatte er jedes Mal ihren Hintern fest gedrückt und ihr einen leichten Kuss auf die Wange gegeben und »danke, Liebes« gemurmelt, ehe er einschlief. Sie schüttelte sich und starrte wieder auf das Spinnennetz.

Vielleicht hatte er bei Katta ja etwas dazugelernt?

Bei diesem Gedanken hielt es sie nicht mehr im Bett. Sie sprang auf, lief in die Küche und hantierte hektisch, bis sie einen Kaffee fertiggebracht hatte. Sie wusste kaum, wie.

Ausgerechnet und von allen Frauen Katta! Diese männerverzehrende Oberzicke. Sie erinnerte sich, wie sie auf der Party von Ex zu Ex gelaufen war, am Ende zu betrunken, um alleine zu gehen.

Dafür, dass Michael sie schließlich nach Hause gebracht hatte, durfte sie der Gattin ihres Geliebten dankbar sein. Sie selbst hatte noch dafür gesorgt, ganz fürsorgliche Gastgeberin.

Sie durfte gar nicht daran denken. Zu schnell schluckte Julia Jagoda ihren Kaffee hinunter und verbrannte sich den Mund.

Begegnungen

Am selben Sonntagmorgen, etwa zwei Kilometer Luftlinie durchs Dorf entfernt, blieb Katta zusammengerollt im Bett liegen. Sie kam sich vor wie ein Stein. Sonne fiel ins Zimmer. Egal. Am Nachmittag musste sie noch einmal zum Kurs – für den Vorher-Nachher-Effekt. Vorher wollte sie ausreiten. Jetzt aber war sie ein Stein. Groß, klumpig und schwer, keine Gliedmaßen, kompakt. Sie blieb liegen. Vorerst. Solange sie ein Stein war, musste sie nicht denken. Sie konnte unbeweglich liegen bleiben, ihre glatte kühle Steinhaut fühlte sich angenehm an. Sie hätte tatsächlich nicht sagen können, wo ihre Arme und Beine gerade anfingen oder aufhörten. Kein Grund, das herauszufinden. Rund sein, hart sein. Liegen bleiben.

Es dauerte lange, bis sie sich überwinden konnte, den Tag anzugehen und ihm ins Gesicht zu fauchen wie ein wütender Tiger. Es musste der Whiskey gewesen sein, der Hebbel war es sicherlich nicht.

Sobald sie ihr Steindasein verlassen und sich in Bewegung gesetzt hatte, kam der Schwindel. Dann folgten Kopfschmerzen. Zerschlagen trank sie einen Instantkaffee im Stehen, für die Teezeremonie war sie zu müde. Im Schrank lagen Schokokekse. Der Kaffee schmeckte nicht, die Kekse waren alt und trocken. Dennoch würgte sie beides hinunter. Sie mühte sich, das Päckchen zu ignorieren, das noch immer auf dem Küchentisch lag, in seiner unansehnlichen braunen Verpackung. Vielleicht waren wirklich Schrauben drin. Sie glaubte es nicht, aber wissen wollte sie es auch nicht. Dann fuhr sie zum Engelshof.

Dort stieg sie aus dem Auto aus, schlug die Tür etwas zu fest zu, drehte sich um und bereute sofort, dass sie überhaupt gekommen war. Da war er, der Mann, an den nicht zu denken sie die ganze Woche geübt hatte. An einem Sonntag arbeitete er. Typisch Rolf. Er behandelte das Pferd des schlechtgelaunten Hollywoodstars. Im Moment klärte Lars Hönstett den Tierarzt offensichtlich über dessen vollkommene Inkompetenz auf. Rolf hatte seine freundlich neutrale Miene aufgesetzt, die er denjenigen vorbehielt, die es nicht wert waren, dass man sich über sie aufregte. Normalerweise wäre es ein Spaß gewesen, die beiden zu beobachten. Jetzt nicht mehr. Katta versuchte aufsteigende Panik zu unterdrücken. Wo in ihrem Hirn saß der Heine? *Die Mitternacht zog näher schon; in stummer Ruh lag Babylon.*

Herrje! Konnte sie sich ungesehen vorbeischleichen?

Da hatte er sie schon gesehen. Sie nahm sich zusammen und nickte ihm zu, ohne zu lächeln. Er betrachtete sie stumm, dann nickte er zurück. So war das also, wenn es aus war.

Katta schlich davon, holte die Stricke und ging zur Koppel, wo sie lange bei ihren beiden Ponys stehenblieb und ihnen eine Karotte nach der anderen ins Maul schob, die halbe Wochenration. Kein Grund zur Eile, bloß keine zweite Begegnung. Müde hatte er ausgesehen und älter. Es schien ihm nicht zu bekommen, wieder ein rechtschaffener Ehemann zu sein. Nun, war ja auch nicht seine Entscheidung gewesen.

Ob er es ihr gebeichtet hatte oder einfach so weitermachte, als wäre nichts gewesen? Das war nicht ihr Problem. Obwohl es gut zu wissen wäre für den Fall, dass sie seiner Frau begegnete.

War Julia womöglich die Verfasserin der Briefe? Grund genug wütend zu sein hatte sie, aber sie hätte ja wohl in jedem Fall »anständige Männer« geschrieben.

Katta drückte sich auf der Weide herum, wo sie durch eine Reihe von Linden und ihnen vorgelagerte Hecken vor Blicken aus dem Hofbereich geschützt war, bis sie Rolfs Jeep hörte. Sie konnte dieses Motorengeräusch aus allen anderen heraushören. Lange genug hatte sie abends darauf gewartet, ob er an ihrem

Haus vorbeifuhr, um dann unauffällig auf einem Wanderparkplatz im Gehölz ein Stück die Straße hoch zu parken. So unauffällig, dass es das ganze Dorf gewusst hatte, alle außer seiner Frau natürlich ... Rolf nahm wie immer die Abkürzung über den Feldweg, nicht die Zufahrtsstraße. Jetzt fuhr er an ihr vorbei. Ob er zu ihr sah? Sie kraulte das Fell ihres Ponys, dass die Haare nur so flogen. Ihr Rücken kribbelte von der Möglichkeit seines Blickes. Dann war auch das vorbei.

Statt auszureiten, entschloss sie sich, mit Fürstprimas nur die Übung von gestern zu wiederholen. Sie war zu aufgewühlt und wollte nicht riskieren, ihren Erfolg wieder zunichte zu machen. Es klappte hervorragend. Danach fuhr sie nicht mehr nach Hause, sondern holte sich im Ort eine Pizza, aß im Auto und fuhr auf den Birkenhof zurück. Der Lehrgang hatte nach der Mittagspause gerade wieder begonnen. Fritzi war mit den Teilnehmern und ihren Pferden auf dem Reitplatz. Seine Frau stand am Rand und filmte. Katta stellte sich neben sie. Sie mochte Anke, ihre Ruhe, Kompetenz und Selbstbeherrschung. Diese gradlinige, attraktive Frau passte hervorragend zu Fritzi. Alles, was ihr fehlte, war ein Hauch von Großzügigkeit, um die Exfreundin ihres Mannes wenn schon nicht zu mögen, so doch unbefangen zu sehen. Doch das konnte sie nicht. Katta beobachtete, wie sich Ankes Hals- und Rückenmuskulatur verspannte, als sie grüßend zu ihr trat.

»Hi.« Ankes Stimme klang freundlich. Sie hatte sich im Griff. Was wollte man mehr. Katta ging ein Stück zur Seite, um sie mit dem Rauch nicht zu provozieren, und steckte sich eine Zigarette an.

Was da auf dem Platz passierte, konnte sich sehen lassen. Die Besitzerinnen der Araberstute, der kleinen Scheckstute und des Fjordpferdes übten bereits das Kompliment. Der Mann mit dem Cowboyhut und die Frau mit dem großen Warmblut schickten ihre Pferde von sich weg und holten sie wieder heran. Es herrschte eine Atmosphäre freudiger Konzentration.

Fritzi arbeitete gerade mit dem Dämon. Das war am zweiten

Tag eigentlich kein gutes Zeichen, denn es bedeutete, dass die Besitzerin es noch nicht geschafft hatte, ihr Tier selbst in Bewegung zu setzen. Und richtig, sie trug einen mürrischen, ja fast schon beleidigten Ausdruck, dazu wieder den rosa Trainingsanzug.

»Er sollte ihr besser sagen, dass sie ihn verkaufen soll«, raunte Katta leise, »sie wird nie mit ihm umgehen können. Dieses Pferd verachtet sie.« Von Fritzis Frau kam keine Antwort. Das hatte Katta auch nicht erwartet, dafür war Anke viel zu korrekt.

Fritzi ließ den großen Wallach gerade mit der Hinterhand von sich wegweichen, was das Pferd tadellos ausführte. Seine Ohren waren gespitzt und es schien auf die Kommandos zu warten, um sie so perfekt wie möglich umzusetzen.

»Es ist schon schlecht, wenn das Pferd intelligenter ist als man selbst.«

Erst glaubte Katta sich verhört zu haben, dann grinste sie von einem Ohr zum anderen. Anke zu einem boshaften Kommentar zu verleiten, dazu brauchte es schon einiges.

Nun übergab Fritzi den Dämon wieder seiner Besitzerin.

Kaum dass sie den Strick nahm, veränderte sich der Ausdruck des Pferdes. Kurz legte der Wallach die Ohren an, dann legte er sie entspannt zur Seite und rührte sich nicht mehr. Dabei sah er so indigniert aus, wie ein Pferdegesicht es vermochte. Katta lachte lauthals auf. Die Rosafarbene fuhr zu ihr herum, aber da hatte sie sich schnell zu Anke gedreht und so getan, als hätten sie sich über etwas anderes unterhalten.

»Also wirklich, Katta!«, beendete Anke ihre kurze Komplizenschaft.

Katta holte sich im Stübchen einen Kaffee und verzog sich auf die Bank. Die, die sich immer danebenbenimmt! Sie fing an, ein paar Notizen in ihren Laptop zu tippen. Nach einiger Zeit blickte sie auf und rief zu Anke hinüber: »Hast du schon Fotos gemacht, die ich für den Artikel verwenden könnte?«

»Ja, klar, maile ich dir heute Abend rüber.«

Den Rest der Zeit verbrachten die beiden Frauen schweigend, und es war ein langer Rest. Nur einmal ließ Katta sich zu der Bemerkung hinreißen, dass der Westernreiter sie an jemanden erinnere, der auch eine gingerfarbene Quarterstute habe. Das gleiche Getue, das gleiche aufgesetzte Lächeln, das unvermittelt in Missmut überging.

»Stimmt«, sagte Anke zu ihrer Überraschung. »Er sieht ein bisschen aus wie Lars.«

Vergangenes

Viel später saß Katta noch einmal mit Fritzi im Reiterstübchen zusammen. Sie hatte die Teilnehmer für ihren Artikel kurz nach ihren Eindrücken befragt, die durch die Bank enthusiastisch waren. Die Rosafarbene hatte sie Fritzi zuliebe ausgelassen. Damit es nicht so auffiel, auch den Cowboy. Nun saßen sie hier, dampfende Kaffeetassen in Händen, und Katta fragte nach dem magischen Pulver. Hatten sie Futterproben gemacht?

Selbstverständlich hatten sie, und sie in verschiedene Labore geschickt, alle waren unauffällig. Die genaue Zusammensetzung, die im Labor ermittelt worden war, würde er ihr schicken.

Nun wollte sie eigentlich nach Hause. Sie war müde und fand diesen Tag nicht gut genug, um ihn übermäßig auszudehnen. Da sagte Fritzi: »Übrigens ist deine Mutter *danach* gestorben. Ihr wart schon verheiratet, als sie gestorben ist.«

»Wie bitte?«

»Ich habe nur über das nachgedacht, was du gestern gesagt hattest. Deine Mutter sei gestorben und so weiter. Weswegen du mich verlassen hast. Aber das stimmt nicht. Dass sie immer unglücklich war in ihrer Ehe. Geschenkt. Ja, das war sie. Aber sie ist erst später gestorben. Du und Jan, ihr hattet gerade geheiratet. Ihr musstet aus euren Flitterwochen zurückkehren, weil du die Nachricht bekommen hast. Du hast mich angerufen. Warst völlig aufgelöst. Weißt du noch, aus Prag? Da hatte die Polizei dich gerade verständigt.«

»Mein Gott, du hast recht.« Katta hatte plötzlich das Gefühl, da wäre nicht mehr genug Luft zum Atmen. Sie fühlte sich, als hätte sie an etwas vorbeigesehen, die ganze Zeit, etwas, das für alle anderen offensichtlich war. »Ich muss raus«, brachte sie hervor und stürzte aus dem Raum. Dann stand sie im Dunkeln und atmete tief die kalte Nachtluft. Es roch nach Pferd, nach nassem Laub, nach verfeuertem Holz vom Kaminofen, nach der Süße eingelagerter Äpfel. Sie stand und atmete, blähte ihre Nasenflügel, als hinge ihr Leben davon ab, jede Geruchsnuance wahrzunehmen. Da spürte sie, wie Fritzi ganz sachte seine Hände auf ihre Schultern legte.

»Entschuldige bitte, Katta. Das war nicht eben feinfühlig von mir«, sagte er leise. »Geht es wieder?«

»Ja, ja, geht schon«, murmelte Katta, »keine Ahnung, was das war. Alles gut. Alles wieder gut.« Sie schüttelte vorsichtig seine Hände ab, die sich viel zu angenehm dort anfühlten. »Könntest du bitte ...«

Er verstand sofort, ging ins Reiterstübchen zurück und kam mit ihrem Zeug wieder. Dann brachte er sie zum Wagen, öffnete ihr die Tür, wartete, bis sie saß, ging ums Auto herum und legte alles auf den Beifahrersitz. »Kannst du fahren? Bist du sicher?«

Katta nickte und starrte dabei aufs Lenkrad. Das hier war Schwäche. Sie hasste das.

Fritzi wartete. »Wirklich sicher?«

Sie würde ihn wohl ansehen müssen. Also hob sie den Blick und sah in seine klugen Augen. Darin lagen Liebe, Freundschaft, Besorgnis, Verständnis. Sollte er doch in ihren lesen, was er wollte. Sicherlich überwiegend Bedauern. Bedauern darüber, Katta zu sein, Kattas Entscheidungen getroffen zu haben, sich wie Katta zu benehmen.

»Du bist okay«, nickte er schließlich und in seinem Gesicht blitzte tatsächlich Belustigung auf.

»Schweinehund«, fauchte sie zwischen geschlossenen Zähnen. Er lachte auf und warf die Beifahrertür zu, dann hob er die Hand zum Gruß. So stand er noch, als sie die lange Einfahrt viel zu schnell hochfuhr und kurz in den Rückspiegel sah, bevor sie auf die Landstraße einbog.

Wut

Julia ging in den Flur, als sie den Schlüssel im Schloss hörte. Fahles Nachmittagslicht fiel durch das Flurfenster. Aus Gewohnheit nahm sie Rolf die Jacke ab und hängte sie auf.

Er hatte diese Frau getroffen, sie erkannte es an seinem Blick. Sie war in seinem Blick drin, irgendwie. Sie würde auch hinfahren, jetzt gleich, in diesen verdammten Stall, würde dieser Frau eine runterhauen. Keine Ohrfeige, richtig eine reinhauen, wie Männer das machten.

»Tu es nicht«, bat Rolf leise.

Sie sah ihn erstaunt an. »Was nicht?«

»Das, woran du gerade gedacht hast. Was auch immer es war. Es sah furchterregend aus.«

Normalerweise wäre sie jetzt ausgewichen, hätte so getan, als ob sie ihn nicht verstehen würde, hätte etwas Alltägliches, Nebensächliches gesagt. Vielleicht war es die Wut, die ihr die Kraft gab, ihn direkt anzusehen.

»Es tut weh«, sagte sie schlicht.

Sie sah, dass er mit soviel Direktheit überfordert war. Schließlich nickte er. Was erkannte er damit an? Ihre Offenheit? Die Berechtigung ihres Schmerzes?

»Lass uns wegfahren, Jul. Ein paar Tage. Lass uns ans Meer fahren, in die Berge, an einen See, irgendwohin. Weg von hier jedenfalls.«

»Und die Praxis?«

»Ich hab einen ehrgeizigen jungen Kollegen im Nachbarort. Er wird gerne übernehmen.«

Sie konnte ihre Überraschung nicht verbergen. Sie hatten seit

Jahren keinen Urlaub mehr gemacht. Weder geplant noch spontan.

»Jul. Es ist mir wirklich ernst. Buch uns irgendwas Schönes. Such dir aus, was dir gefällt, so früh wie möglich. Wir können morgen schon los.«

Als Julia wenig später die Treppe hochstieg, um direkt zum Computer zu gehen und nach Reiseangeboten zu suchen, wusste sie nicht, wie sie sich fühlen sollte. Die ganze letzte Woche war sie wütend und verletzt gewesen. Da hatte sie gewusst, wie sie sich fühlte. Und es waren alles berechtigte Gefühle, in gewisser Weise war sie sicher aufgehoben gewesen in diesen Gefühlen.

Nun würde sie mit ihrem ehebrecherischen Mann in Urlaub fahren! Das war mehr als verwirrend. Sie würden jeden Tag zusammen sein, sie, die die letzten Jahre selten mehrere Stunden am Stück miteinander verbracht hatten. Was um Himmels willen sollten sie tun, den ganzen Tag, in irgendeinem Wellness-Romantik-Hotel? Das war bizarr. Ein bizarrer Ehebruchs-Verzeihungs-Urlaub.

Sie merkte, wie sie wieder wütend wurde, während sie Stufe für Stufe hinaufstieg. Da hatte sie plötzlich eine Eingebung. Sie lächelte grimmig. Ja, so ginge es ...

Jetzt musste sie nur noch etwas Entsprechendes finden.

Pferdeleute

Der Montagmorgen begann wolkenverhangen, war aber wie die Tage zuvor mild, keineswegs herbstlich. Die ganze Zeit sprachen die Nachrichten davon, dass es zu warm war für die Jahreszeit. Katta hörte es in ihrer Küche, als sie den Tag wieder wie gewohnt mit einer Tasse Tee am Küchenfenster begrüßte und auf die Schafe schaute, die als helle Flecken in der Dunkelheit auszumachen waren. Auch das war ungewöhnlich, normalerweise hatte der Schäfer die Tiere um diese Zeit schon in ihr Winterquartier gebracht.

Sie hatte gut geschlafen und fühlte sich völlig wiederhergestellt. Gestern war schrecklich gewesen. Aber mit jedem Morgen begann ein neuer Tag und jeder Tag war ein neuer Anfang. Ein schlechter Tag konnte ihren Seelenfrieden nicht anhaltend stören. Davon war Katta überzeugt.

*

Jeder Tag ist ein neuer Anfang. Etwas in der Art dachte auch Maria in ihrem Bett, eine Tasse schwachen Kaffees in der Hand, die Jan ihr noch gebracht hatte, bevor er das Haus verließ, um zu arbeiten. Sie grübelte darüber nach, was am Wochenende passiert war. Sie hatten noch nie zuvor gestritten. Gestern war tatsächlich das erste Mal und sie konnte immer noch nicht verstehen, warum.

Sie hatte beim Frühstück erwähnt, dass sie bei Katta im Stall war, und schon war er wütend geworden. Pferde seien viel zu gefährlich in ihrem Zustand. Dazu hatte er ihr mehr oder weniger den Umgang mit dieser »unsäglichen Frau« verboten und ihr ein paar andere aufgeschrieben, die sich für sie als Freundinnen eignen würden. Lächerlich. Sie hatte nach einem kurzen Blick darauf das Papier zusammengeknüllt und es ihm wütend an den Kopf geworfen. Dabei hatte sie ihm erzählen wollen, wie tief es sie angerührt hatte, dieses wunderschöne Pferd zu sehen, das mit Katta zu tanzen schien. Sie hatte ihm eigentlich erzählen wollen, wie gut das Pferd roch, wie weich sein Fell war. Und erst seine Nase! Welch wunderbares Gefühl es war, als dieses große Tier, das eben noch so wild und ungestüm herumgerannt war, ganz sachte und zärtlich ihren Bauch angestupst hatte, und wie es sich von ihr über den Hof hatte führen lassen. Dieses riesige Pferd war ihr einfach gefolgt!

Wegen der Wildwestgeschichte war sie inzwischen gar nicht mehr wütend. Kattas kruder Humor war einfach ungünstig auf ihre aufgewühlten Hormone getroffen. Geblieben war dieses wunderbare Pferdeerlebnis, das sie mit Jan hatte teilen wollen.

Nun würde sie es eben für sich behalten. Und sie würde noch mehr tun. Sie würde lernen, mit Pferden umzugehen. In ihrem Zustand, jawohl. In genau ihrem Zustand. Vielleicht erlaubte Katta ihr sogar, sich einmal auf eines zu setzen.

Zufrieden schlürfte sie den Rest ihres Kaffees.

*

Als Katta die Post holte, war wieder ein anonymer Brief dabei. Sie riss ihn noch an der Haustür auf. Es war der gleiche wie letzte Woche. Sie prustete einmal laut durch die Nase, so wie Fürstprimas es getan hätte. Nicht gerade phantasievoll! Sie zerriss ihn, ging die paar Schritte vor zu den Mülltonnen und warf die Papierschnipsel direkt fort. »Du kommst nicht in mein Haus, du Drecksding«, schimpfte sie.

Die Wolken schienen tiefer gesunken zu sein und sahen drohender aus, aber noch regnete es nicht. Katta entschloss sich, erst einmal ihre Notizen über Fritzis Lehrgang einzutippen und dann erst auf den Hof zu fahren. Anderthalb Stunden später machte sie zufrieden den Computer aus. Sie war völlig in ihre Arbeit vertieft gewesen. Das würde ein schöner Artikel werden für die nächste Ausgabe, und die Fotos, die Anke geschickt hatte, waren großartig. Katta pfiff vor sich hin, als sie die Treppe hinunterging, und betrat summend ihre Küche, als ein greller Blitz sie blendete und kurz darauf ein Donnerschlag sie zusammenfahren ließ. Einen Moment herrschte Stille, dann prasselte der Regen herab. Es war dunkel geworden. Vor der Bergkette am anderen Ende des Tales ballten sich spektakuläre Wolkenberge von noch tieferem Schwarz. Einen Moment verfolgte Katta gebannt das Naturspektakel, als ein zweiter Blitz die Küche erhellte. Sie stand und wartete, ließ das Gewitter über sich hinwegziehen, wartete, bis die Heftigkeit des Regens nachließ, wartete, bis es langsam wieder heller wurde und normales Tageslicht die Küche erfüllte.

Alles einfach so an sich vorbeiziehen lassen.

Ihr Blick fiel auf das braune Päckchen, das immer noch auf dem Küchentisch lag, in die äußerste Ecke gedrängt. Drei Tage hatte dieses Ding nun hier herumgelegen. Es war an der Zeit. Entschlossen riss sie das Papier auf und fand zunächst noch mehr Papier. Schließlich kam eine elegante schwarze Schachtel zum Vorschein. Das mussten ja Schrauben mit Goldköpfen sein! Sie öffnete vorsichtig den Deckel. Darin war eine schöne Holzschatulle mit asiatischen Schnitzereien. »Sesam öffne dich«, murmelte Katta und klappte sie auf. Verblüfft zog sie einen Seidenschal hervor in kräftigem Lila, durchzogen von einem zarten Muster in pastellenen Farbtönen. Sie musste zugeben, dass er wunderschön war.

Ihre »Stiefmutter« ging also in die Offensive.

Auch das noch.

Während sie noch den weichen Stoff durch ihre Hände gleiten ließ, klopfte es. Sie rief: »Es ist offen!«, ging dann aber doch zur Tür. Maria stand im Flur, wieder in den gigantischen Regenmantel gehüllt, und sah ihr entgegen. Ihr Gesichtsausdruck war eine Mischung aus Entschlossenheit und Freude, was Katta dann doch überraschte, wenn sie an ihr letztes Zusammentreffen dachte.

Katta fehlten die Worte, was selten vorkam, und sie brachte so etwas wie ein »Äh« hervor.

Maria lächelte, offenbar verstand sie auch so. »Ach, vergessen Sie das bitte. Ich war ein Schaf, mich über Ihren Witz mit dem Cowboyhut aufzuregen. Ich bin hier, weil ich Sie etwas fragen, eher um etwas bitten möchte. – Was für ein traumhaft schöner Schal!«, rief sie dann aus.

Diese junge Frau hatte wirklich ein Talent dafür, sich zu begeistern. Und das Thema zu wechseln. Wobei letzteres gut war.

»Ja, nicht?«, antwortete Katta. »Er ist von meiner, tja ... Kommen Sie doch rein, kommen Sie, ich nehme den Regenmantel.« Sie hängte rasch den tropfnassen Mantel in die Kammer neben der Tür, war kurz versucht, in seine Tasche zu greifen, um zu sehen, ob Jans Stein noch darin war, und schob Maria in die Küche. Dort goss sie ihr Tee ein, gab einen kleinen Löffel Zucker hinzu, rührte um und drückte ihr die Tasse in die Hand. »Trinken müssen Sie selbst.«

Maria sah sie überrascht an.

»Und sag endlich du zu mir! Pferdeleute duzen sich«, ergänzte Katta impulsiv. »Ich heiße Katarina, aber alle nennen mich Katta«, sie streckte die Hand aus.

Maria stellte die Tasse auf dem Tisch ab und schlug ein. »Einfach nur Maria.«

So standen sie einen Moment, die eine überglücklich, die andere überrascht, wie gut sich das anfühlte.

*

Es ergab sich, dass Maria im Flur wartete, während Katta noch schnell ein Buch über Pferde für sie heraussuchte. Der Flur war lang, schmal und weiß gestrichen, unzählige Schwarzweiß-Fotografien hingen an den Wänden. Pferde vor allem. Pferde im vollen Galopp, Pferde im Schnee, im hüfthohen Gras, Pferde, die von Katta geritten wurden, einer wesentlich jüngeren Katta, einer mit langen Haaren und ja, wirklich, die Rolle für Schneewittchen hätte sie bekommen! Und dann am Ende der Reihe eine jugendliche, ernste Katta neben einem hochgewachsenen, sehr schlanken, etwa sechzehnjährigen Jungen, dessen intensiver Blick Maria mitten ins Herz schnitt. Jan. Dunkle Kleidung, lange Mäntel, so standen sie vor einem alten schwarzen Mercedes und hielten sich an den Händen, in seiner freien Rechten hielt er einen Autoschlüssel hoch und in seinem Blick leuchtete Triumph.

»Das ist verdammt lange her. Ewigkeiten.«

Maria fuhr herum. Sie hatte nicht bemerkt, dass Katta neben sie getreten war. Dieses Foto traf sie, es löste nicht gerade Eifersucht aus, eher eine seltsame Art von Traurigkeit. Dieser Jan war ihr völlig fremd. Sie fand keine Worte. »Du kennst ihn schon so lange. Und ich erst so kurz«, sagte sie schließlich leise.

Katta, das Foto betrachtend, erwiderte: »Ich mag dieses Bild. Wie zwei verfluchte Fledermäuse. Unsere Scheidung war ein verdammter Krieg. Trotzdem habe ich es aufgehängt. Ich hatte es fast vergessen.«

Also doch! Maria senkte den Blick.

»Man schaut nicht oft auf die eigenen Wände, oder?« Lachen. Und dann in ernsterem Tonfall: »Was hast du? Wusstest du denn nicht …?«

Maria schüttelte den Kopf. »Geahnt vielleicht, aber nicht gewusst. Er spricht nicht über seine erste Ehe.«

»Tut er nicht?« Katta war offensichtlich erstaunt.

Maria, die ihre Gefühle in den Griff zu bekommen versuchte, wandte sich wieder dem Foto zu. »War das Jans erstes Auto?«

»Der Mercedes? Oh. Nein. Das Auto seiner Eltern. Der Augapfel seines alten Herrn, immer auf Hochglanz poliert.«

»Seid ihr da überhaupt schon achtzehn?«, fragte Maria mit leicht brüchiger Stimme.

»Sechzehn. Jans sechzehnter Geburtstag. Warum?«

»Weil Jan den Schlüssel in der Hand hält.«

»Du bist wirklich eine gute Beobachterin.« Maria bemerkte, dass Katta jetzt angespannt wirkte. »In dem Mercedes sind Jans Eltern verunglückt. Im selben Jahr.«

Maria schauderte. Natürlich hatte sie gewusst, wie Jans Eltern gestorben waren, aber den Unfallwagen zu sehen, war für sie ein Schock.

Schließlich ließ sie sich von Katta das Buch in die Hand drücken und unmissverständlich Richtung Tür dirigieren. Sie zögerte kurz, dann umarmte sie zum Abschied – die Exfrau ihres Mannes. Und Katta, die kurz zusammengezuckt war, erwiderte die Umarmung.

Diese Frau hatte sich gemerkt, wie sie ihren Tee trank. Das tat gut und es hatte auch gutgetan, in dieser Küche zu sein. Sie würde Katta nicht sagen, dass Jan es ihr verboten hatte. Sonst käme sie sich ja vor wie ein Schulmädchen.

Erst vor der eigenen Haustür fiel Maria auf, dass Katta ihre Frage nach dem Autoschlüssel eigentlich nicht beantwortet hatte.

Ratschläge

Sehr früh am Montagmorgen stand Hiltrud in der oberen Stallgasse, in der ihre Ausbildungspferde untergebracht waren, und konnte es nicht fassen. Sie kniff die Augen zusammen und sah noch einmal hin. Das konnte doch nicht wahr sein. Da stand dieser Mann, dieser Cowboy, dieser – wie nannte Katta ihn? – schlechtgelaunte Hollywoodstar in der Box eines ihrer Ausbildungspferde und tastete ihm die Beine ab!

»Was tust du da?«, entfuhr es ihr wesentlich schärfer als beabsichtigt, bevor ihre professionelle Hälfte übernehmen konnte.

Selbstbewusst richtete Lars sich auf und schaltete sein strahlendes Lächeln an. »Ein schönes Tier. Aber ich glaube, seine Beine sind ein bisschen warm. An deiner Stelle würde ich ihn ein paar Tage stehen lassen.«

Hiltrud war kurz davor, Feuer zu spucken. Sie atmete tief, aber es half nichts.

»Das ist wohl kaum deine Angelegenheit«, blaffte sie ihn an. Ihre tiefe Stimme hatte eine beeindruckende Lautstärke erreicht. Einige Pferde rissen die Köpfe hoch. Oh, wie hart hatte sie gearbeitet, um ihren Jähzorn in den Griff zu bekommen. Andererseits: Mehrere Einsteller hatten sich inzwischen beschwert, dass der Mann sich einmischte und ihnen ungefragt erzählte, was sie alles mit ihren Pferden falsch machten.

Lars blieb unbeeindruckt, sein Lächeln wurde womöglich noch breiter. »Ich hätte da auch ein paar Verbesserungsvorschläge für dein Fütterungssystem. Und die Art, wie ihr hier euer Heu lagert, ist mittelalterlich. Wir können uns gerne mal zusammensetzen. Es ist faszinierend, wie wenig Sachverstand in den Ställen heutzutage vorhanden ist. Sag einfach Bescheid, ich helfe gerne.« Damit zog er ab. Hiltrud blieb fassungslos zurück.

Einsteller kamen und gingen. Bei ihr herrschte wenig Fluktuation, worauf sie stolz war. Rausgeworfen hatte sie noch niemanden. Das wäre dann wohl der Erste!

Es ging ihr wieder besser, als sie daran dachte, wie sie diese Geschichte Katta erzählen würde. Die würde Tränen lachen. Trotzdem brauchte sie einen Spaziergang durch den nahe gelegenen Wald, bis sie sich so weit beruhigt hatte, dass sie mit der Arbeit anfangen konnte.

Als sie mit dem ersten Ausbildungspferd in der Halle war, wurde es plötzlich dunkel, als solle die Welt untergehen. Es blitzte und donnerte nahezu gleichzeitig, dann dröhnte der Regen auf das Blechdach der Halle. Der junge Wallach, den sie am Zügel hielt, blieb gelassen neben ihr stehen, rückte lediglich noch ein wenig enger an sie heran. Es war das Pferd, mit dem Katta am Freitag gearbeitet hatte. Sie streichelte seine samtweiche Nase, dann fuhr sie sich durch die sperrigen Locken, wartete noch einen Moment und stieg auf. Der Regen lärmte ohrenbetäubend. Aber das Pferd blieb vollkommen ruhig, die Ohren aufmerksam zu ihr gedreht.

Ihre morgendliche Wutattacke schien einer anderen Zeit anzugehören.

Auf ihr Kommando fing der Wallach an, langsam im Schritt zu gehen. Sie hatte es nie bereut, ihren gut bezahlten Job bei der Bank aufgegeben zu haben, doch es gab Momente, da fühlte sie mehr, da fühlte sie sich irrsinnig glücklich darüber. Dieser Moment hier war definitiv einer von ihnen.

Gespräche

Am Dienstag setzte Katta in die Tat um, was sie Maria am Tag zuvor versprochen hatte: ihr etwas über Pferde beizubringen.

Vielleicht würde sie Hiltrud heute von den Briefen erzählen, vielleicht auch nicht. Sie hatte am Morgen den fünften erhalten. Allmählich wurde es langweilig.

Und sie würde Rolf wegen dieses Wunderpulvers fragen. Er war schlicht und einfach der beste Tierarzt in der gesamten Region. Es wäre ja lächerlich, seinen Rat nicht mehr einzuholen, nur weil sie miteinander geschlafen hatten. Und es jetzt nicht mehr taten. Drei Tage hatte sie schon keine Gedichte mehr aufsagen müssen. Es war vorbei. Sie waren erwachsene Menschen. Sie würde ihn einfach ansprechen, wenn er auf dem Hof war. Was war schon dabei. Mit diesen guten Vorsätzen gewappnet, stieg sie in ihren Geländewagen und fuhr die paar Meter, um Maria abzuholen. Jan war geschäftlich unterwegs wie die meiste Zeit, das hatte sie inzwischen mitbekommen – diesen Geschäften würde sie sich später widmen. Erst einmal würde sie seine hochschwangere Frau auf ein Pferd setzen und sie müsste sich sehr täuschen, wenn er von diesen Plänen auch nur die leiseste Ahnung hatte. Katta war in Hochstimmung.

Sie verbrachte den ganzen Vormittag mit Maria im Stall. Hiltrud zeigte ihr den Hof und erzählte die Geschichte der einzelnen Pferde, soweit sie sie wusste. Katta versah Pferde und Einsteller mit boshaften Kommentaren, die so witzig waren, dass Maria immer wieder lachen musste, während sie jedes einzelne Pferd streichelte.

Später ließ Katta sie mit Fürstprimas im Round-Pen arbeiten.

*

Die Grundlagen waren einfach zu verstehen und Maria fühlte sich wie eine Zauberin, als sie das große Pferd zu sich hereinrief und es sofort kam und erneut seine Nase an ihren Bauch stupste. Als sie dann langsam in Schlangenlinien umherging und Imi ihr folgte, als sei er an ihr festgeklebt, rief sie lachend aus: »Schwan, kleb an!« Sie war selig. So glücklich hatte sie sich seit Ewigkeiten nicht mehr gefühlt, zuletzt vielleicht als Kind.

Und dann kam das Beste. Sie putzten zusammen Tara, das alte Fjordpony, das Katta zum Ausreiten nicht mehr nahm, aber für diesen Zweck war die dreißigjährige Stute perfekt. Die Stute hatte graues Fell und einen schwarzen Strich auf dem Rücken, was sie ein wenig aussehen ließ wie einen Esel. Tara sah richtiggehend erfreut aus, als sie gesattelt wurde. Maria bewunderte ihre klugen blaubraunen Augen und flüsterte ihr ins Ohr, wie wunderschön sie sei. Sie gingen in eine kleinere Bewegungshalle im hinteren Teil der Anlage, damit sie dort ihre Ruhe hatten. Es gab eine Aufsteighilfe, die aussah wie eine vierstufige Treppe, und Maria kletterte von dort aus in den Sattel.

Es ging gut, denn sie war gelenkig und durchaus sportlich und schaffte es ohne Probleme, ihren dicken Bauch vorsichtig auf den Pferderücken zu bugsieren. Katta half ihr, die Füße in die Steigbügel zu stellen. Und da saß sie und konnte spüren, wie Tara ein- und ausatmete!

Dann nahm Katta die Zügel und führte sie im Kreis herum. Maria wurde sanft hin- und hergeschaukelt und fühlte, wie ihr Becken bei jedem Schritt des Ponys mitschwang. »Das ist ja besser als jede Schwangerschaftsgymnastik!«, rief sie aus. Sie fühlte sich wie eine Königin. Es war merkwürdig. Gerade als sie am wenigsten damit gerechnet hatte, war ihr dieses kleine Wunder begegnet: Pferde und reiten. Was hatte sie nur getan, als alle anderen Mädchen in der Schule verrückt danach waren? Vermutlich gelernt und gelesen. Sie lachte vergnügt in sich hinein und fing dafür einen dieser Blicke von Katta auf, von denen sie nicht wusste, was sie bedeuteten.

*

Katta beglückwünschte sich dazu, Maria von der unseligen Autogeschichte abgelenkt zu haben. Natürlich waren sie ohne Führerschein gefahren! An Jans sechzehntem Geburtstag zum ersten Mal. Aber irgendetwas hatte ihr gesagt, dass sie Maria vor Jans Faible, die Regeln zu brechen, beschützen sollte. Oder hatte sie Jan beschützt? Vor dem natürlichen Rechtsempfinden seiner Frau?

Sie war so in Gedanken, dass sie Hiltrud erst nach Rolf fragte, als Maria und sie schon am Gehen waren. Maria hatte sich bereits ins Auto gesetzt, weil sie sich völlig erledigt fühlte.

Wann er denn wohl das nächste Mal in den Stall käme?

Hiltrud seufzte. Dann sagte sie ihr, dass Rolf mit seiner Frau Urlaub machte.

»Rolf macht *was?*«

Geduldig wiederholte Hiltrud es.

»Mit *wem?*«, fragte Katta begriffsstutzig.

»Mit seinem ihm ehelich angetrauten Weib.«

Katta räusperte sich mehrmals, bekam aber keinen klaren Ton heraus. Netterweise beantwortete Hiltrud ihr die sich logischerweise anschließende Frage von alleine.

»Soweit ich weiß, im Schwarzwald.«

Endlich hatte Katta ihre Sprache wiedergefunden: »Was um Himmels willen will er denn im Schwarzwald? Kuckucksuhren kaufen?«

»Es ist wohl so eine Art Yoga-Urlaub, wenn ich das richtig verstanden habe. Yoga und wandern.«

»Yoga. Und wandern.« Katta war so verblüfft, dass sie Hiltrud nur anstarrte und dann einfach davonging. Sie wusste nicht einmal, wohin. Es tat so weh, es kam so plötzlich, sie war überhaupt nicht vorbereitet auf so etwas.

Als sie wieder zu sich kam, saß sie in der hinteren Scheune auf einem der Heuballen, die hier gelagert wurden, und hielt einen Pappbecher mit Kaffee in der Hand. Sie erinnerte sich nicht, sich einen geholt zu haben. Nun, da der Schmerz über sie weggeschwemmt war, fühlte sie sich leer und taub.

Wieso hatte sie diesen Mann weggeschickt, wenn sie es offensichtlich nicht ertragen konnte, ihn gehen zu lassen?

Sie verstand sich selbst nicht mehr. Vor ihren Füßen lag Heu und sie betrachtete jeden einzelnen Halm, als gäbe es nichts sonst auf dieser verrückten Welt. Wie zart sie aussahen, wie filigran, dieses verwaschene Grün, sie hatte sich noch nie Gedanken darüber gemacht, wie schön solche Halme waren. Vielleicht sollte sie einfach hier sitzen bleiben und weiter Heuhalme betrachten. Zumindest eine Weile noch, eine winzigkleine Weile. Sie trank von ihrem Kaffee und sah auf. Verschluckte sich, bekam einen Hustenanfall und verschüttete den Rest über die Halme, die sie eben betrachtet hatte.

Ihr gegenüber saß Elsa und sah sie ruhig an.

»Hättest ihn ruhig trinken können, wenn ich dir schon Kaffee hole.« Elsa klang missmutig wie immer. »Wird mit Sicherheit nicht so oft vorkommen.« Sie legte eine lange Pause zwischen die Sätze. Ihre Stimme war flach und monoton. Und genauso sprach sie weiter. Immer wenn Katta dachte, jetzt sei sie fertig, kam noch etwas. »Das hier ist mein Platz, weißt du, und plötzlich finde ich dich hier. – Völlig verstört. – Erst dachte ich, gut, jetzt hat sie endlich auch mal ihr Fett abgekriegt. – Nachdem sie so fies zu mir war, ist das nur gerecht. – Aber dann dachte ich, es wär eine Gelegenheit … Fresse. Fresse war unnötig. Wirklich nicht nötig, Fresse zu sagen. – Aber mit dem Rest hattest du recht. – Ich bin immer schlecht drauf.«

Nach Elsas seltsam holprigem Monolog wurde es still. Und es blieb still. Sie schien nun wirklich zum Ende gekommen zu sein. Vermutlich hatte sie den Wörtervorrat eines ganzen Monats verbraucht. Katta sagte in die Stille hinein, weil sie nicht wusste, was sie sonst sagen sollte: »Es tut mir leid.« Als keine Antwort kam, fügte sie hinzu: »Echt jetzt.«

»Männer. Du hast Erfahrung mit Männern. Behandeln dich mit Respekt, obwohl du so viele hattest. – Ich nur einen. Hat mich schlimmer behandelt als eine Straßenhure! Warum?«

Katta liebte von jeher das Absurde und dieses Gespräch hatte durchaus Potenzial. Sie dachte über eine Antwort nach, doch dann folgte sie einer plötzlichen Eingebung und richtete sich auf. »Wo du gerade Hure sagst: Ich bekomme in letzter Zeit garstige Briefe.«

»Briefe? Könnte mir vorstellen, von wem. – Weiß es nicht sicher. – Werde nichts sagen.«

»Du könntest dir vorstellen, von wem? Dann ist es jemand hier aus dem Stall!«

»Ich sag nichts. Klatsch und Tratsch. – Stiften nur Unfrieden. – Also, wie machst du das? Dass die Männer dich mit Respekt behandeln?«

»Ich weiß nicht. Ich weiß es wirklich nicht, Elsa. Ich würde mich einfach nicht anders behandeln lassen. Vielleicht ist das alles.«

Lange Zeit herrschte wieder Stille. Es war nicht wirklich unangenehm, aber Katta begann sich zu fragen, wann sie wohl mit Anstand gehen konnte.

»Wieso fahren eigentlich all diese Männer auf dich ab?«

»Ich sehe gut aus und ich bin gut im Bett!«, verkündete Katta trocken. »Mehr wollen Männer nicht«, fügte sie noch hinzu, »egal, was sie dir sagen.«

Da fing Elsa mit einem Mal an zu lachen. Am Anfang knarrte es etwas, ganz so, als ob sie es lange nicht mehr getan hätte, doch dann lachte sie freier und geradezu ansteckend und Katta fiel in ihr Gelächter ein.

Allerdings war sie nicht sicher, ob sie über dasselbe lachten.

*

Maria hatte schon eine ganze Weile im Auto gewartet, als Hiltrud an ihre Scheibe klopfte. »Ich fahre dich dann wohl in meinem Wagen nach Hause, meine Liebe.«

»Was ist los?«, wollte Maria wissen.

»Katta wird klarkommen. Aber du solltest hier nicht länger in der Kälte sitzen.« Und das war's.

Hiltrud fuhr sie heim, war aber nicht zu bewegen, mehr zu dem Thema zu sagen. Maria saß nachdenklich neben ihr; sie war auch zu müde, um weiter nachzuforschen. Es war schon merkwürdig. Immer, wenn sie anfing, sich ihr etwas näher zu fühlen, entzog Katta sich. Vielleicht war sie ja doch die kleine Hexe? Über diesem Gedanken schlief Maria lächelnd auf dem Beifahrersitz ein und wachte erst auf, als Hiltrud sie sanft mit dem Finger an der Schläfe berührte. Verschlafen stieg sie aus. Mit den Pferden musste sie es künftig wohl ein wenig langsamer angehen lassen. Jetzt würde sie sich nur etwas in der Mikrowelle warmmachen und dann sofort weiterschlafen.

*

Als Katta schließlich in ihrer Küche stand, um sich Mittagessen zu machen, war es schon früher Nachmittag. Sie bereitete sich ihr Trostessen zu, Spaghetti Bolognese. Wie viele Leute in Europa wohl gerade Spaghetti kochten? Und wie viele sich davon Trost versprachen? Vermutlich könnte man diese Art von Wissen demnächst auf einer App abrufen. Sie nahm besonders viele Zwiebeln und schnitt sie besonders klein, auf diese Art musste sie sich konzentrieren und konnte über Apps nachdenken und nicht über das emotionale Chaos, das in ihrem Leben Einzug gehalten hatte.

Als schließlich die rote Fleischsoße vor sich hinblubberte und ihren aromatischen Duft von Rosmarin, Knoblauch und Tomate in der Küche verbreitete, war die Ablenkung dahin. Ihr Leben hatte sich, nein, sie hatte ihr Leben auf den Kopf gestellt. Zumindest verhielt sie sich ausgesprochen merkwürdig. Sie brachte einer schwangeren Frau reiten bei und saß mit Elsa plaudernd im Heu. Dachte außerdem darüber nach, mit der lächerlichen Geliebten ihres Vaters zu sprechen. Sie hatte überhaupt verdammt viel mit Frauen zu tun derzeit. Irgendetwas war mit ihr passiert. Nur wodurch? Sie konnte sich nicht erinnern, einen Stromstoß abgekommen zu haben, wie Mel Gibson in diesem Film, als er vom Macho zum Frauenversteher wurde. Was zum Teufel war mit ihr los?

Mist – und sie war einfach nach Hause gelaufen, hatte ihren Wagen im Hof stehen lassen! Was war eigentlich mit Maria passiert? Katta fuhr zusammen und hörte auf, in der Soße zu rühren. Saß sie etwa immer noch auf dem verdammten Hof?

Ein kurzes Telefonat mit Hiltrud verschaffte Beruhigung.

Als sie sich zum Essen setzte, musste sie grinsen. Da war ja doch noch genug von der alten Katta vorhanden, wenn sie eine Hochschwangere einfach im Auto vergaß. Noch bestand keine Gefahr, sich in eine fürsorgliche Glucke zu verwandeln. Und wie wunderbar, dass es eine Hiltrud gab, die all diese Dinge regelte!

Höhenmeter

Mindestens sieben Berge weiter war Julia in Hochstimmung. Der Urlaub ließ sich besser an, als sie es sich ausgemalt hatte. Rolf liefen die Schweißtropfen über die Stirn. Er schnaufte wie eine Dampfmaschine und konnte schon seit einigen Kilometern nicht mehr, würde das aber niemals zugeben. Genau das hatte er verdient. Die kombinierten Besinnungs-, Wander- und Yogatage im Schwarzwald waren eine geradezu genial boshafte Idee gewesen. Obendrein war die Gegend herrlich. Sie hatten den Aufstieg durch dichten Tannenwald fast geschafft und konnten nun auf eine nahezu alpine Hochweidelandschaft blicken. Wenn sie ganz oben wären, würde der Ausblick traumhaft sein. Das Wetter war klar und sonnig. Mittlerweile hatten alle ihre Mützen und Schals weggesteckt und die Jacken um die Hüfte gebunden.

Bei der gestrigen Ankunft hatte man sie mit wohltuender Herzlichkeit begrüßt. Alles hier wirkte bodenständig, warmherzig und natürlich. Ihre Gastgeber, ein Ehepaar Mitte dreißig, das Julia sehr jung vorkam, spendierte zur Begrüßung ein Glas Sekt, dazu in gebratenen Speck gerollte Datteln und Baguette mit Kräuterbutter. Kein Veggie, keine Diät. Untergebracht waren sie zusammen mit drei anderen Ehepaaren in einem traditionellen Schwarzwaldhaus. Das Mobiliar bestand aus schweren dunklen Holzmöbeln und viel buntem Stoff, der in Farbe und Muster an Trachten erinnerte. Rolf und sie hatten ein Zimmer mit Blick ins Tal und auf das Dorf. Es ging dort steil und felsig hinunter. Fast ein bisschen unheimlich.

Später hatte es ein herzhaftes Abendessen gegeben, bei dem eine aufgeräumte Stimmung herrschte und viel gelacht worden war. Die anderen Teilnehmer schienen ganz normale Leute, nichts Abgehobenes oder Spirituelles. Rolf entspannte sich sichtlich und da fühlte sich Julia schon fast ein wenig betrogen. Sie hatte sich das Ganze etwas spinnerter vorgestellt. Doch als um halb zehn die Bitte kam, besser früh zu Bett zu gehen, weil man sich um sechs zu Meditation und Yoga im ausgebauten Dachgeschoss treffe, registrierte sie mit Genugtuung, wie Rolf zusammenfuhr.

So kam es, dass sie sich in aller Herrgottsfrühe in einem schwach erhellten Raum einfanden, der nach Räucherstäbchen roch und in dem leise Musik spielte, dazu Klangschalen und Klingeglöckchen. An den Wänden hingen bunte Stoffbahnen, auf denen die Chakren abgebildet waren, und auf dem Boden warteten grüne Gymnastikmatten. Julia fand die geführte Meditation überraschend entspannend und das Yoga überraschend anstrengend. Sie spürte, wie sich ihre Verspannungen lösten.

Nach einem kräftigen Frühstück fanden sich alle kurz vor der Morgendämmerung auf dem Vorplatz wieder, mit Wanderstiefeln versehen und warm eingemummelt. Und so waren sie nun schon über vier Stunden unterwegs, dabei war gerade mal früher Mittag. Julia stellte überrascht fest, wie viel Spaß ihr das hier machte. Dabei hatte sie bei der Buchung nichts anderes im Sinn gehabt als Rache. Dinge tun, die Rolf hasste.

Gerade blieb Rolf wieder einmal schnaufend stehen. Julia, ein paar Schritte voraus, drehte sich zu ihm um und wartete. Mit einem der letzten Stofftaschentücher dieser Welt, das er aus seiner Jackentasche zerrte, wischte er sich den Schweiß ab. Dann blickte er zu ihr auf. »Willst du mich bestrafen, Jul?«

Sie sah ihn nur an.

»Wenn das deine Absicht war«, fuhr er fort, »dann ist es dir gelungen.«

Julia musste fast lachen über das jammervolle Gesicht, das er zog. »Warte nur. Wenn wir oben sind, wirst du es mögen.«

»Wie viele Höhenmeter, bis du mir verzeihst?«

»Noch ein paar mehr«, lächelte sie.

Überfall

Für Katta verlief der Rest der Woche ereignislos. Jeden Morgen nahm sie Maria mit in den Stall und sie machten eine halbe Stunde lang diese spezielle Art der Schwangerschaftsgymnastik. Schon am zweiten Tag hielt Maria die Zügel selbst in der Hand. Wenn es darauf ankam, würde die Stute sowieso Katta folgen, solange diese neben ihr herging. Es konnte nichts passieren.

Kattas merkwürdigen Aufbruch hatten sie nicht mehr angesprochen. Maria traute sich wohl nicht und Katta wollte nicht. Stattdessen unterhielten sie sich über Gott und die Welt. Maria hatte viel gelesen, interessierte sich für Philosophie und Geschichte, liebte aber auch Romane und vor allem Gedichte. Sie entdeckten, dass sie sich über Literatur unterhalten konnten und zum Teil sogar dieselben Bücher mochten.

Und dann sprachen sie tatsächlich auch über Jan.

»Eine Liste?«, rief Katta überrascht aus, »eine Liste mit Namen geeigneter Freundinnen? Das ist ja abgefahren! Wer stand denn da drauf? Du meine Güte, wie herrlich absurd.«

Maria antwortete eher widerwillig. Vermutlich hatte sie nun doch Bedenken, Jan vorzuführen. »Ich kann mich nur an einen Namen erinnern, er stand ganz oben. Helena Winter.«

»Helena Winter? Echt?«, staunte Katta. »Sie hat bei uns ein Pferd stehen. Eine arrogante Ziege. Kommt immer nur zu Beginn der Woche in den Stall, weil sie von Donnerstag bis Sonntag fliegt. Sie ist Stewardess. Von Montag bis Mittwoch hat sie frei.« Sie hielt inne. Von Montag bis Mittwoch. Tatsächlich. Nun würde sie doch noch einmal mit Elsa sprechen müssen. Nächste Woche, wenn sie Lust darauf hatte.

Fritzi hatte während der Woche schon mehrmals nachgefragt, ob sie etwas herausgefunden hätte, aber Katta musste ihn vertrösten. Sie hatte zwar ein wenig im Internet über legale und illegale Futtermittelzusätze recherchiert und jede Substanz auf der Laborliste, die er ihr weitergeleitet hatte, einzeln gegoogelt, aber es war nichts dabei herausgekommen. Die beiden Männer, mit denen sie hätte sprechen wollen oder müssen, Jan und Rolf, waren verreist und unterwegs. Sie würde das alles auf nächste Woche verschieben. Und so hätte diese Woche harmonisch zu Ende gehen können.

Es war schon dämmrig, als Katta am Freitagnachmittag nach Hause fuhr. Sie war alleine. Wie schon in den letzten Tagen hatte sie Maria bereits gegen Mittag zu Hause abgeliefert. Als sie am Ortseingang abbremste, tauchten plötzlich schwarz vermummte Gestalten an beiden Seiten ihres Wagens auf. Eine hatte eine Maske übergezogen und sah aus wie eine Mischung aus Darth Vader und einem Dementor. Einer anderen baumelte ein kindsgroßes Skelett von der Hand. Die beiden schienen die Mutigsten des Haufens zu sein, sie versuchten an die Seitenfenster zu klopfen und riefen etwas, was sie nicht verstand. Es dauerte einen Moment, bis sie die Gestalten, die sich mehr im Hintergrund hielten, als Hexen und Zauberer erkannte.

»Süßes oder Saures!«

»Du meine Güte!«, entfuhr es ihr. War schon der 31. Oktober? Halloween! Sie mochte Halloween nicht. Es kam ihr aufgesetzt vor und wurde jedes Jahr heftiger und jedes Jahr wurde sie aufs Neue davon überrascht. Sie hatte nur Fisherman's extrascharf im Handschuhfach. Sie wedelte abwehrend mit der Hand in Richtung der Gruppe und versuchte, vorsichtig beschleunigend, zu entkommen. Da klatschte mit einem hässlichen Geräusch etwas Schmieriges an die Heckscheibe. Ärger stieg in ihr hoch. Langsam hörte dieser Zinnober auf, ein harmloses Kinderspiel zu sein! Fluchend widerstand sie der Versuchung, auszusteigen und der Bande die Hölle heißzumachen. Sie fuhr weiter und sah nicht mehr in den Rückspiegel. Als der nächste Kindertrupp auftauchte, ließ sie den Motor aufheulen, machte den Warnblinker an und hupte durchdringend, dann ließ sie das Fenster herunter und schrie: »Süßes oder Saures, ihr kleinen Scheißer!«

Die Kinder starrten ihr erschrocken hinterher.

Als sie den Wagen in der Einfahrt parkte, hatte sie wieder einen annähernd normalen Puls. Doch das sollte sich ändern, denn als sie nun mit einem Packen Pferdedecken auf den Armen Richtung Haus ging, nahm sie wahr, dass dort jemand in der Dunkelheit auf sie lauerte.

Und diesmal war es nicht Maria. Die Gestalt hielt sich genau außerhalb des schwachen Lichtscheins ihres Bewegungsmelders.

»Wer sind Sie?«, rief Katta. Sie hörte mit Entsetzen, wie ängstlich ihre Stimme klang. Es kam keine Antwort. Während sie die reglose Gestalt im Dunkel nicht aus den Augen ließ, machte sie vorsichtig einen Schritt Richtung Haustür und stieß mit dem Fuß hart gegen Metall. Beinahe wäre sie gefallen.

Sie fing sich im letzten Moment. Da lagen die alten Eisenpfosten, die sie schon seit Wochen Hiltrud hatte mitbringen wollen. Aber immer hatte sie eine andere Ausrede gefunden, sie erst nächstes Mal ins Auto zu laden.

Angestrengt lauschte sie in die Nacht. Sie konnte nicht viel sehen, nichts hören, nichts riechen außer dem intensiven Geruch kalten Pferdeschweißes, der von den Decken ausströmte. Aber sie spürte eine Feindseligkeit, die ihr die Luft abschnürte. Verzweifelt versuchte sie mehr zu erkennen, doch ihre Augen waren durch das schwache Licht, in dem sie stand, geblendet. Je mehr sie hinstarrte, desto mehr spürte sie, dass dort jemand war, spürte die Präsenz eher, als dass sie wirklich etwas sah. Allenfalls eine Verdichtung von Schwärze, etwas größer als sie selbst. Dann wich ihre lähmende Angst purer Wut. Katta warf die Decken zur Seite und griff sich einen der schweren Pfosten, schwang ihn in die Höhe und lief auf die im Dämmer lauernde

Gestalt zu. Als hätte sie es mit einem aggressiv gewordenen Tier zu tun, schrie sie »Weg da! Weg da!« Immer und immer wieder.

Noch als jemand mit schweren Schritten wegrannte, schrie sie weiter. Als sie endlich aufhörte, rauschte das Blut in ihren Ohren, holzige Süße stieg ihr in die Nase. Den Pfosten noch in Händen, schlüpfte sie ins Haus und schloss hinter sich ab. Schloss wieder auf, holte die Decken herein, verriegelte erneut.

Ihre Hände zitterten, als sie sich im Wohnzimmer einen großen Whiskey einschenkte und in einem Zug trank. Nach dem zweiten hörten die Hände allmählich auf zu zittern. Doch als sie hinauf ins Schlafzimmer ging, nahm sie sowohl den Pfosten als auch die Flasche mit. Oben schloss sie sich ein und klemmte einen Stuhl mit der Lehne unter die Türklinke, wie in Fernsehkrimis. Trotzdem dauerte es lange, bis sie einschlafen konnte.

Dritte Woche

Scherben

Als Katta am Samstag früh das Haus verließ, musste sie Maria nicht abholen, denn Jan war zurück. So beschloss sie, wieder einmal in den Stall zu laufen, statt zu fahren. Sie war schon ein paar Meter an ihrem Auto vorbei, als in ihr Bewusstsein drang, was sie da eben wahrgenommen hatte. Langsam drehte sie sich um. Ihre Heckscheibe war eingeschlagen. Nicht etwa, dass ein Loch darin gewesen wäre, nein, sie fehlte komplett. Ein einzelner Glaszacken ragte noch seitlich aus der Umrandung.

Im Ergebnis machte es keinen Unterschied, kaputt war kaputt. Aber der gefühlte Unterschied war enorm. Jemand hatte genügend Aggression aufgebracht, um so lange zuzuschlagen, bis der Rahmen komplett hohl war. Katta wurde es schlagartig kalt. Sie schlang die Arme um sich und ging zögernd auf das Auto zu, um sich das Desaster aus der Nähe zu betrachten. Der Kofferraum lag voller Splitter und auch um das Heck verteilt lag glitzerndes Glas auf der Straße.

Ihre Augen suchten den Scherbenhaufen nach einem Zettel ab. Fast rechnete sie damit, das Wort ›Hure‹ irgendwo hingeschmiert zu finden, doch sie entdeckte nichts.

War die dunkle Gestalt in der Nacht noch einmal zurückgekommen? Ein randalierender Halloweengänger? Die Kinder, die sie gestern geärgert hatte? Oder doch der Schreiber oder die Schreiberin der anonymen Briefe? Warum hatte sie eigentlich plötzlich so viele Feinde? Oder war es ein Unfall? Ein bloßer Zufall, der überhaupt nichts mit ihr persönlich zu tun hatte? Sie holte feste Handschuhe, Besen und Kehrschaufel aus der Garage, um die Scherben aufzukehren, bevor sich noch ein Hund verletzte. Schließlich nahm sie sogar noch den alten Industrie-Staubsauger. Als sie damit fertig war, betrachtete sie ihr Werk mit Genugtuung. Die Straße war sauber und scherbenfrei.

In diesem Moment überwältigte sie der Gedanke, dass hier jemand heute Nacht auf ihr Auto eingeschlagen hatte, während sie nur wenige Meter entfernt im Bett schlief.

Michael ging sofort dran. Heute hatte sie keine Lust, mit ihrem Lieblingsmechaniker zu flirten, was sowieso auch nur deshalb so viel Spaß machte, weil Michael stockschwul war.

»Ich möchte das auf alle Fälle heute noch repariert haben! Kann ich euch das Auto in die Werkstatt bringen?«

»So schnell geht das nicht, Kattaherz. Wir haben alle Hände voll zu tun. Sie haben Schnee angesagt und jetzt kommen alle angerannt, um die Winterreifen draufmachen zu lassen. Außerdem müssten wir die Scheibe erst mal bestellen. Frühestens Mitte kommender Woche. Kostet übrigens zweitausend Euro, nur die Scheibe. Tut mir leid.«

»Zweitausend? Soll das ein Scherz sein?«

»Du hast doch bestimmt Vollkasko, mein Schatz.«

»Ich habe eine verdammte Haftpflicht, du Schurke.«

»Tja. Verdammtes Pech, würde ich sagen.«

»Und was soll ich jetzt tun?«

»Geh zu Fuß.«

»Oh, danke für dein Mitgefühl.«

»Im Ernst. Kleb ’ne Folie drauf und stell das Auto besser noch dazu in die Garage, falls da ausnahmsweise Platz ist. Oder probier es doch mal bei Felix. Der hat diese Hinterhofwerkstatt direkt neben dem Schrottplatz, weißt du, die Werkstatt vom alten Max.«

»Die Werkstatt von Max«, wiederholte Katta lahm und dann hängte sie geistesabwesend auf, ohne sich verabschiedet zu haben.

Die Werkstatt von Max war eben jene Hinterhofwerkstatt, in der Jan früher immer rumgehangen hatte. Der alte Max, mit dem hatte er als Schüler stundenlang an Autos rumgeschraubt. Jetzt war der Mann vermutlich schon in Rente. Wobei sie sich das nur schwerlich vorstellen konnte. Der alte Max gehörte zu den Menschen, die ohne ihren Beruf nicht leben konnten.

Immer wieder wurde sie mit der Nase auf Jan gestoßen. Nachdem sie jahrelang gar nichts mehr mit ihm zu tun gehabt hatte nach der schrecklichen Scheidung, schien das hier jetzt wohl eine regelrechte Jan-Renaissance zu werden.

Katta fühlte sich so unbehaglich wie in ihrem ganzen Leben noch nicht.

»Herrje!«, seufzte sie auf. Setzte sich in ihr Auto und fuhr zu Max' Werkstatt.

Was blieb ihr auch anderes übrig.

Streit

Maria war verzweifelt. Seit Stunden stritt Jan jetzt schon mit ihr herum. Sie verstand das nicht. Er war am Vorabend zurückgekommen und zärtlich und liebevoll gewesen, hatte ihr versprochen, dass er sie jetzt in den letzten Wochen vor der Geburt nicht mehr so viel allein ließe. Sie hatten sich sogar geliebt, was, seit ihr Bauch so dick war, nicht mehr oft vorkam. Am Morgen war sie früh aufgewacht, hatte sich gemütlich an ihn gekuschelt und als sie merkte, dass er auch wach war, von Tara erzählt.

Erst hatte er zugehört, dann Fragen gestellt, und sie dachte noch, er würde endlich verstehen.

Aber ehe sie sich versah, war sie mitten in einem inquisitorischen Verhör, es fehlten nur noch die Daumenschrauben. Jans Stimme klang wütend und ungeduldig. Sie war schon eine ganze Weile von ihm weggerückt und saß nun fast an der Kante des Bettes ans Kissen gelehnt. Schließlich bat sie um einen Kaffee, den er auch für sie braute, wesentlich dünner, als sie selbst ihn sich zubereitete, aber das verschaffte ihr immerhin eine kleine Atempause. Nun prasselten die Vorwürfe wieder auf sie ein.

»Mir ist schlecht«, unterbrach sie ihn schließlich.

»Kotzschüssel oder Essen?«, fragte er kalt.

»Essen.«

Nach einiger Zeit kam Jan mit einem Frühstückstablett wieder herein und stellte es ihr auf den Schoß. Er schien sich ein bisschen beruhigt zu haben, aber sein Gesicht war immer noch hochrot, die Gesichtszüge versteinert, was die weißen Linien seiner Narben hervorhob. Sie blickte nur kurz auf, um das festzustellen. Dann widmete sie sich ihrem Frühstück. Ihr war tatsächlich schlecht. Sie fing mit der Kante eines trockenen Brötchens an, knabberte und kaute lange darauf herum, bevor sie es vorsichtig herunterschluckte. Danach wartete sie einen Moment. Als die Übelkeit ein wenig nachließ, nahm sie den nächsten Bissen. Sie sah nicht auf, sah ihn nicht an, konzentrierte sich ganz auf das Brötchen.

Max' Werkstatt

Katta fuhr in den Hof, stieg aus und sah sich um. Eine leuchtend orangefarbene Neonbeschriftung verkündete »Max' Werkstatt«. Merkwürdig, damals, als die Werkstatt tatsächlich noch Max gehört hatte, hatte sie keinen Namen, darauf hätte sie wetten können. Ein Mann, etwas jünger als sie und sehr viel größer, mit ultrakurz geschnittenen braunen Haaren, kam auf sie zu. Seine Gesichtszüge waren unregelmäßig, vor allem der Mund schien zu groß geraten. Allerdings hatte er auffallend schöne blaue Augen, die sie jetzt fixierten, während er sich die öligen Hände an einem Lappen abwischte.

»Felix?«

Als er mit einem Nicken bestätigte, senkten sich lange dunkle Wimpern über die Intensität seines Blickes. Für einen Moment, einen kurzen Moment nur, drang dieser Blick unangenehm in sie, mit einer respektlosen Intimität, fragend und fordernd. Doch dann ließ Felix die Augen fachmännisch über ihren Wagen wandern und Katta beschloss, es sich nur eingebildet zu haben. Lässig stellte der Schrauber fest, dass dies ein gängiges Modell sei und mit Sicherheit drüben auf dem Schrottplatz ein ganzes Heck lag, das er noch heute einbauen würde. Wenn ihr die Farbe egal sei. Katta zögerte.

Als er dann einen Preis nannte, der inklusive Einbau ein Viertel des Betrages ausmachte, den die Werkstatt allein für die neue Scheibe verlangt hatte, musste sie nicht mehr überlegen. Ihr Auto war schwarz. Da passte vermutlich alles irgendwie dazu. Felix bot ihr einen Kaffee an. Während sie den Becher in der Hand drehte, fragte sie schließlich: »Was ist eigentlich aus dem alten Max geworden? Ich dachte, der hört erst auf, wenn ihn mit dem Schraubenschlüssel in der Hand der Schlag trifft.«

Felix machte ein betroffenes Gesicht. Sie war also wieder mal in ein Fettnäpfchen getreten. Hatte den Mann tatsächlich der Schlag getroffen? Sie murmelte ein »'tschuldigung«, hob aber fragend die Augenbrauen.

»Max ist schon lange tot. Bei einem Autounfall gestorben.« Er zuckte die Achseln, aber man hörte seiner Stimme noch die Trauer an. »Du kanntest ihn?«, erkundigte sie sich.

»Hab hier schon als Junge rumgeschraubt und mitgeholfen. Später habe ich meine Lehre bei Max gemacht. Er war toll. Ein großartiger Kumpel. Genialer Mechaniker.« Und wieder war sein Blick eine Spur zu intensiv.

Schon als Junge? Dann musste er Jan kennen, dann müsste sie ihn kennen. Dann sollte hier eigentlich jeder jeden kennen. Aber sie konnte nichts weiter fragen, nichts sagen. Ihr saß ein Klumpen im Hals, der ihr die Luft nahm.

Und sie erinnerte sich an nichts.

»Ich hab das dann übernommen.« Seine Handbewegung umfasste den Schrottplatz, die Werkstatt und die grelle Neonschrift über dem Eingang.

Katta nickte. Sie wollte hier weg. Verdammt, sie musste hier raus. Sie stellte die Kaffeetasse auf den Tresen, nestelte den Autoschlüssel ab und warf ihn Felix zu, nickte erneut und wandte sich zum Gehen. Sie musste auf der Stelle an die Luft.

»Heute Abend um sechs ist er fertig«, rief er ihr noch hinterher.

Während sie schnell durch den Ort ging, konzentrierte Katta sich aufs Atmen. Sie musste diesen Klumpen loswerden und an etwas anderes denken. Tief ein- und langsam ausatmen. Das war der Trick. Welchen Tag haben wir heute? Sie musste sich konzentrieren. Tief ein und langsam aus. Ach ja, gestern war Halloween, dann war heute der erste November.

Was bedeutete, dass in zwei Tagen der dritte war, der Todestag ihrer Mutter. *Shit!* An etwas anderes denken. Duftende Blumen, wogende Felder ... Aber sie schaffte es nicht.

Der dritte November war ein schlimmer Tag. Und er wurde immer noch schlimmer durch ihren Vater. Jedes Jahr fragte sie sich, wie sie es umgehen konnte, ihn zu sehen, und jedes Mal hatte sie vergessen, dafür zu sorgen, in dieser Zeit einfach am anderen Ende der Welt zu sein. Und so endete dieser traurige Tag jedes Jahr mit einem schrecklichen Streit. Gott, wie sie das hasste!

Und diesmal würde auch noch seine neue Frau dabei sein, die zu treffen sie sich bis jetzt geweigert hatte.

Plötzlich hörte sie Fritzi sagen: »Übrigens ist deine Mutter *danach* gestorben. Ihr hattet gerade geheiratet, als sie gestorben ist.« Erneut überkam sie das Gefühl, als hätte sie schon viel zu lange an etwas vorbeigesehen, und der Klumpen wurde wieder fester. Sie vertrieb die Stimme mit Gewalt. Sie konzentrierte sich auf ihren letzten Ausritt auf Fürstprimas, neuerdings Imi genannt, rief sich jeden einzelnen Schritt in Erinnerung. Das half. Konzentration half immer.

Als sie ihre Aufmerksamkeit wieder auf die Umgebung lenkte, stellte sie fest, dass sie gerade um die lange Eichenhecke bog, die ihr Grundstück umgab. Die braunen Blätter des Vorjahres raschelten im Wind. Sie würden erst abfallen, wenn sich im Frühjahr die frischen hellgrünen Spitzen durchschoben. Ungewollt war sie nach Hause gegangen statt in den Stall. Katta seufzte tief auf. Es war wie verhext. In ihrer Einfahrt stand ein Auto; keines das sie sich hätte leisten können, aber eines, das sie gut kannte. Jans leuchtend roter Sportwagen. Sie zog tief die Luft ein und wappnete sich. Das hier würde unerfreulich werden.

Zusammenstoß

Er ging sofort auf sie los. »Lass gefälligst meine Frau in Ruhe!« Da war nichts mehr von dem lässigen, gepflegt gehässigen Umgangston auf der Party.

»Das geht dich gar nichts an!«

Ihrer geballten Wut war Jan noch nie gewachsen gewesen. Schon ihre Blicke hatte er nicht ertragen können.

»Halt dich aus meinem Leben raus!«, donnerte er unbeeindruckt zurück. Offensichtlich hatte er es inzwischen gelernt.

»Ich habe mit deinem Scheißleben nichts zu schaffen!«

»Allein, dass du hier wohnen geblieben bist!« Seine Stimme kippte über.

»Das ist das Haus meiner Mutter! Und meiner Großmutter und Urgroßmutter! Dieses Haus hat schon immer meiner Familie gehört! Ich werde hier *nie* weggehen, du großkotziger Bastard! Während die Protzvilla da im Wald erst von dir dort hingestellt worden ist. Das ist keine zehn Jahre her.«

»Ja, weil ich dieses Haus für dich gebaut habe! Mit allem Luxus! Was ein großer Fehler war. Und es ist exakt *elf* Jahre her.«

»Ach, leck mich!«

»Du wirst immer ordinärer. Und ich dulde nicht, dass dein schlechter Einfluss meine Frau verdirbt.«

»Leck mich kreuzweise!«

»Die dir im Übrigen haushoch überlegen ist. Sowohl intellektuell als auch …«

»Halt dein Scheißmaul, Jan!«

Sie hätten hier ewig so weitermachen können. Doch schließlich beschloss Katta, den Stier bei den Hörnern zu packen.

»Ich habe zufällig jemanden getroffen, dem du Pferdefutter verkauft hast. Seit wann verkaufst du Pferdefutter? Was machst du mit Pferdefutter? Du magst keine Pferde. Wenn ich mich recht entsinne, hast du sie immer nur *die Viecher* genannt. Hattest du am Ende nicht sogar eine eingebildete Pferdehaarallergie? Da war doch was? Stimmt ja, ich musste mich im Keller duschen, bevor ich hochgehen konnte.«

»Ich helfe nur einem Kumpel aus.«

»Du hilfst nur einem Kumpel aus?«

»Der macht in Pferdefutter, kennt sich aus, kann aber nicht verkaufen. Also habe ich ihm ein bisschen gezeigt, wie's geht.«

»Wie's geht? Wie sahen denn die Frauen aus, denen du das verkauft hast? Waren die zufällig blond und langhaarig und langbeinig, mit barbieblauen Augen und strunzdoof bis total bescheuert? Das ist doch dein Typ, oder?«

Jan sagte nichts, aber sein Gesicht sprach Bände und Katta wusste sofort, dass sie ins Schwarze getroffen hatte. »Warte, warte, warte … genau so sahen die Frauen aus, mit denen du mich fortwährend betrogen hast, während unserer Ehe! War das nicht der Grund, warum ich mich habe scheiden lassen?«

»*Ich* habe mich scheiden lassen. Weil ich dein ewiges Gezicke nicht mehr ertragen habe.«

Offensichtlich betrachtete Jan das als einen Sieg nach Punkten, denn er stieg endlich in sein unsägliches Auto und fuhr mit aufheulendem Motor die zweihundertfünfzig Meter zu seinem Haus.

Es wurde Nachmittag, bis Katta endlich, endlich in den Stall kam. Der Einbau des Hecks hatte sich verzögert. Felix rief an, er wollte ihr den Wagen später am Abend netterweise vorbeibringen. So war sie also wieder zu Fuß unterwegs. Aus dem kühlen Morgen war ein klarer Tag geworden und tatsächlich war es nun spürbar kälter. Sie sah ihren Atemhauch, wenn sie in die Luft pustete. Aber von Schnee konnte ja wohl noch keine Rede sein. Michael, der Mechaniker, musste sich geirrt haben. Nach dieser langen Warmwetterperiode war Schnee Anfang November doch sehr unwahrscheinlich.

Katta nahm sich Zeit. Erst putzte und bürstete sie lange und gründlich die Ponys, streichelte über ihre weichen, zarten Nasen. Dann ging sie mit ihnen in die Bewegungshalle und scheuchte den Zweijährigen, im Suff Little Joe getauft und immer nur Kleiner gerufen, ein bisschen im Kreis, während seine Mutter nach der ersten Runde bei ihr stehen blieb und den Sohn beobachtete. Katta war geladen und versuchte, ihre Wut bei sich zu behalten, doch sie machte das Jungpferd nervös. Wesentlich schneller als sonst drehte es seine Runden, schüttelte den Kopf und schlug mit dem Schweif, buckelte und zeigte mit seinem ganzen Körper, was es von dem zweibeinigen Säbelzahntiger hielt, der sich in der Mitte der Halle aufgebaut hatte.

Die alte Stute schaute sich das Ganze eine Zeit lang an, dann bohrte sie Katta mit Bestimmtheit die Nase in den Bauch. Katta lachte überrascht auf. Das war der Unterschied zwischen einem jungen und einem erfahrenen Fjordpferd! Liebevoll zauste sie Tara das Fell. »Du meinst wohl, ich soll damit aufhören, was? Immer diese Wut! Und du hast ja so recht, meine Alte, es ist wirklich schlecht für den Teint.« Dann beugte sie sich vor und pustete Tara ganz sachte in die Nüstern und die pustete ebenso sachte zurück. Als sie sich aufrichtete, stand Little Joe direkt hinter ihr. Sie war sich bewusst, dass sie ihr Chaos sortieren musste, sie würde es nicht länger einfach wegschieben können.

Sie arbeitete noch einmal zehn Minuten mit ihrem Jüngsten, diesmal ruhig und konzentriert. Leise vor sich hinsummend führte sie Tara und Little Joe anschließend zur Koppel zurück. Dort blieb sie noch eine Weile zwischen den Bäumen stehen und beobachtete die Pferde beim Grasen.

Nun, da die Wut weg war, fühlte sie sich ruhig, als sie von der Koppel zurückkam. Sogar ein bisschen nachdenklich, und da war noch ein anderes Gefühl, eines, das sie so nicht kannte, nicht wirklich angenehm, aber auch nicht wirklich schmerzhaft. War es Melancholie? Traurigkeit? Man musste höllisch aufpassen, diese Dinge konnten aus dem Ruder laufen.

Es gab ein paar Apfelbäume auf dieser Weide, die an ihren höheren Ästen noch Früchte trugen. Sie streckte sich nach einem Apfel, rieb ihn am Ärmel und biss hinein. Er schmeckte ganz genau, wie ein Apfel schmecken sollte, frisch, sauer und süß. Kauend ging sie an den Bäumen vorbei und hinüber zu den Boxen. In einer davon stand Ginger Bell, die hübsche Fuchsquarterstute von Lars, und da war er auch schon selbst. Stützte sich auf eine Mistgabel und hatte sein charmantes Lächeln im Gesicht.

»Na, so traurig heute? Was kann ich tun, um dich aufzumuntern?«

Weggehen, dachte Katta.

»Du hast doch nicht etwa Liebeskummer?«

Woher, um Himmels willen, wusste Lars von Rolf? Oder war es nur ins Blaue geraten?

Dann kam er näher, als wolle er ihr etwas zuflüstern. Sie war kein bisschen neugierig darauf, aber irgendwie fehlte ihr heute der Schwung, ihn auflaufen zu lassen.

»Eine schöne Blume wie du ist doch nie lange alleine in der Prärie«, raunte er vertraulich. Katta betrachtete ihn wie einen seltsamen Käfer. Das Merkwürdige war, dass der Mann mit dieser wunderbaren sexy Stimme gesegnet war, die einem direkt in den Unterleib fuhr, egal, was für einen Mist er von sich gab.

»Manchmal denke ich, da oben im Himmel«, sagte sie und zeigte in das hohe weite Blau, »ist ein großes Loch« – sie machte eine theatralische Pause und Lars' Blick folgte gespannt ihrem Finger – »ein großes Loch«, wiederholte sie, »durch das Gott unentwegt Scheiße in Männerhirne schmeißt.«

Bis ihm aufging, dass er beleidigt worden war, war Katta schon verschwunden. Das hier war gut gewesen. Und am Abend würde sie ihr Auto zurückbekommen.

Wetterbeobachtungen

Normalerweise verbrachte Hiltrud ihre Sonntage abgeschieden vom Hofalltag. Natürlich musste sie morgens und abends da sein zum Füttern und auch um ansprechbar zu sein, aber die Mitte des Tages gehörte ihr, und in dieser Jahreszeit gammelte sie gerne herum. Ja, man konnte sogar sagen, dass sie das winterliche Herumgammeln zur Kunstform erhoben hatte. Am liebsten gammelte sie in ihrem rosafarbenen Wohnzimmer vor dem Kamin. Dort hörte sie Musik, las, dachte nach oder tat einfach nichts. Aber heute hatte sie von früh an keine Ruhe gehabt, hatte sich rastlos gefühlt, war stattdessen auf dem Hof umhergewandert und hatte ihre Einsteller beobachtet.

Sonntags kamen sie alle. Es gab allerdings Schichten, drei Schichten, um genau zu sein. Die Frühaufsteher, die teilweise schon um sieben Uhr herkamen, dann die Langschläfer, die um die Mittagszeit eintrudelten, und die Vertreter der Abendschicht, die erst mit Einbruch der Dunkelheit auftauchten und schnell die Pferde versorgten, nachdem sie den Sonntag mit der Familie verbracht hatten. Es gab zahlreiche komplizierte Absprachen fürs Wochenende, sodass die Frühaufsteher die Pferde der Spätaufsteher morgens auf die Koppeln brachten und die Spätaufsteher dafür die Pferde der Frühaufsteher abends mit reinholten. Das System funktionierte nahezu reibungslos und Hiltrud hatte nichts damit zu tun. Im Sommer waren manche Pferdehalter den ganzen Tag auf dem Hof, es gab einige, die sich gerne zusammentaten und grillten, nachdem sie ausgeritten waren. Aber sobald es kälter wurde, blieb niemand wesentlich länger als zwei oder drei Stunden.

Das erste Auto, das auf den Hof fuhr, war an diesem Morgen, wie an fast jedem anderen auch, Kattas schwarzer Geländewagen. Hiltrud blies in ihre Tasse und beobachtete durch den aufsteigenden Rauch, wie sie ausstieg. Sie wirkte niedergeschlagen und als wollte sie ihre Ruhe haben.

Als Hiltrud um halb acht zum Füttern hinausging, war der Himmel grau und kalt. Keine Schneewolken zu erkennen. Auch fehlte der Luft dieser gewisse Geruch. Immer noch stand nur das eine Auto auf dem Parkplatz. Hiltrud schob den Heuwagen in den Stall, wo Katta mit dem Ausmisten beschäftigt war. Mit der Ponybox war sie bereits fertig und nun an Fürstprimas' Box. Sie arbeitete zügig und konzentriert, hob zum Gruß nur kurz den Kopf. Man sah ihr an, dass sie nicht zum Plaudern aufgelegt war.

Am Ende ihrer Runde holte sich Hiltrud eine zweite Tasse Kaffee, wanderte damit umher, schaute den Pferden beim Fressen zu, streichelte dem ein oder anderen über den Hals und genoss die morgendliche Ruhe. Nur die Kaugeräusche der Pferde waren zu hören. Eines der besten Wohlfühlgeräusche, das sie kannte. Es lud sie gewöhnlich für den ganzen Tag auf, um das ganze menschliche Geplapper zu ertragen und einen klaren Kopf zu bewahren bei all den Leuten, die auf so einem Hof umherliefen.

Die ersten würden vermutlich gegen neun kommen. Zwei Englisch-Reiterinnen, die sich sonntagmorgens trafen und deren Pferde Hiltrud deshalb immer früh fütterte. Eine davon war die Reitbeteiligung von Helena Winter, die ja am Wochenende aus beruflichen Gründen keine Zeit hatte. Im Gegensatz zu der arroganten Helena war ihre Reitbeteiligung ein nettes Mädel, das gerade Abitur machte und immer lächelte. Die andere war eine große hagere Mittsechzigerin der herberen Sorte. Die beiden gaben ein herrliches Gespann ab und vertrugen sich prächtig. Sie waren der lebende Beweis für Hiltruds Theorie, dass auf Pferdehöfen die unglaublichsten Freundschaften entstanden. Hiltrud hatte ihre Tour schon auf die nahen Weideflächen ausgedehnt und alle Zäune kontrolliert, als die beiden auf den Hof kamen, unter viel Gelächter und Gefrotzel ihre Pferde sattelten und losritten.

Als nächste kam Irene auf den Hof, um ihr altes Pony zu betütteln. Hiltrud mochte die Art, wie sie mit ihm angeregt plaudernd um die Koppeln spazierte und dabei ihre Arthritis vergaß.

Katta stand am hinteren Anbindeplatz. Sie kratzte Fürstprimas gerade die Hufe aus, der dabei still hielt wie ein Lamm.

»Es ist unglaublich viel besser geworden mit ihm, oder?«, sagte Hiltrud.

Katta schaute auf. »Das kann man laut sagen.«

»Kaffee?«

»Sehr gerne. Ich bring nur schnell die Ponys auf die Koppel und Fürstprimas so lange in die Box zurück.«

Wenig später trafen sie sich bei den vorderen Ställen. Die Backsteinwände waren mit Kletterrosen überwuchert, und in der windgeschützten Ecke standen rot gestrichene Holzbänke. Es war bei weitem der schönste Ort im Stallgeschehen, zudem bekam man alles mit, was auf den Wegen geschah. Sie standen einvernehmlich zusammen, Katta rauchte. Sprechen mussten sie nicht.

In diesem Moment kam Lars vom Parkplatz her um die Ecke und näherte sich Hiltrud mit entschlossenem Gesichtsausdruck. Erst als er sie fast schon erreicht hatte, erkannte er, wer bei ihr stand. Lars stockte in der Bewegung, räusperte sich und verschwand Richtung Box. Gleich darauf tauchte Elsa auf, sah Katta, zögerte, rief Hiltrud ein mürrisches »Guten Morgen« zu und ging zügig an den Frauen vorbei.

»Okay«, sagte Hiltrud gedehnt und drehte sich zu Katta, »du bist besser als die Pestilenz, um die Leute fernzuhalten.«

»O Mann, also ganz ehrlich! *Er* hat mir ein unglaublich dämliches Kompliment gemacht und eine entsprechende Abfuhr bekommen. Und was *sie* angeht ...«

»Was für ein Kompliment?«, unterbrach Hiltrud und lachte laut auf, als sie es erfuhr: »Präarieblume? Das ist ja köstlich!«

»Und was sie angeht«, nahm Katta den Faden wieder auf, »mit ihr habe ich vor ein paar Tagen noch einträchtig im Heu gesessen.«

»Mit wem hast du im Heu gesessen, Katta?«, erkundigte sich Mareike, eine der Westernreiterinnen. Offensichtlich war die Mittagsschicht heute geschlossen zu früh dran. Katta mochte sie, das wusste Hiltrud, was aber nicht bedeutete, dass sie mit ihr Geheimnisse teilte.

»Mit dem Kater Riesenwurz.«

»Du spinnst ja. Wie immer«, befand Mareike und wandte sich unbeeindruckt Hiltrud zu: »Ich muss mit dir sprechen. Über diesen neuen Einsteller. Der macht mich wahnsinnig! Ständig erzählt er mir, was ich tun soll und dass mein Pferd angeblich lahmt und was weiß ich. Er nervt.«

»Wenn er das nächste Mal ankommt, frag ihn einfach nach der Präriebume.« Und dann prustete Hiltrud wieder los.

»Ihr spinnt ja beide!« Mareike schüttelte den Kopf. »Katta, hast du Lust auf einen kleinen Ausritt?«

»Wenn du das Risiko ertragen kannst?«, erwiderte Katta.

»Oh, es macht mir nichts aus, wenn du ab und zu in die falsche Richtung reitest – solange du nicht zu lange brauchst, um wieder zurückzukommen.«

»Wir haben Fortschritte gemacht seitdem.«

»Na dann in einer halben Stunde!«, rief Mareike erfreut.

Als Katta weg war, bemerkte Hiltrud, dass deren Geländewagen plötzlich ein blaues Heck besaß. So war das immer mit Katta. Sie konnte besser von sich selbst ablenken als jeder Geheimagent.

Vermutlich hätte sie ohnehin keine klare Antwort erhalten, sondern nur einen flapsigen Spruch.

Nach der Abendschicht stand Hiltrud mit einer Tasse Kräutertee am Küchenfenster und sah hinaus. Es war nun dunkel und die Hoflampen gaben ein gelbliches Licht ab. Stille war eingekehrt. Schnee hatte es keinen gegeben. Eine der Stallkatzen schnürte über den Hof und sprang auf den Heuboden, dann nichts mehr.

Es war an der Zeit, sich endlich der Frage zu stellen, was sie eigentlich den ganzen Tag so unruhig gemacht hatte. Sie stellte die Tasse ab und ging ins Wohnzimmer. Dort setzte sie sich auf ihren flauschigen Teppich, legte die Hände auf die Knie und versank in Trance. Ihre Atmung wurde tiefer und tiefer, bis sie schließlich ihren inneren Ort vor sich aufsteigen ließ und Farben sah. Sie tauchte in den vertrauten Farbwirbel ein und wartete. Was kommen sollte, würde kommen. Es war angenehm, sich vom leuchtenden Licht tragen zu lassen ... Und das war es auch schon. Keine Erkenntnis, eigentlich wie immer. Es war eine der tiefen Frustrationen ihres Lebens, dass sie zwar die Techniken beherrschte, ihr aber die innere Berufung fehlte.

Da tauchte vor ihrem inneren Auge ein Bild auf. Sie sah sich selbst als wesentlich jüngere Frau, die rote Mähne reichte ihr bis zu den Hüften, nackt stand sie da und eng umschlungen von einem Mann, der sein Gesicht in ihrem Haar verbarg. – Du bist das sinnlichste aller sinnlichen Weiber, du bist die Hingabe selbst. – Der Mann umfasste ihre Hüften, schob den Kopf in ihren Schoß, packte ihren roten Schopf, krallte sich darin fest. Seine Leidenschaft veränderte sich, seine raue Stimme verlor sich in Raserei. Ohne dich bin ich nichts, nichts. Nichts! Verlass mich nicht!

Das Bild verblasste und sie sah noch einmal denselben Mann. Nun konnte sie seine strahlend grünen Augen sehen, vor Zorn verdunkelt, wieder war er nackt. Er hielt einen Ledergürtel in der Hand und schlug auf eine zierliche blonde Frau im Nachthemd ein, deren Gesicht vom Weinen aufgequollen war.

Erschrocken fuhr Hiltrud auf. Ihr Kopf schmerzte, ihr Herz raste. Ihre Schuld. Ihre große Schuld. Würde es nie aufhören? Ein Mal hatte sie sich gehen lassen, ein einziges Mal alle Bedenken beiseite geschoben. Die Folgen waren fatal. Zitternd versuchte sie sich zu beruhigen. Nach all dieser Zeit! Warum kamen die Erinnerungen jetzt mit solcher Macht zurück? Wiederholte sich die Geschichte? War der Zyklus abgeschlossen? Sie verstand es nicht.

Was sie noch mehr verwirrte: Anders als die erste hatte sie die zweite Szene nicht selbst erlebt. Konnte es sein, dass sie zum ersten Mal im Leben etwas wahrhaftig *gesehen* hatte? Dass die Familiengabe doch nicht an ihr vorbeigegangen war? Aber vermutlich hatte ihre Phantasie nur ausgemalt, was man ihr in einem Gespräch anvertraut hatte.

Versöhnung

Den Sonntag verbrachte Maria im Bett. Sie hatte sich den erstbesten dicken Schmöker aus Jans Bibliothek geholt und lag jetzt mit dem Grafen von Monte Christo und seinem tragischen Schicksal tief in den Kissen versunken. Wenn ihr Baby ein Junge würde, könnte sie ihn Monty nennen, wenn es ein Mädchen würde, Mercedes. Aber vielleicht auch nicht. Sie hatte keine Lust, nachzudenken. Zwischendurch schlief sie, zusammengerollt wie der Embryo in ihrem Bauch. Sobald ein Gedanke an die Streitereien mit Jan aufkam, las sie weiter und vergaß über den Verstrickungen von Edmond Dantès Rachefeldzug ihren eigenen Kummer.

Bis zum Abend war sie mit dem Buch durch. Jan hatte ihr grußlos zwei Mahlzeiten ans Bett gebracht. Sie hatte trotzig zurückgeschwiegen. Nun kam er mit dem dritten Tablett, auf dem sich im Wesentlichen aufgewärmte Reste befanden. Er wollte schon wieder zur Tür hinaus, als Maria merkte, dass ihr Trotz aufgebraucht war.

»Jan?«

Er blieb stehen, drehte sich aber nicht um. Was konnte sie sagen, damit er sich ihr wieder zuwandte?

»Ich würde es einfach gerne verstehen«, murmelte sie. »Ich kann's nicht ertragen, wenn du so bist wie jetzt. So weit weg.« Sie zögerte, dann gab sie sich einen Ruck. »Aber die Wahrheit ist, Jan, die Wahrheit ist, dass ich dich eh kaum verstehe, selbst wenn wir uns nicht streiten. Ich weiß so wenig über dich. Ich spüre Verletzungen bei dir. Wenn allein die Tatsache, dass ich dich liebe, etwas Gutes für dich hat, du jetzt besser schläfst und all das, macht es mich glücklich.« Wieder zögerte sie, so weit hatte sie sich noch nie vorgewagt. Und immer noch sprach sie zu seinem Rücken. »Wenn du mir vertrauen würdest, wenn du mir mehr erzählen würdest von dir, ich glaube, dann könnte ich dir sicher noch mehr sein und wir uns noch mehr geben.«

Jan drehte sich um. Tränen liefen über sein Gesicht, in seinen Augen stand Verzweiflung. »Du bist ein solcher Schatz, Maria. Wirst du denn niemals böse? Schlägst du niemals zurück?« Er kam an ihr Bett. »Ich war gemein zu dir. Verzeih.« Sie fuhr über seinen Unterarm, den er jetzt nach ihr ausstreckte. Als er näher heranrückte, legte sie die andere Hand auf seine muskulöse Brust. Dann sah sie fragend zu ihm hoch.

»Was möchtest du wissen, Engel?«, fragte Jan heiser.

»Wie warst du früher so? Als Kind? Als Jugendlicher?«

»Aber das habe ich dir doch schon gesagt«, seine Stimme wurde ungeduldig. »Ich hatte eine wilde Jugend, mein Liebling, mit Prügeleien und allem, musste ordentlich was einstecken. Ich habe hart trainiert, damit mich nie wieder jemand schlägt!«

Maria fühlte eine leise Furcht in sich aufsteigen. Aber nun war sie schon einmal so weit gegangen.

»Wer hat dich geschlagen?«

Jan rückte von ihr ab, doch sie hielt ihn fest. Ihre Blicke waren ineinander verhakt, als würden sie ein Duell ausfechten. Seine smaragdgrünen Augen verdunkelten sich.

»Du bist beschützt und behütet und geliebt worden«, begann er schließlich. »Als Kind. Als Jugendliche. Als Frau. Ich spüre das, als würde ein Strahlen von dir ausgehen. Gib mir davon ab und lass meine unselige Kindheit ruhen. Ich bitte dich! Maria!«

Betroffen starrte sie ihn an.

Nach einer Weile sagte er zärtlich: »Ich muss noch mal weg. Wird spät. Warte nicht auf mich. Ich liebe dich.« Dann zog er die Tür leise zu und ging.

Später Besuch

Hiltrud ging zurück in die Küche, verzichtete darauf, das Licht anzumachen, stellte sich ans Fenster und trank gierig den kalt gewordenen Tee aus. Sie wartete darauf, dass der Kopfschmerz nachließ. Selten in ihrem Leben war sie so ratlos und aufgewühlt gewesen. Damals natürlich, als alles drunter und drüber ging, als die Leidenschaft ihr den Verstand und das Herz verdreht hatte. Aber warum jetzt, nach all diesen Jahren? Sie beschloss heute Nacht ausnahmsweise ein Schlafmittel zu nehmen.

Als sie sich schon zurückziehen wollte, hörte sie noch ein Auto auf den Parkplatz fahren und sah wenig später eine Frauengestalt über den Hof eilen. Helena Winter? Was machte die Stewardess an einem Sonntagabend hier? Sonst kam sie immer von montags bis mittwochs, ritt eine Stunde in der Halle und ging wieder. Helena verschwand in der vorderen Stallgasse, wo ihr Pferd stand. Dass sie es am Wochenende besuchte, war höchst ungewöhnlich. Helena war ganz und gar nicht der Typ, der einfach mal so ihrem Pferd hallo sagte.

Von der Landstraße her näherte sich Motorbrummen. Ein Sportwagen bog in die Zufahrtsstraße ein und ließ den Kies auf dem Parkplatz aufspritzen, als er schwungvoll hielt. Es war ein altvertrautes Geräusch. Hiltrud konnte nicht sofort zuordnen, woher sie es kannte, aber es fühlte sich an, als hätte jemand in ihr einen Gong angeschlagen. Sie hörte das leise Zuklappen einer Autotür. Eine Männergestalt näherte sich mit schnellen Schritten und verschwand ebenfalls in der Stallgasse.

Sie erkannte ihn auch nach Jahren wieder. Er war ihr nur allzu deutlich in Erinnerung. Denn es hatte einmal eine Zeit gegeben, in der er beinahe täglich im Stall gewesen war – zusammen mit seiner Frau. Zusammen mit Katta.

So hatte sie also den Vater und den Sohn am selben Abend gesehen, der eine war in der Realität aufgetaucht, der andere in ihrer Erinnerung. Das konnte kein Zufall sein. Und was zum Teufel trieb Jan Mortau mit Helena Winter im dunklen Stall?

Hunde

Julia packte am Sonntagnachmittag die Koffer aus. Dabei pfiff sie vor sich hin. Jetzt wurde es wohl endlich kalt. In ihrer Wanderwoche hatten sie ein Riesenglück mit dem Wetter gehabt und auch sonst. Sie konnte sich nicht erinnern, wann sie das letzte Mal so viel Spaß gehabt hatte. Sie war tatsächlich in ihrem Element gewesen. Ihr gefiel einfach alles dort. Vielleicht sollte sie ihren untreuen Mann verlassen und in den Schwarzwald ziehen?! Vielleicht gab es da einen, der ihre neu entfachte Leidenschaft für Wandern, Yoga und Meditation aus ganzem Herzen teilen konnte! Rolf davon zu überzeugen war ihr jedenfalls nicht gelungen.

Vielleicht sollte sie sich einen Hund anschaffen. Sie wohnte hier schließlich auch in einer schönen Gegend mit viel Wald. Dann könnte sie mit dem Hund durch die Wälder streifen. Vielleicht würde sie dort Robin Hood treffen, die Russell-Crowe-Version ... Sie würde jedenfalls etwas ändern in ihrem Leben.

Den Abend verbrachte sie damit, sich im Internet über verschiedene Hunderassen zu informieren, während Rolf unten eine Polit-Talkshow sah. Sie hörte die streitbaren Stimmen leise im Hintergrund und machte die Tür zu, als es ihr zu nervig wurde.

Unter »benötigt viel Auslauf« fand sie vor allem Wolfshunde. Die waren ihr allerdings etwas unheimlich. Unter dem Begriff »leichtführig« kamen Schäferhunde aller Couleur. Sie klickte weiter. Etwas war ihr klar geworden in dieser Wanderwoche: mit welcher Selbstverständlichkeit sie ihr Leben und ihre Ehe um Rolfs Bedürfnisse und um seinen Beruf herum eingerichtet hatte. All die Jahre! Und während sie sich Abbildungen von Wällerhunden ansah, offensichtlich einer neuen Rasse, die aus Australian Shepherd und Briard gezüchtet worden war, wurde ihr zunehmend bewusst, dass sie hinter diese Erkenntnis nicht wieder zurück konnte.

Rosen

Der dritte November war ein Montag. Es schneite noch immer nicht, obwohl inzwischen leichter Frost eingesetzt hatte. Katta hatte Maria am Vortag eine SMS geschickt, ob alles in Ordnung sei, und zur Antwort erhalten, dass man sich sein Glück wohl nicht aussuchen könne. Sie hatte nicht weiter nachgefragt. Es war noch halb dunkel, als sie früh am Morgen ihr Auto auf dem kleinen Parkplatz am Friedhof abstellte. Sie stieg aus und betrachtete das Heck, das im schwachen Licht metallicblau schimmerte. So schlecht sah das gar nicht aus. Zumindest hätte es schlimmer sein können. Sie öffnete die Heckklappe und holte einen großen Kranz heraus, mit Hagebutten, verschiedenen Zapfen und Nüssen. Dazu waren goldene Kugeln und Engel eingearbeitet und ein golddurchwirktes weinrotes Samtband hineingeflochten. Der Kranz hatte ihr gefallen, weil er mit seinem leuchtenden Rot und Gold nach Weihnachtszeit aussah und so gar nicht nach Grabschmuck. Ihre Mutter hätte das gemocht.

Der Friedhof lag, von einer niedrigen Steinmauer umgeben, auf einer kleinen Anhöhe am Waldrand. Mit seinen alten Eichen und Buchen wirkte er von weitem selbst wie ein kleiner Wald. Seinen Mittelpunkt bildete die Marienkapelle, die man im 17. Jahrhundert hier errichtet hatte, zum Dank dafür, dass die Wirren des Dreißigjährigen Krieges und die Pest das Dorf verschont hatten. Eine heile Insel inmitten der allgegenwärtigen Verwüstung. In der gesamten Region fand man kein Fachwerkgebäude, das älter als dreihundert Jahre war, nur in ihrem kleinen Ort. Und sie war außergewöhnlich schön, diese kleine Kapelle.

Das Grab lag ein wenig versteckt hinter der Kapelle und direkt unter einem großen, alten Haselstrauch. Wie bei Aschenputtels Mutter. Nur, dass das mit den Kleidern nicht klappen wollte und auch mit dem Prinzen nicht … Keine Zauberei, dafür Schmerz, den auch die Zeit nicht heilte. Am Anfang hatte sie noch auf die Wirkung der Zeit vertraut. Mittlerweile hatte sie akzeptiert, dass es Verluste gab, die blieben. Katta war keine große Friedhofsgängerin. Sie kam am Todestag ihrer Mutter hier herauf und legte einen Kranz oder ein Gesteck aufs Grab, hin und wieder auch zwischendurch, sie hätte nicht sagen können, wie oft im Jahr.

Das Grab selbst war schlicht. Eine große, weiße Marmorplatte bedeckte es, sodass keine Pflanzen gepflegt werden mussten. Ein Rosenstrauch überwucherte das hintere Drittel, an dem tatsächlich noch einige gefüllte altrosa Blüten hingen. Die Lieblingsblumen ihrer Mutter. Katta lehnte den Kranz an und wischte Blätter und kleine Zweige vom Stein, um die Inschrift zu betrachten, deretwegen sie sich damals unsäglich mit ihrem Vater gestritten hatte. Ihr Vater, der nicht wollte, dass die Leute sich das Maul darüber zerrissen, seine Frau sei unglücklich gewesen oder hätte gar einen Liebhaber gehabt. Doch Katta hatte sich durchgesetzt – unter anderem, weil sie den Steinmetz ziemlich gut kannte, später dann die Nummer acht. Und so stand dort in Gold eingeprägt:

»Mir blieb nur dies von Zeiten, die vergangen:
Die weißen Winter und die Einsamkeit.

Sie warten meiner, lässt du mich allein.
Und niemals wieder wird es Frühling sein.«

Es war das Ende eines Gedichtes, das ihre Mutter geliebt hatte. Überhaupt Gedichte. Vor allem die von Mascha Kaléko, aber auch andere, Hauptsache, sie waren traurig. Wie oft hatte die Mutter ihr endlos lange und traurige Gedichte vorgelesen, meistens von Dichterinnen. Weltfremd und verträumt war sie gewesen, die letzte Romantikerin, aus Versehen in die falsche Zeit hineingeboren. So hatte sie Katta als kleines Mädchen in den frühen Winternächten bei Vollmond mit auf die Burgruine des Wintersteins genommen und war mit ihr im silbrigfahlen Licht auf den Mauern gelaufen. Zusammen hatten sie den Sternenhimmel angestaunt. Bettina von Arnim habe das als junge Frau auch getan. Aus deren Briefwechseln konnte die Mutter frei zitieren. Sie konnte vollkommen abgedreht und verrückt sein, versponnen und visionär, und dafür hatte Katta sie geliebt, obwohl sie selbst vollkommen anders war. Wie angreifbar und zerbrechlich sie war, begriff sie erst später.

Ihre traurige, romantische und unendlich unverstandene Mutter. Wie sehr hatte sie sie geliebt! Und wie sehr vermisste sie sie. Seit diesem entsetzlichen Anruf in der Hochzeitsnacht in Prag hatte der Schmerz kaum nachgelassen. Und wie oft hatte sie sich gefragt, ob dieser Unfall vielleicht gar kein Unfall war. Ihre Mutter war eine souveräne und überaus sichere Fahrerin gewesen. Hatte sie in ihrem Weltschmerz für einen Moment, der nicht mehr zurückzunehmen war, ihrer tiefen dunklen Seite nachgegeben, und den Wagen aus der Kurve heraus in den Abgrund gelenkt, in eine Welt, in der man sie besser verstünde als in dieser?

Liebevoll fuhr sie mit dem Finger die Inschrift nach.

ANN MARIE WOLFF 1960-2006

Katta war so vollständig in Gedanken versunken, dass sie die Frau neben sich erst bemerkte, als diese sie am Ärmel zupfte. Eine Asiatin, die sehr jung aussah und verlegen auf den Boden starrte. In den Händen hielt sie einen Strauß Rosen.

Die neue Frau Neugebauer.

Katta hatte sie nur einmal kurz gesehen, aber das musste sie sein. Dalika Neugebauer.

Die Mutter hatte ihren eigenen Namen behalten, wie alle

Wolff-Frauen aus diesen und jenen Gründen. Eigentlich hieß sie Wolff-Neugebauer, benutzte den Doppelnamen aber nie. Und auch das hatte Katta in einer Nacht-und-Nebelaktion durchgesetzt: Der Name Neugebauer stand nicht auf dem Grabstein. Katta selbst hatte, sobald sie achtzehn Jahre alt war, den väterlichen Namen abgelegt und sich nach ihrer Mutter genannt. Eine ziemlich teure und komplizierte Angelegenheit, die den endgültige Bruch mit ihrem Vater brachte, aber unumgänglich war. Und nun stand vor ihr die Fremde, die seinen Namen bereitwillig angenommen hatte, den Namen eines fast dreimal so alten Mannes.

Die Frau verbeugte sich tief, dann streckte sie ihr den Rosenstrauß entgegen und wies mit einem kurzen Nicken und einem fragenden Blick Richtung Grab. Überrascht, wie sie war, ergab Katta sich den Regeln dieser merkwürdigen Pantomime und nickte zurück. Dalika hatte langes schwarzes Haar, das unter einer dunklen Mütze hervorschaute, war wesentlich kleiner als sie und sehr zierlich. Aber da endete auch schon das Klischee, denn ihr Gesicht war zu rundlich, um im gängigen Sinne schön zu sein, und von Pockennarben entstellt. Ihre Augen allerdings waren groß und braun und lagen unter langen Wimpern. Ein Reh mit einem Kindergesicht, das sich nun anmutig vorbeugte, um die Rosen auf das Grab zu legen. Katta bemerkte, wie sie darauf achtete, die Schrift nicht zuzudecken. Es war ein großer Strauß altrosafarbener Rosen, die sie da vorsichtig auf dem weißen Marmor verteilte. Eine fahle Sonne schimmerte durch die Wolken und überzog das Arrangement mit einem Hauch von Perlmutt.

Dalika richtete sich auf und sah ihr zum ersten Mal voll ins Gesicht, bevor sie sich wieder verbeugte und mit gesenktem Blick vor dem Grab stehen blieb, und Katta wurde klar, dass sie zu dieser Frau nicht böse sein konnte. Da wies Dalika auf den Kranz, der immer noch an der Seite des Grabsteines lehnte. Wieder nickte Katta auf diese fragende Geste hin und ergriff ihn, die Fremde packte wortlos mit an. Zusammen legten sie den Kranz gegen den wuchtigen Rosenstrauch. Wieder trafen sich ihre Blicke für einen Moment, bevor Dalika sich umwandte und so wortlos und leise davonging, wie sie gekommen war.

Katta sah ihr nach, bis sie verschwunden war. Dann ging sie, wie immer, wenn sie auf den Friedhof kam, die Madonnenfigur in der Kapelle besuchen. In einen dunkelblauen Umhang gehüllt, stand sie unter der gewölbten Decke, die als Himmel ausgemalt war, an dem goldene Sterne glänzten. Obwohl sie schlank war, wirkte sie kräftig, nicht zart. Sie stand vollkommen aufrecht auf einem Sandsteinpfosten, trug weder ein Jesuskind auf dem Arm noch einen Heiligenschein über dem Kopf. Eine schlichte, mittelgroße Holzstatue in blau, in der man keine Maria erkannt hätte, wäre sie nicht in eben dieser Kapelle gestanden. Ihre Arme hielt sie unter dem Umhang verschränkt, als schütze sie sich vor Kälte, sodass als einziges ihr Gesicht herausschaute. Und auch dieses hatte nichts von der Lieblichkeit, die Marienfiguren normalerweise eigen war. Diese hier besaß das Gesicht einer Bäuerin, die harte Arbeit kannte, deren Augen alles gesehen hatten. Dennoch lag in ihnen kein Leid oder Schmerz, sondern das Versprechen bedingungsloser Liebe. Man konnte nicht anders, als sich aufgehoben zu fühlen. Zumindest hatte Katta es immer so empfunden. Schon als junges Mädchen.

Sie stellte sich dicht vor die Statur und sah in diese wissenden Augen, bis alles von ihr abfiel. Rolf, Jan, Scheidungen, Trennungen, dunkle Gestalten, Schmähbriefe, zerbrochene Heckscheiben, Seidentücher, Dalika, ihr Vater, unglückliche Ehen, Unfälle, ihre Trauer, ihre Mutter … ihre Mutter. Der Gedanke an sie wollte sich nicht ablösen.

Ihre Mutter, die noch am Leben war, als sie Jan geheiratet hatte. Fritzis Kommentar, der ihr nicht mehr aus dem Sinn ging.

Er hatte recht. Sie hatten in der Dorfkirche geheiratet. Es war eine große Hochzeit, gefolgt von einem rauschenden Fest. Ihre Mutter war dabei gewesen, natürlich war sie da gewesen!

Sie konnte sich noch erinnern, wie ihre Mutter mit Jan unter der Eiche gestanden hatte. Sie selbst hatte gerade getanzt und gesehen, wie die beiden sich lebhaft unterhielten. In derselben Nacht noch fuhren Jan und sie nach Prag.

Am Tag nach ihrer Hochzeitsnacht waren mehrere unbeantwortete Anrufe ihrer Mutter auf dem Handy gewesen, aber keine Nachricht. Offenbar hatte sie spät in der Nacht und ganz früh am Morgen sie zu erreichen versucht. Aber das Handy war ausgeschaltet gewesen.

Sie sah sie lebend nicht wieder.

»Übrigens ist deine Mutter *danach* gestorben.« – Was daran war so wichtig? Lag in diesen Worten mehr als die verletzte Eitelkeit von Fritzi? Gut, sie hatte ihm vorgemacht, dass sie ihn damals nicht heiraten wollte, weil sie um die Mutter trauerte. Und er hatte sie darauf hingewiesen, dass dies nicht der Grund sein konnte, eben weil sie erst später gestorben war. Peinlich, aber kein Drama. Warum nur ging es ihr nicht mehr aus dem Kopf? Sie rieb sich die Augen und fuhr sich mit den Händen übers Gesicht. Die innere Ruhe, die sie hier sonst immer fand, wollte sich diesmal nicht einstellen. Schließlich gab sie auf und verließ die Kapelle. Sie ging nicht mehr am Grab vorbei, sondern an der Friedhofsmauer entlang zum Ausgang und zu dem kleinen Parkplatz, der davor lag.

Dort stand neben ihrem eigenen Wagen der ihres Vaters. Das Auto war leer. Offensichtlich war Dalika, die reglos davor stand, alleine gekommen. Was wollte die Frau denn jetzt noch? Noch mehr Pantomime? Katta spürte Gereiztheit aufsteigen. Ihr reichten die ersten Annäherungsversuche vollkommen.

Dalika empfing sie mit ihrem Rehblick, als sie herankam. »Ich dich sprech. Nächste Woch?«

Au Backe. Sie konnte reden! Katta zuckte die Schultern. Gerade hatte sie sich an die nonverbale Kommunikation gewöhnt.

Die schöne Altstimme wechselte ins Englische. »It is really important. Very important. I have to talk to you. I have to tell you something you should know. About your mother! Mother is important for a woman.«

Katta starrte sie an.

»Next Woch. Next Woch. Wann? Wann? Keine Zeit jetzt.«

Zu verblüfft, um etwas zu sagen, schwieg Katta.

Da entschied Dalika mit Bestimmtheit: »Next week. Gleich Zeit. Hier!«, stieg ins Auto und fuhr recht rasant davon.

Antrag

Die Gelegenheit, Rolf zu befragen, ergab sich schneller, als ihr lieb war. Er stand da und packte seine Sachen ins Auto, als sie auf dem Engelshof parkte. Katta fackelte nicht lange.

»Hey«, rief sie und bemerkte erleichtert, dass ihre Stimme normal klang, »kann ich dich was fragen?«

Zögernd drehte er sich um. Katta bemühte sich um einen neutralen Ton: »Es geht um ein Ergänzungsfutter, das wohl Probleme macht. Würdest du dir die Zutatenliste aus dem Labor mal ansehen? Fritzi und ich konnten nichts entdecken, was nicht in Ordnung wäre. Trotzdem ging es einigen Pferden hinterher schlecht. Und eines ist sogar gestorben.«

Rolf nahm ihr die Liste aus der Hand und studierte sie gründlich. Wie merkwürdig alltäglich Begegnungen wurden, wenn man einmal damit anfing, so zu tun, als sei nichts geschehen.

»Nichts Schädliches«, teilte er ihr nach eine Weile mit. »Ich könnte mir höchstens vorstellen, dass sie eingeschlafen sind. So viele beruhigende Substanzen, wie darin enthalten sind.«

»Es sollte auch zur Beruhigung dienen«, bestätigte Katta lahm.

Dann standen sie und hatten nichts mehr zu sagen. Sie wollte weg, aber ihre Füße waren plötzlich wie festgefroren. Ihr brannte der Nacken, der Magen zog sich zusammen. Die Alltäglichkeit war dahin.

»Würdest du mich heiraten, wenn ich Julia verlasse?«, fragte Rolf ohne Vorwarnung.

Katta schnappte nach Luft. »Haben dir Yoga und Meditation nicht gefallen? Oder mochtest du die Luft im Schwarzwald nicht?«

Rolf ignorierte sie einfach: »Keine Lügen mehr. Klare Verhältnisse. Ich dachte, das war es, was du die letzten zwei Jahre wolltest?«

»Ich habe nie verlangt, dass du mich heiratest. Ich hatte lediglich keine Lust mehr, mit einem verheirateten Mann zusammen zu sein. Das ist etwas anderes, irgendwie.«

Sie sah, dass er kurz davor war, sie am Arm zu fassen, und trat einen Schritt zurück.

»Ich dachte, du liebst mich, Katta. War das auch eine Lüge?«

»Nein, Rolf. Keine Lüge. Manche Entscheidungen trifft man aber nicht mit dem Herzen, sondern mit der Seele.« Sie war selbst erstaunt über das, was sie da gerade von sich gegeben hatte. Und es stimmte: Diese Beziehung war nicht gut für sie gewesen, auch wenn sie den Mann nach wie vor liebte. Das wurde ihr gerade klar.

Rolf sah überrascht aus. »Ich verstehe, dass die Heimlichtuerei dir zuwider war. Du liebst Klarheit. Aber ich kann mich scheiden lassen, Katta. Ich kann klare Verhältnisse schaffen.«

Sie scharrte mit den Füßen. »Aber ich habe keine Lust auf dieses ganze Chaos, das mit einer Scheidung verbunden ist.«

»Es dauert nur ein Jahr. Anderthalb. Dann ist es durchgestanden.« Er klang jetzt fast flehend.

Katta sah auf und fixierte ihn. Den geliebten Grund ihres Kummers. Seine etwas massige Gestalt. Die Falten in den Augenwinkeln und um den Mund, das kantige Kinn mit dem Grübchen, die Linie an den Schläfen. Die grauen Wolfsaugen.

Schließlich sagte sie fest: »Dann melde dich in anderthalb Jahren wieder.«

Sie wunderte sich selbst darüber, wie leicht es ihr fiel, ihn erneut zurückzustoßen. Aber in der Tat, sie liebte Klarheit.

Widerhaken

Die Woche zog sich grau in grau dahin. Die Temperaturen sanken leicht unter Null und der Himmel hüllte sich in Wolken, ohne dass Schnee fiel. Es wurde selbst um die Mittagszeit nicht mehr richtig hell. Katta ritt dennoch jeden Tag mit Freuden aus. Sie begann die Ausflüge mit Fürstprimas tatsächlich zu genießen. Sonst folgte ihr Leben der üblichen Routine. Sie schrieb, recherchierte, kümmerte sich um ihre Pferde und wäre durchaus in der Lage gewesen, auch das Wegwerfen von Schmähbriefen stillschweigend ins tägliche Einerlei zu integrieren, aber diese blieben aus. Am Mittwoch schon hörte sie auf, sich darüber zu wundern. Sie wollte einfach nicht mehr daran denken.

Hin und wieder fragte sie sich, warum Maria sich nicht meldete, aber auch damit wollte sie sich nicht auseinandersetzen. Etwas anderes beschäftigte sie – Jan. Seit dem Gespräch mit Rolf waren ihre Gedanken nicht zur Ruhe gekommen und hatten sich zu einer Vermutung verstiegen, wo, wenn nicht im Futtermittel, der Grund für die Erkrankung der Pferde zu suchen war.

Erst am Freitagmittag konnte sie sich aufraffen, Fritzi anzurufen. Er würde sie schlicht für verrückt halten.

Ihre Wurzel hatte die Vermutung im Streit mit Jan vor ihrem Haus. Als sie Jan beschimpft hatte, Futter an langbeinige, gutaussehende Blondinen zu verkaufen, hatte sie einfach aus ihrem Repertoire trüber Erfahrungen geschöpft, das sich in ihrer Ehe angesammelt hatte. Doch der Gedanke war hängen geblieben, als hätte er Widerhaken. Mittlerweile war er Katta zur Gewissheit geworden.

Ihn Fritzi zu vermitteln, erwies sich als nicht ganz so einfach. Er zeigte beträchtliche Schwierigkeiten, ihr zu folgen.

»Das ist doch Blödsinn, Katta. Wieso sollte es eine Rolle spielen, was für ein Typ Frau die Halterin ist?«

Katta erwiderte ungeduldig: »Es hat etwas mit Jan zu tun. Damit, wie er ist. Lass mich mit den Frauen sprechen. Ich weiß noch nicht genau, wohin es führt. Aber das ist die richtige Spur. Ich bin mir sicher.«

Fritzi zögerte einen Moment. »Zwei Pferde sind krank geworden. Und ja, ihre Besitzerinnen sind beide groß, haben beide lange, blonde Haare und sind jede auf ihre Art durchaus attraktiv.«

Katta grunzte zufrieden, doch er fuhr fort: »Aber das Pferd, das gestorben ist, gehörte einem Mann. Einem großen, dunkelhaarigen Mann.«

Das war ein Rückschlag. Aber sie ließ sich nun nicht mehr beirren.

»Ich will auch mit ihm sprechen. Ich werde mit ihnen allen sprechen. Kannst du mir sagen, auf welchen Höfen die Pferde stehen, und mir die Mobilnummern der Halter geben? Wie viele waren es? Waren es nur diese drei?«

»Drei zu viel.«

»Aber nur diese?«

»Die, von denen ich weiß. Ja, das waren drei. Tom ist hier im Stall. Er hat noch ein zweites Pferd. Er ist jeden Abend hier, außer am Wochenende. Du kannst einfach vorbeikommen.«

»Was macht er an den Wochenenden?«

»Die verbringt er mit seinen Kindern.«

»Aha. Na gut. Dann komme ich nächste Woche vorbei. Was ist mit den beiden Frauen? Vielleicht kann ich sie am Samstag treffen.«

»Die hatten ihre Pferde fünf Kilometer weiter auf zwei Höfen eingestellt. Ich frage sie, ob ich ihre Nummern an dich weitergeben darf, und melde mich wieder, okay?«

Nachdem sie das geklärt hatte, sank Katta auf das Sofa, das sie vom Wohnzimmer in die geräumige Küche gerückt hatte. Das Telefon lag griffbereit auf der Fensterbank. Ihr Blick glitt zum Tal, über die Schafweide, die sich den Hang hinunterzog und im Süden vom Krebsbach begrenzt wurde. Die Weide war leer. Die Schafe waren also endlich für den Winter in den Pferch auf der anderen Dorfseite getrieben worden. Dort, wo die Tiere geweidet hatten, lag nun eine große freie Fläche Gras, von Raureif überzogen, im fahlen Tageslicht. Extrem trostlos. Nichts, woran das Auge hängen blieb. Im Sommer hatte sie oft auf der Veranda gesessen und die Schafe beobachtet. Mit Rolf. Aber es ginge wohl auch allein ... Sie war völlig in ihre Gedanken versunken, als das Telefon klingelte. Als sie abnahm, war es nicht Fritzi mit den Mobilnummern, sondern Maria. Wie erschöpft ihre Stimme klang! Als hätte sie eine harte Woche hinter sich.

»Er ist nächste Woche nicht da und ich würde dich gern treffen«, verkündete sie ohne Umschweife. »Und er hat mir ein Auto geschenkt. Ich könnte also direkt zum Stall kommen, wenn du möchtest. Ich brauche einfach ein bisschen Pferdeduft in der Nase. Außerdem muss ich dich was fragen. Katta, geht das?«

Katta zögerte. Es verursachte ihr immer ein deutliches Unbehagen, wenn jemand es ankündigte, mit ihr reden zu wollen. Zudem war ihr durchaus aufgefallen, dass Maria vermied, Jans Namen zu nennen.

Maria hatte nun einen unüberhörbar flehenden Ton: »Bitte. Katta.«

»Hm. Ja. Klar. Stall geht immer. Klar. Und was möchtest du mich fragen, wenn ich fragen darf?«, gewann sie ihren Humor wieder.

»Ich will mehr über meinen Mann erfahren! Wie er früher war. Was für ein Mensch er war. Wie seine Eltern waren. Ich muss das wissen.«

Katta fuhr zusammen. Das wurde ja richtiggehend grässlich. Hatten sie sich so gestritten, dass sie es nicht mehr über sich brachte, seinen Namen auszusprechen? Oder war das Wichtigste hier das Possessivpronomen bei ›mein Mann‹?

»Also gut«, antwortete Katta endlich. »Aber lass uns lieber spazieren gehen. Stallwände haben nicht nur Ohren, sie haben Riesenlauscher.«

»Dann bis Montag!«

»Bis Montag.«

Danach hatte Katta das Gefühl, ihre Beine, die sie lässig auf dem Sofa ausgestreckt hatte, wären in Blei gegossen. Und in ihrem Bauch bildete sich der mittlerweile vertraute Klumpen.

Morgen würde sie Hiltrud um Hilfe bitten. Schließlich war sie die Esoterikspezialistin. Vielleicht gab es einen Stein, den sie sich um den Hals hängen konnte? Einen Mühlstein, vielleicht ...? Allein bei der Vorstellung musste sie grinsen. Als das Telefon erneut klingelte, war es tatsächlich Fritzi. Katta beschloss, sich einen Gedichtband zu holen und den Abend auf dem Sofa mit den Romantikern zu verbringen. Ab morgen dann würde sie mit den Pferdeleuten sprechen. Nachdenklich sah sie in den düsterer werdenden Nachmittag hinaus. Auf der verlassenen Weide verlor sich das Licht. Es war, als wollte das milchiggraue Nichts dort draußen ihr bedeuten, dass es Ärger gab, wenn man sich einmischte. Aber Gott sei Dank glaubte sie nicht an solche Vorahnungen. In den kommenden Tagen würde sie mehr Klarheit haben. So einfach war das.

Vierte Woche

Hinsehen

Am Samstagmorgen wachte Katta auf, als es noch dunkel war. Der Wecker zeigte gerade mal fünf Uhr. Sie wickelte sich in ihre Decke und versuchte weiterzuschlafen, aber vergeblich. Schließlich trieb die Unruhe sie aus dem Bett. So kam es, dass sie schon gemistet und alle ihre drei Pferde geputzt hatte, als Hiltrud in der Morgendämmerung mit dem Heuwagen erschien. Der Frost hatte eine dünne weiße Glasur auf Bäume, Zäune und Sträucher gezaubert, die ersten Sonnenstrahlen brachten sie zum Glitzern. Katta nahm diese Schönheit mit einem tiefen Atemzug in sich auf.

Falls Hiltrud sich wunderte, schon so früh Gesellschaft zu bekommen, ließ sie sich das nicht anmerken. Sie lud Katta auf einen Kaffee ein, die genau darauf spekuliert hatte.

»Sag mal, mit welchen Techniken lassen sich ungewollte Gefühle und Gedanken eigentlich am effektivsten vertreiben?«, rückte Katta mit ihrer Frage raus, kaum dass sie die warme Küche betreten hatten.

Hiltrud sah sie ungläubig an. »Ich hätte nicht gedacht, dass du dabei Hilfe brauchst.« Als Katta darauf nichts antwortete, fügte sie bedächtig hinzu: »Vielleicht solltest du etwas anderes tun.«

»Was?«, wollte Katta wissen.

»Deine Strategie ändern.«

»Und wie?«

»Nun, lass es mich mal kurz und bündig ausdrücken. Ja, ich denke sogar, man kann es in ein Wort fassen.« Sie ließ sie noch einen Moment zappeln, dann sprach sie weiter und betonte jede Silbe einzeln: »Hin-seh-en.«

»Hin-seh-en?«, wiederholte Katta verständnislos, als hielte sie die Worte für eine neue japanische Kampftechnik.

»Hinsehen! Denk darüber nach«, kam von Hiltrud einfach nur, während sie mit dem Finger Kreise auf den Küchentisch zeichnete. Dann begann sie die neuesten Anekdoten von Lars zu erzählen und davon, wie wütend er sie zurzeit machte. Ihr Finger zeichnete und zeichnete Kreise. Dabei sah sie merkwürdig abwartend herüber, sagte aber nichts mehr.

Katta zog die Stirn in Falten. Sie konnte es nicht beschwören, aber irgendwie erschien sie ihr nicht so ausgeglichen wie sonst. Sie mochte das nicht. Hiltrud war sonst immer eine Konstante, auf die man sich verlassen konnte.

In der Tür drehte sie sich noch einmal um. »Sehe ich denn weg?«

Nun endlich lächelte Hiltrud wieder ihr breites Hiltrudlächeln. Sofort entspannte Katta sich.

»Höchst professionell, mein Herz«, tönte es vom Tisch herüber. »Habe das noch nie zuvor in dieser Perfektion erlebt!«

Sie sollte hinsehen? Wohin zur Hölle sollte sie sehen? Katta war irritiert, beschloss aber intensiv darüber nachzudenken. Später. Erstmal würde sie mit Fürstprimas etwas Neues ausprobieren. Sie sattelte ihn und nahm Tara als Handpferd mit. Das bedeutete zwar, dass sie nur Schritt gehen konnte, aber auch das war eine gute Übung für den Trakehner. Und in der Tat funktionierte es sofort ganz ausgezeichnet. Die alte Stute, die sie an einem längeren Strick neben sich führte, übertrug ihre Ausgeglichenheit mühelos auf das jüngere Pferd. Zudem legte sie ein so zügiges Tempo vor und hatte augenscheinlich so viel Spaß an der Angelegenheit, dass Katta sogar eine längere Strecke trabte. Als sie wieder in den Schritt durchparierte, schnaubten beide Tiere zufrieden. Katta sog den Duft des winterlichen Waldes und den Geruch der Pferde ein und spürte, wie dieses spezielle Glücksgefühl durch ihren Körper strömte, bis sie ganz erfüllt davon war. Es gab einfach nichts Besseres, als mit Pferden im Wald zu sein!

Dieser hier bestand aus Laubbäumen. Die steif gefrorenen Blätter auf dem Weg knirschten unter den Hufen. Die Zweige glänzten weiß. Katta sah genau hin und genoss die Schönheit um sich herum. Allerdings hatte sie das Gefühl, dass Hiltrud nicht diese Art von Hinsehen gemeint hatte. Sie ritt einen großen Bogen auf dem Ziehweg und kam beim Friedhof aus dem Wald heraus, als sie ihren Vater auf dem Parkplatz stehen sah. Er wollte eben in sein Auto steigen.

»Oh nein!« Ihr Ausruf ließ beide Pferde abrupt stoppen. Ein paar Minuten später und er wäre weg gewesen. So ein Mist!

Vermutlich hatte er aus den Augenwinkeln eine Bewegung wahrgenommen. Jedenfalls sah er auf und kam sofort auf sie zu. Katta blieb einfach ruhig sitzen.

»Hab nach ihr gesehen«, begann er das Gespräch.

Warum sollte man auch guten Morgen sagen?

Katta nickte ihm wortlos zu.

»Schöner Kranz«, sagte er. Wieder nickte sie nur.

Dann fragte er überraschenderweise: »Von wem sind die Rosen?«

Katta zögerte einen kurzen Moment. Konnte es sein, dass er nichts von Dalikas Friedhofsbesuch wusste? Dann antwortete sie unbestimmt: »Vielleicht von jemand aus dem Ort.«

Sie standen noch eine kurze Weile schweigend, bis sie hinzufügte: »Ich muss weiter. Hab noch einen Termin.«

»Ah ja. Na denn.«

Katta trieb die Pferde an. Sie hatten sich tatsächlich nicht gestritten. Das war ja mal was anderes.

Detektivarbeit

Im Stall versorgte sie die Pferde, bürstete ihre Beine ab, gab ihnen eine kleine Portion Hafer zur Belohnung und brachte sie auf die Koppel. Dann wählte sie noch im Auto die Mobilnummer der ersten Halterin.

Christiane Peters ging sofort ans Telefon und meldete sich mit Chrissi. Ja, sie würde sehr gerne mit ihr sprechen und ja, in einer Stunde wäre perfekt.

Katta fuhr gar nicht erst nach Hause, sondern aß ein paar Kekse, die sie immer für den Notfall im Auto aufbewahrte, und steuerte direkt den Sonnenhof an, auf dem Chrissi ihr Pferd stehen hatte, eine schöne Schimmelstute, die nervös an ihrem Anbindeplatz herumtrippelte. Warum Chrissi ihr Glück mit beruhigendem Zusatzfutter versucht hatte, schien damit auf den ersten Blick ersichtlich, und nach zehnminütigem Gespräch war Katta auch klar, dass sie zu den Leuten gehörte, die gern einfache, schnelle Lösungen fanden. Nun kam der schwierigere Teil, Chrissi unauffällig auf Jan anzusprechen.

»Können wir das mal ein bisschen aufdröseln? Du hast das Futter gekauft von einem Jan Mortau?«

»Nein, eigentlich habe ich's vom Wolfgang gekauft, ne? Wolfgang Meier. Den kenne ich noch aus der Schule. Ein Landwirt hier aus der Gegend, der sich nun mit Futter selbständig gemacht hat. Ich dachte, der Wolfgang ist in Ordnung. Also probier ich das mal aus, ne?«

»Und wann war das genau?«

»So etwa zwei Monate?«

»Und dann hast du es gleich gefüttert?«

»Ja, sofort am nächsten Tag und nach ein paar Tagen schon dachte ich, wow, es wirkt! Stella wurde deutlich ruhiger.«

Davon war jetzt nichts mehr zu merken. Das Tier trat nervös hin und her und stand keinen Moment still.

»Und wann hast du gemerkt, dass etwas nicht in Ordnung war?«

»Der erste Monat war echt gut. Ich weiß noch, dass der andere, der dabei war, dieser Jan, ein paar Mal vorbeikam und gefragt hat, ob ich zufrieden bin und so und ich hab immer gesagt, ja, super.«

»Er kam ein paar Mal vorbei? Fandest du das nicht ein bisschen übertrieben?«

»Na ja. Kundenbindung und so, hat er gesagt. Hilft dem Wolfgang wohl mit dem Marketing. Der versteht davon nichts, ne?« Chrissi lächelte und warf die langen Haare zurück.

Katta beobachtete schon eine ganze Weile, wie die Stute hinter ihnen eifrig an ihrem Haltestrick herumknabberte. Gerade hatte sie es geschafft, den Sicherheitsknoten zu öffnen und den Strick aus dem Haltering zu ziehen. Chrissi merkte davon nichts. Sie war ganz auf ihre Erzählung konzentriert, strich sich gelegentlich eine Strähne aus dem Gesicht und legte sie bedacht an die Stelle, wo sie ihrer Meinung nach hingehörte.

Kurz bevor die Stute sich befreien konnte, schlang Katta wie nebenbei den Strick wieder durch den Haken, verknotete ihn und legte Stella die Hand aufs Fell. Die Stute sah sie nachdenklich an und hielt für einen Moment still. Katta schob ihre Hand zum Hals des Pferdes und fragte weiter: »Okay. Jan kam vorbei und hat sich erkundigt, wie Stella das Futter verträgt. Hat er noch was gesagt? Irgendwas Besonderes? Wirkte er irgendwie nervös, vielleicht doch nicht so ganz überzeugt von dem Futter?«

»Nein. Der stand da voll dahinter. Wollte sogar Fotos mit mir machen. Für eine Broschüre mit zufriedenen Besitzern und so.«

Katta spürte ein Kribbeln in der Magengegend. Sie näherte sich offenbar dem Kern der Dinge.

»Und? Habt ihr das gemacht?«

»Ja. Er kam dann mit seiner Kamera und wir haben Bilder geschossen, von Stella und mir. Sind richtig gut geworden. Da drüben auf der Wiese haben wir das gemacht.« Nachdenklich zog sie die Nase kraus und sah zur Wiese hinüber.

Katta überlegte angestrengt, wie sie weiterfragen sollte. Da ihr nichts einfiel, wiederholte sie einfach: »Richtig gut geworden. Hm.« Währenddessen war ihre Hand vom Hals auf den Mähnenkamm des Pferdes gewandert und massierte es dort mit langsamen Bewegungen.

»Ja. Richtig gut. Und er freute sich auch voll. Wollte mich sogar schick ausführen. Er meinte, ich könnte als Model arbeiten. Na ja.«

»Und? Wo habt ihr gefeiert?«

Chrissi zog einen Schmollmund. Als kleines Mädchen hatte sie damit sicher süß ausgesehen.

»Gar nirgends.«

»Gar nirgends?«

»Na ja. Erst hab ich ja gesagt, ne? Aber dann hatte ich den Wolfgang getroffen und der hat mir erzählt, dass dieser Jan ganz frisch verheiratet ist und so. Was soll ich denn mit so einem? Hab ihm also abgesagt. Per SMS.«

»Echt jetzt? Und wie hat er reagiert?«

»Was hat das denn jetzt mit dem Futter zu tun?«

»Einfach so für den Ablauf«, murmelte Katta, die Angst bekam, der Fisch könnte gleich wieder vom Haken loskommen.

Bleib dran, bleib dran, dachte sie, während sie betont unbeteiligt zu dem Pferd schaute, das jetzt langsam den Kopf sinken ließ.

»Ich glaub, er war sauer«, fuhr Chrissi fort. »Erst rief er an, was denn los sei, und da hab ich so rumgedruckst, denn direkt wollte ich ihm das ja nicht sagen. Dann kam er nochmal, lief aber einfach durch die Stallgasse, als würde er mich gar nicht kennen. Das war schon komisch.«

»Wann war das genau?«

»Am Donnerstag«

»An welchem Donnerstag?«

»Na, an dem Donnerstag, als Stella dann krank wurde«, sagte Chrissi, als sei Katta schwer von Begriff.

»Und wie kamst du darauf, dass es am Futter liegt?«

»Was hätte es denn sonst sein sollen?«

Klar, dachte Katta, nachdem das Tier es einen Monat lang vertragen hat ...

Sie hatte ihn also abblitzen lassen, daraufhin kam er zum Stall und ihr Pferd wurde krank. Siehe da. Aber sie musste unbedingt noch die andere Frau sprechen, bevor sie sich sicher sein konnte.

Stella stand jetzt vollkommen still. Als Katta die Hand wegnahm, stupste sie ihr gegen die Schulter. »Ja, und du bist eine Gute«, flüsterte Katta ihr zu und streichelte über die Nase. Dann wandte sie sich entschlossen Chrissi zu. »Weißt du was? Ich glaube, mit ein bisschen streicheln, massieren, spielen und arbeiten bekommst du sie auch ruhig.«

Chrissi zog erstaunt die Augenbrauen hoch. »Bist du so 'ne Art Pferdeflüsterer oder was?«, fragte sie argwöhnisch.

»Oder was«, bestätigte Katta und verabschiedete sich schnell. Es brachte immer nur Ärger, sich einzumischen. Und dann wurde es anstrengend. Meinte Hiltrud das mit Hinsehen?

Nachdem Katta die letzten Kekse verdrückt hatte, wählte sie die Nummer von Monika Burkriegel. Auch hier hatte sie Glück. Monika war gerade auf dem Reitplatz und hatte nichts dagegen, dass sie gleich vorbeikam. Der Teichhof war einer der größten Höfe hier in der Gegend, und jetzt am frühen Nachmittag war die Hölle los. Nur mit Mühe fand sie noch einen Parkplatz. Es gab Reit- und Springplätze, dazu etliche Hallen. Monika hatte ihr ein blau gestrichenes Geländer beschrieben, an dem sie den richtigen Platz erkennen würde. Katta war schon eine ganze

Weile auf dem Hof unterwegs, bis sie es endlich sah. Es war klar, dass sie hier in einem reinen Turnierstall gelandet war, mit ihren Westernreithosen und Jodhpurstiefeletten fiel sie ziemlich aus dem Rahmen. Endlich kam sie zum Abreiteplatz, auf dem mehrere Pferde im Schritt bewegt wurden. Sie fragte die erstbeste Reiterin nach Monika und wurde an eine große Frau verwiesen, die auf einem gigantischen schwarzen Warmblut saß. Sie winkte ihr zu und die Frau kam herübergeritten, beugte sich hinunter und gab ihr die Hand. Der Händedruck war kräftig, ihr Lächeln herzlich. Sie wirkte durchaus sympathisch.

»Macht es dir etwas aus, reinzukommen? Dann kann ich ihn noch trocken führen. Er hat sich wieder mehr aufgeregt als sonst was.« Katta stimmte zu und stieg übers Geländer. Monika stieg von dem nass geschwitzten Pferd und nahm eine große Abschwitzdecke vom Geländer. Dann gingen sie nebeneinander her um den großen Platz. »Du hast genau zum richtigen Zeitpunkt angerufen«, sagte Monika »Gutes Timing.«

»Ist er das Pferd, das krank war?«, erkundigte sich Katta.

»Ja, genau. Er hat sich aber wieder vollkommen erholt.« Jetzt, wo sie den Reithelm abgenommen hatte, sah man ihren dicken geflochtenen Haarzopf. Blond. »Letzten Monat hatte ich mir allerdings wirklich Sorgen gemacht.«

Katta betrachtete Monika von der Seite. Durchaus eine gutaussehende Frau, auf eine gewisse Art. Aber sie passte nicht in Jans Beuteschema. Zunächst einmal war sie zu groß. Sie überragte sie selbst um zwei Köpfe und war vermutlich sogar ein bisschen größer als Jan. Dann war sie zu selbstbewusst, zu derb, zu herzlich – kein bisschen Sexappeal.

Monika tätschelte das Riesentier neben sich. »Er hat phantastische Anlagen, eine unglaubliche Sprungkraft. Wenn er nur weniger nervös wäre, hätte er eine echte Chance, die wirklich großen Turniere zu gewinnen. Ich dachte, dieses Futtermittel könnte ein Weg sein, nachdem die Frau meines Cousins so davon geschwärmt hatte.«

»Chrissi?«, riet Katta, von einer plötzlichen Eingebung getrieben.

»Ja, genau«, lachte Monika. »Sie hat diese nervöse Stute, die offen gesagt einfach härter arbeiten müsste. Nun«, sie hielt inne, um zu überlegen, wie sie es am besten formulierte. »Nun, das kann man von Pirat nicht gerade sagen, er ist sehr gut im Training. Ich wollte wohl auch mal den bequemen Weg gehen. Schade, dass das immer die falschen sind.«

»In der Tat«, warf Katta ein, hielt es aber für besser, wenn sie gar keine Fragen stellte und Monika einfach erzählen ließ. Sie würde von alleine auf den Punkt kommen.

»Am Anfang wirkte es erstaunlich schnell, ich habe sogar die Dosis reduziert, schließlich sollte er ja nicht auf dem Platz einschlafen. Und dann kam dieser Freund von Wolfgang hier vorbei, der mit dem smarten Lächeln, um nochmal nachzufragen.«

»Jan?«, unterbrach Katta.

»Ja, so hieß er wohl. Ist ein bisschen zu sehr eingenommen von sich selbst, wenn du mich fragst. Vielleicht liegt es an dem Auto, das er fährt, diese Kerle mit diesen Sportwagen sind immer so ... hm, egal.« Sie machte eine Pause, streichelte ihrem Pferd über den Hals, bevor sie weitersprach. »Ehrlich gesagt, habe ich ihn weggeschickt. Denn das Futter hatte ich ja schließlich bei Wolfgang gekauft. Mir war von Anfang an nicht klar, was dieser Jan da noch wollte.« Sie sah Katta an. »Wolfgang ist eine ehrliche Haut. Ich kann mir nicht vorstellen, dass er etwas verkauft, was nicht in Ordnung ist. Letzten Endes hat mich erst Fritzi auf die Idee gebracht.«

»Woher kennst du Fritzi?«

»Ich habe mit ihm gearbeitet. An der Nervosität. Fritzi ist großartig. Er ist einfach der Beste, wenn es um so etwas geht. Ich war zu ungeduldig. Wollte unbedingt zu diesem Turnier und dachte, ich kann ja mal beides probieren. Das war wohl falsch. Manche Dinge brauchen eben Zeit. Fritzi kam also wie immer zum Training, aber an diesem Morgen wurde Pirat plötzlich krank. Wir holten sofort den Tierarzt. Der tippte auf Vergiftung, konnte aber nichts Konkretes finden. Jedenfalls hat er den großen Jungen hier wieder ordentlich auf die Beine gestellt.« Sie tätschelte den Hals des Wallachs. »Ich weiß nicht, ob dir das hilft?«

»Ja, schon. Irgendwie«, druckste Katta. Jedenfalls wäre es in diesem riesigen Stall ein Leichtes, unbemerkt zu kommen und zu gehen. Selbst mit einem protzigen Sportwagen. Auf dem Parkplatz hatten etliche Angeberkarren gestanden, als sie gekommen war. Alles wirkte recht anonym.

»Wie viel Zeit verging nach dem Besuch von Jan, bis Pirat krank wurde?«, hakte sie nach.

»Gott. Das kann ich so genau gar nicht sagen. Es ist jedenfalls jetzt exakt einen Monat her. Da hatte ich ihm das Futter schon zwei Wochen gegeben ...« Monika überlegte. »Ist das wichtig?«, fragte sie dann.

»Vielleicht. Ich weiß noch nicht.«

Monika legte die Stirn in Falten, was sie ein bisschen aussehen ließ wie einen Basset. »Training mit Fritzi ist Samstagmorgen, ganz früh, denn dann ist noch nichts los. Wann war denn dieser Clown hier?« Die Falten vertieften sich. »Ich glaube fast, das war am Abend vorher!«, rief sie schließlich aus.

Bingo, dachte Katta, fragte aber noch etwas anderes. »Woher kennt Fritzi eigentlich Chrissi?«

»Von seiner Frau. Anke ist Chrissis Tierärztin. Sie hat auch Stella behandelt. Das muss kurz vorher gewesen sein. Deswegen kam Fritzi auch so schnell der Verdacht mit dem Futtermittel. Aber nachweisen ließ es sich ja gar nicht.«

Katta verabschiedete sich, auch wenn sie noch nicht ganz zufrieden war. Es stimmte, Jan war zweimal zurückgewiesen worden, einmal als Mann und einmal wohl eher in seiner Rolle als Experte. Was sie aber zutiefst beunruhigte, war, dass Fritzi offenbar in die Angelegenheit verstrickt war. Wer wusste besser als sie, dass er Jan nicht ausstehen konnte – den Mann, den sie ihm vorgezogen, den sie geheiratet hatte. Aber hasste er ihn so sehr, dass er bereit war, ihm massiv zu schaden? Würde er ihm etwas in die Schuhe schieben?

Zu gerne hätte sie jetzt gleich noch mit dem dritten Besitzer gesprochen, aber der war ja nicht da. Sie würde sich gedulden müssen.

Allmählich tauchte in ihr ein neuer Gedanke auf. Vor etwa zwei Monaten hatte Jan zumindest eine Frau ziemlich eindeutig angebaggert. Wie weit wäre er gegangen? Er hatte sich also nicht grundlegend geändert, auch wenn er für Maria den Gentleman spielte. Musste sie ihr nicht davon erzählen? Aber wie könnte sie der jungen Frau so wehtun?

Katta beschloss, dass dies einer der Samstagabende werden würde, den sie mit einer Flasche Rotwein vorm Fernseher beendete. Das kam nicht oft vor, aber irgendwie war ihr gerade danach. Und so kaufte sie auf dem Rückweg Wein, Käse und Baguette und tat genau das, was sie sich vorgenommen hatte.

Man musste nur einen Plan haben. Das war alles.

Pläne

Als Julia am frühen Samstagmorgen das Auto starten wollte, um den Wocheneinkauf zu erledigen, bevor alle anderen das auch taten, sprang der Wagen nicht an. Sie versuchte es mehrmals. Schließlich schlug sie mit der flachen Hand aufs Lenkrad und fluchte. Ausgerechnet! Rolf war mitten in der Nacht zu einem Kolikpferd gerufen worden. Sie holte ihr Handy aus der Handtasche und wählte Michaels Nummer. Der meldete sich sofort. Obwohl er noch beim Frühstück saß, erklärte er sich bereit, das Auto zu holen, sobald er seinen Kaffee ausgetrunken hatte.

Keine Viertelstunde später befestigte er auch schon das Abschleppseil an ihrem Wagen. Julia fuhr mit, denn sie wollte wissen, was mit dem Auto los war. Außerdem wäre es den Versuch wert, mit Michael zu reden, den sie seit ihrer Kindheit kannte. Es könnte guttun, sich auszusprechen. Bis jetzt hatte sie noch keiner Menschenseele von Rolfs Affäre erzählt. Michael konnte zuhören, er verurteilte nicht und wenn es drauf ankam, hielt er die Klappe. Was fast das Wichtigste war. Und die Werkstatt würde offiziell erst in einer Stunde öffnen. So kam es, dass Julia auf einem klapprigen Holzstuhl saß und zu Michaels derben Arbeitsschuhen redete, während er unter ihrem Auto lag. Es war merkwürdig befreiend, zu diesen Schuhen zu sprechen, ihren Kummer in Lederfalten und tiefem Sohlenprofil zu versenken.

Als sie geendet hatte, rollte sich Michael unter dem Auto hervor und sah sie groß an. »Im Ernst? Du willst ihn betrügen? Quasi als Revanche? Und es soll einer sein, den diese Frau nicht, äh«, er suchte nach dem richtigen Wort, »*kennt*?«

»Gibt es denn überhaupt noch einen Mann in diesem Kaff, mit dem Katta noch keine nähere Bekanntschaft hatte?«

Michael richtete sich auf, grinste breit und sagte: »Moi.«

Julia zog die Mundwinkel herunter. »Du bist stockschwul, Süßer!«

»Stimmt aber trotzdem.« Er warf sich in die Brust.

Julia sah an seinem muskulösen Körper hoch und runter und zeigte sich interessiert. »Eventuell könnte ich …«, begann sie.

»O nein, nein, nein, Schönheit«, wehrte Michael ab. »Wir suchen dir einen anderen. Jemand netten, aber nicht zu nett. Du willst ihn ja danach abservieren. Wir suchen also einen netten Arsch. Einen, wo es nicht den Falschen trifft. Das sollte unter den Heteros ja wohl kein Problem darstellen. – Einen Hund willst du dir auch zulegen? Das wird schon schwieriger. Einen Hund sollte man sich sorgfältig aussuchen.«

Julia zog nur spöttisch die Augenbrauen hoch.

»Sie haben ihr übrigens an Halloween die Heckscheibe eingeschlagen. Weißt du etwas darüber?«, erkundigte er sich.

Julias Augenbrauen wanderten womöglich noch höher.

»Na ja, hätte ja sein können«, lenkte Michael ein. »So als Tierarztfrau …?«

»Ich bin fast geschmeichelt, dass du mir so viel Leidenschaft zutraust, aber für solche Aktionen bin ich zu efef.«

»Efef?«

»Zu faul und zu friedfertig.« Julia zuckte mit den Schultern.

Michael lachte und nahm sie in den Arm. Das tat wirklich sehr gut. Wie schade, dass er nicht zur Verfügung stand.

Und so kam es, dass Julia mit frisch repariertem Auto am Sonntag unterwegs war zu einem Hundezüchter im Hintertaunus, der dafür bekannt war, dass er auch Anfängern Hunde anvertraute, wenn diese bei ihm ins Training kamen. Es war eine entspannte Autofahrt durch waldige Berge und Täler, ohne Verkehr, denn die Sonntagsausflügler brachen erst später auf und sonst gab es wenig Grund, sich in diese abgelegene Gegend zu verirren. Allmählich erforderte die Strecke mehr Konzentration, die Abfahrten wurden steiler und die Kurven eng. Bei Eis und Schnee würde sie hier nicht unbedingt fahren wollen. Langsam wurde sie fürchterlich aufgeregt. Zum ersten Mal in ihrer Ehe, machte sie etwas, was sie vorher nicht mit Rolf besprochen hatte. Als Rolf sich erkundigt hatte, wohin sie so früh wolle, hatte sie nur gemeint, sie bräuchte frische Luft und wäre zum Mittagessen vermutlich zurück.

Sie würde natürlich nichts entscheiden, sondern einfach nur gucken. So schnell ging das ja auch nicht mit dem Hund. Aber für heute hatte sie ein Geheimnis. Und dieses Geheimnis verschaffte ihr ein wunderbar kribbeliges Gefühl in der Magengegend. Sie fühlte sich auf einmal zwanzig Jahre jünger. Der Morgen war kalt, aber klar, eine fahle Sonne beschien die Berge. Wie die Tage zuvor war alles mit Raureif überzogen. Als sie talabwärts um eine enge Kurve bog, überquerten zwei Rehe die Straße. Sie bremste und sah den Tieren nach, die mit schnellen Sprüngen in unendlicher Leichtigkeit über die angrenzende Lichtung in den Wald flüchteten.

Sie hatte sich noch nicht einmal erschreckt.

Dieser Tag fühlte sich an, als würde sie getragen.

Hinterteile

Es war purer Zufall, dass Katta nach einem gelungenen sonntagmorgendlichen Ausritt genau in der Sekunde in die enge Sattelkammer eilen wollte, als Elsa daraus hervorgeflitzt kam. Beide trugen ihren Sattel über dem Arm, beide waren tief in Gedanken, so dass die Sättel mit voller Wucht zusammenstießen, voneinander abprallten und die beiden Frauen so heftig mit sich rissen, dass sie schmerzhaft auf ihren Hinterteilen landeten.

»Gott verdamm mich«, fluchte Elsa, während von Katta nur ein Zischlaut kam, als der schwere Westernsattel gegen ihr Zwerchfell sackte.

Wenn nicht Hiltrud gerade in dem Moment aufgekreuzt wäre, wer weiß, was aus dieser Situation entstanden wäre. Vielleicht eine Rauferei, vielleicht ein ewiges schwesterliches Bündnis. Aber so lagen beide Frauen wenig später bäuchlings auf den beiden Sofas in Hiltruds Wohnzimmer, hatten homöopathische Globulis im Mund und die strikte Anweisung, sich vorerst nicht zu rühren, während um sie herum besänftigende und heilende Schwingungen verbreitet wurden. Es dauerte noch eine ganze Weile, bis Hiltrud wenigstens Elsa entließ, nicht ohne ihr den Rat zu geben, sich mit einem Kirschkernkissen unter dem Allerwertesten noch einige Stunden auszuruhen und am Montag zum Arzt zu gehen, falls es nicht besser wurde.

Katta hatte es schlimmer erwischt. Sie blieb liegen, als Elsa hinausgehumpelt war, ihr im Gehen einen mürrischen Blick zugeworfen und irgendetwas Unfreundliches gemurmelt hatte.

»Was hat sie nur? Wieso ist sie so?«, nuschelte sie gedämpft durch das Sofakissen.

»Elsa war lange Jahre mit einem Kerl zusammen, der sie geschlagen hat. Ein Säufer. Der Klassiker.« Hiltrud seufzte.

»Wie lange?«

»Zehn, fünfzehn Jahre vielleicht. So genau weiß ich's nicht.«

Katta hob den Kopf aus dem Kissen und starrte sie an. »Fünfzehn Jahre? Warum lässt eine Frau so was mit sich machen?«

»Ach, Katta. Nicht alle Frauen haben dein Selbstbewusstsein! Sie wird ihn geliebt haben, auf irgendeine Art abhängig von ihm gewesen sein. Irgendein tiefes dumpfes Gefühl, es nicht besser verdient zu haben, dazu immer die Hoffnung, dass er seine Versprechen hält und damit aufhört.«

Katta sah sie groß an. »Sich fünfzehn Jahre schlagen lassen. Das ist krank. So was von krank! Wieso hast du so viel Verständnis dafür?«

»Wieso hast du keines?«

»Hast du dich vielleicht auch schlagen lassen?«

»Was für eine Frage!«, entgegnete Hiltrud. Es entstand eine unangenehme Pause. »Nein. Aber ich kenne diese Frauen und ihre Probleme. Ihre Geschichten. Ich habe einige Jahre im Frauenhaus gearbeitet. Bis ich es nicht mehr ausgehalten habe. Dann habe ich nochmal komplett meinen Berufsweg umgekrempelt.«

Noch nie hatte Hiltrud von ihrer Vergangenheit erzählt. Katta hörte gespannt zu. Doch ihre Gedanken kehrten wie von selbst zu Elsa zurück. »Kennst du ihn?«

»Ein Musiker. Maik. Drummer in mehreren Bands.«

Katta fuhr hoch, bereute dies sofort, legte sich wieder hin und flüsterte mit schmerzverzerrter Stimme: »Maik?! Doch nicht Maik! Den kenne ich! Das kann ich echt nicht glauben! Bist du sicher?«

»Dein Interesse an Elsa in allen Ehren, aber vielleicht fragst du sie bei Gelegenheit selbst.«

»Meintest du *das* mit Hinsehen?«

»Ich meinte, schau dir die Leute genau an. Besonders diejenigen, die du in- und auswendig zu kennen glaubst. Überleg dir, was du über sie weißt. Was du *wirklich* über sie weißt! Und wenn dir etwas merkwürdig vorkommt, geh dem nach und schieb es nicht weg.« Hiltrud sah sie jetzt eindringlich an und Katta bemühte sich, den Blickkontakt zu halten, was ihr schwerfiel. Nicht nur, weil sie sich dafür den Hals verrenken musste. »Welche Menschen kennst du am besten in deinem Leben?«

Katta musste nicht lange überlegen. »Jan«, kam es wie aus der Pistole geschossen, »Na ja, und Fritzi. Und dich vielleicht.«

»Okay, wappne dich für die bittere Wahrheit: Du kennst *niemanden*. Weil du nichts hinterfragst. Weil du alles für das nimmst, als was es daherkommt. Friedrich Walter mag gradlinig genug sein, dass du ihn tatsächlich kennst. Aber Jan? Und gar mich? Das bezweifle ich. Du solltest den Dingen auf den Grund gehen.«

Katta rappelte sich auf und zuckte nur mit den Schultern. Sie wusste nicht, womit sie eine solche Predigt verdient hatte, fühlte sich regelrecht gescholten. So streng hatte Hiltrud noch nie mit ihr gesprochen. Langsam fand sie, es war an der Zeit zu gehen.

»Siehst du?«, fuhr Hiltrud energisch fort, »jeder vernünftige Mensch würde jetzt nachfragen.«

»Wie nachfragen?«, brummelte Katta mürrisch.

»Zum Beispiel, *was* du denn nicht über mich weißt.«

»Was soll das, Hiltrud! Es gibt immer Gründe, warum man manche Dinge nicht weiß!«

Aber Hiltrud war scheinbar noch nicht fertig mit ihr. »Ich habe übrigens gehört, dass dir jemand an Halloween die Heckscheibe eingeschlagen hat. Redest du eigentlich mit irgendjemandem über deine Probleme?«

Katta funkelte sie böse an. »Ich hab da ein Problem mit meinem Arsch, wenn du es genau wissen willst! Soll ich dir etwas darüber erzählen?«

Hiltrud seufzte. »Das mit dem Kirschkernkissen und Ruhe halten gilt auch für dich.«

Katta schlurfte hinaus und selbst das knappe Tschüss, zu dem sie sich noch überwand, geriet zu heftig.

Zwinger

Dank Michaels ausgezeichneter Wegbeschreibung fand Julia das Anwesen des Hundezüchters auf Anhieb. Ein gutes Stück abseits der Ortschaft gelegen, jedoch keiner der hässlichen Aussiedlerhöfe aus den Siebzigerjahren. Sie stellte ihr Auto neben einem Jeep ab, der in der Mitte des Hofes parkte, und bewunderte das mehrflügelige Gebäude. Es war neuer, als der erste Blick vermuten ließ. Weiß gestrichen, wohlproportioniert, mit französischen bis auf den Boden gezogenen Fenstern und grün gestrichenen Fensterläden. Die traditionelle Form der Hofreite architektonisch aufgegriffen, aber modern verpackt, umgeben von einer niedrigen Rosenhecke. Julia war beeindruckt.

Als sie ausstieg, wurde sie von vielstimmigem Hundegebell begrüßt, ohne dass sie auch nur ein einziges Tier hätte sehen können. Sie blieb zögernd neben dem Auto stehen und wartete, ob die Meute um irgendeine Ecke geschossen kam. Nichts dergleichen geschah, stattdessen öffnete sich eine Tür und der Hausherr erschien. Dunkle kurze Locken, dunkle Augen, ein dunkler Schatten um Kinn und Wangen. Ein schwarzer Pullover, Jeans und schwarze Sneaker.

Julia bemerkte überrascht, dass Damian Bayer weitaus attraktiver war als vermutet. Aus für sie nun nicht mehr nachvollziehbaren Gründen hatte sie sich einen Züchter als kleinen, untersetzten Einsiedler mit Halbglatze in seinen frühen Sechzigern vorgestellt. Während sie den Mann noch anstarrte, gab er mit tiefer angenehmer Stimme einen kurzen Befehl und das Gebell verstummte augenblicklich. Neben ihm erschien ein mittelgroßer, langhaariger Hund, der sie freundlich unter seinen Stirnfransen hindurch anblinzelte, aber keinerlei Anstalten machte, auf sie zuzulaufen. Stattdessen kam Damian mit einem offenen Lächeln auf sie zu, die Hundenase dicht an seiner Wade.

»Julia, nehme ich an?«

»Ja«, bestätigte sie, unentschieden, ob sie ihn duzen oder siezen sollte. Im Telefonat hatten sie das umgangen. Er ergriff ihre Hand und schüttelte sie kräftig. »Damian«, stellte er sich vor und klärte das Problem der Anrede. »Ich freue mich, dass du so früh kommen konntest. Das gibt uns genügend Zeit, in Ruhe das Richtige für dich zu finden.«

»Wunderbar«, sagte Julia leicht befangen.

»Am besten, wir besprechen bei einer Tasse Kaffee erst mal, was du dir vorgestellt hast, und gehen dann zu den Zwingern. Einverstanden?«

Julia nickte. Mit einer weit ausholenden Geste lud er sie ein, ihm voraus ins Haus zu gehen, und dirigierte sie behutsam an der Schulter durch den Flur, eine Berührung, die sie vage an tanzen erinnerte.

Die große Wohnküche war mit hellem Holz schlicht und freundlich möbliert, irgendwie skandinavisch, aber nicht Ikea. Schließlich saß sie mit Damian vor einer Tasse Kaffee auf der langen Bank an der Fensterseite, was ihr den Blick durch eine zweite Tür ins Wohnzimmer ermöglichte. Sie sah antike Möbel, grün gestrichene Wände und einen grünen Teppich. An der einen Seite ließ sich ein beeindruckendes Bücherregal erahnen. Am schönsten war aber der Ausblick durch die großen Fenster hindurch in einen gut gepflegten Obstgarten. Wenn die Bäume Blätter trugen, musste das Licht in diesem Raum herrlich sein!

Julia fühlte, wie sie sich entspannte, und seufzte tief auf. Selten war sie von so viel Schönheit und Harmonie umgeben. Ihr eigenes Zuhause war eher pragmatisch eingerichtet.

Damian, der sie schweigend beobachtet hatte, lächelte sie an. »Jetzt erzähl mal, wie du auf den Hund gekommen bist.«

Irgendwie fühlte sie sich ertappt und wusste nicht so recht, wie sie anfangen sollte. Ihre wahren Beweggründe fand sie recht privat und ziemlich peinlich. Sie konnte wohl kaum mit Rolfs Betrug anfangen!

Zögernd begann sie schließlich vom Schwarzwald zu sprechen, von den Wanderungen und ihrer Entdeckung, dass es sie glücklich machte, sich in der Natur zu bewegen. Es fiel ihr überraschend leicht, davon zu erzählen, als sie erst einmal damit begonnen hatte. Sie erzählte von den körperlichen Anstrengungen und dem Glücksgefühl, wenn man oben angekommen war, dem herrlichen Blick ins Tal. Und wie ihr bewusst geworden sei, dass sie das zu Hause eigentlich auch haben konnte, Wald und Berge gab es schließlich um sie herum. Und sie sich dafür eine Begleitung wünschte. Zeit genug habe sie, helfe nur zwei Vormittage und einen Nachmittag in der Tierarztpraxis ihres Mannes aus und da bliebe geradezu unendlich viel Zeit für sich. Nicht dass sie sich alleine fühle, aber nun ja, Zeit genug war übrig für einen Hund.

Als sie endlich zu sprechen aufhörte, sah sie ein leichtes Erstaunen in den Augen ihres geduldigen Zuhörers. Wahrscheinlich hätte es vollständig genügt zu sagen, dass sie einen Hund für lange Spaziergänge brauchte. Schamesröte stieg ihr ins Gesicht und sie verlangte nahezu barsch: »Ich würde dann gerne die Hunde sehen, wenn das geht.«

Damian lachte. Machte er sich über sie lustig?

»Also, dann mal auf«, er schlug leicht mit der flachen Hand auf den Tisch und erhob sich.

Ein Hund mit rötlichem Fell lag alleine in einem Eck und blieb auch liegen, als sie näher traten, während die Tiere in den Zwingern rechts und links aufsprangen und sie freudig begrüßten. Der Hund hob den Blick unter seinen Zottelfranzen und sah mit einer herzzerreißenden Melancholie zu ihnen auf. Julias Herz machte einen Satz. Dass ein Hund so traurig aussehen konnte, hatte sie nicht gewusst.

»Die Hündin wurde mir vor ein paar Wochen zurückgebracht, ein typischer Scheidungshund. Sie war gut zwei Jahre bei dem Paar. Sollte wohl so etwas wie der letzte Versuch sein. Manche versuchen es mit einem Baby, diese haben es mit einem Hund versucht. Sie ist aus den Flegeljahren raus, nicht ganz zweieinhalb Jahre alt, gut erzogen, lauffreudig, wurde exzellent gehalten. Wäller sind von der Rasse her offene und anhängliche Charaktere. Sie trauert noch, wird sich mit einer Bezugsperson aber schnell erholen. Im Grunde könntest du sie direkt mitnehmen.«

Julia sah entsetzt hoch.

»Aber da du ja noch keine Erfahrung mit Hunden hast, würde ich vorschlagen, dass du sie erst ein paar Mal hier besuchst. Die ersten Spaziergänge können wir zusammen machen, damit ich dir die Grundlagen erklären kann, und dann gehst du vielleicht noch ein paar Mal alleine mit ihr spazieren. Wenn ihr dann gut zurecht kommt, ist sie dir. Wollen wir los?«

Daten

Wenn Katta sehr langsam ging, tat es nicht mehr weh, aber insgesamt hatte sie der Zusammenstoß mit Elsa doch ziemlich mitgenommen. So setzte sie sich am Montagmorgen vorsichtig ins Auto und fuhr zum Friedhof, für den Fall, dass Dalika dort wirklich erschien. Sie musste zugeben, dass diese Frau sie neugierig gemacht hatte.

Und tatsächlich, als sie auf den kleinen Parkplatz einbog, stand dort das Auto ihres Vaters. Dalika stieg aus, sobald sie Katta erkannt hatte. So standen sie sich zwischen ihren Autos gegenüber. Ein scharfer Wind ließ Katta vor Kälte erschauern. »Wollen wir ein paar Schritte gehen?«, schlug sie vor. »Walk?«, fügte sie hinzu und ging ein paar Schritte Richtung Feldweg.

Dalika lächelte und folgte ihr. »Vater Mutter sehr geliebt«, begann sie schließlich und wechselte wieder umstandslos ins Englische. »They had bad fight night before mother died. You understand? He terribly regrets. Not good if you are not at peace with the dead. Your father needs help. Du helfen!«

Oh shit! Auch das noch! Ein hilfsbedürftiger Vater! Schließlich und endlich hatten ihre Eltern fast immer gestritten. Warum nicht auch zufälligerweise in der Nacht, bevor sie starb?

»You need to speak with him!«, sagte Dalika nachdrücklich. »Give your mother peace.«

Offensichtlich war das die Botschaft, die sie hatte loswerden wollen, denn sie sandte ihr noch einen flehentlichen Rehaugenblick und machte Anstalten, zum Auto zurückzugehen. Die kleinen Freiheiten, die sie sich nahm, unterlagen offenbar einem recht strengen Zeitlimit. Katta sah ihr nach.

Sie selbst ging noch nicht zurück zum Parkplatz, sondern folgte dem Feldweg weiter zum Wald. Sie erreichte die Stelle, wo sie neulich auf ihren Vater getroffen war. Von dort folgte sie einem Pfad, der an der Friedhofsmauer entlangführte.

Gib deiner Mutter Frieden. Du meine Güte. Pathetischer ging es wohl nicht!

Sie überlegte einen Moment, dann betrat sie den Friedhof durch ein kleines seitliches Tor.

Nun, dann wäre dies vermutlich der richtige Augenblick zum Hinsehen. Sie ging nicht zum Grab ihrer Mutter, stattdessen wandte sie sich nach links. Jenseits des Seiteneinganges lag der etwas ältere Teil. Hier ruhten die Toten der Siebziger-, Achtziger- und Neunzigerjahren. Sie suchte die Grabreihen ab, doch vergebens. Der Nachname fiel ihr nicht ein, aber sie war sich sicher, dass sie ihn erkennen würde, wenn sie den Grabstein sah.

Langsam ging sie weiter, las die Inschriften. Nichts. Sie wollte schon wieder gehen, es war doch nur eine Schnapsidee gewesen. Da entdeckte sie den schmalen Stein aus schwarzem Granit. Liebevoll war die Silhouette eines Autos darauf eingemeißelt. Darunter stand der Name, nach dem sie gesucht hatte.

MAXIMILIAN SCHNEIDER,
GEB. 24. DEZEMBER 1931, GEST. 1. MÄRZ 1994

Als sie die Zahlen betrachtete, senkte sich der vertraute Klumpen wieder in ihren Bauch. Mit dreiundsechzig also ... so alt war der alte Max gar nicht gewesen. Sie hatte immer gedacht, er sei mindestens in seinen Siebzigern, wenn sie ihn in den Freistunden in seiner Werkstatt besucht hatte, um Jan zu sehen, der dort ständig an Autos rumschraubte. Er hatte wohl zu den Männern gehört, die älter aussahen, vielleicht weil er Kette rauchte und sich mit Sicherheit nicht gesund ernährte. Oder vielleicht war er ihren jungen Augen einfach nur alt vorgekommen. Was sie wirklich beunruhigte, war aber etwas anderes.

Das Jahr, in dem er starb. Es war das Jahr, bevor sie Abitur machte. Sie hatte es nicht gewusst. Wie seltsam. Nur ein halbes Jahr zuvor waren Jans Eltern gestorben. Vielleicht hatte dieser tragische Tod alles andere überlagert? Jan hatte damals aufgehört, in Max' Werkstatt zu gehen. Zumindest konnte sie sich nicht mehr daran erinnern. Aber sie war auch viel zu sehr damit beschäftigt gewesen, mit Jan zu saufen, Verrücktheiten zu begehen, stundenlang Sex zu haben, nüchtern zu werden und zu lernen, ja tatsächlich auch für die Schule zu lernen.

Langsam, fast widerwillig ging sie ans Ende der Reihe. Ein prachtvolles Doppelgrab lag dort unter einer eigens dafür gepflanzten Trauerweide. Das Grab von Jans Eltern. Bei der Beerdigung war es von Blumen und Kränzen überhäuft gewesen, eine riesige Trauergemeinde folgte damals den Särgen. Dazwischen Jan, schmal und blass, mit unbewegtem Gesicht. Als er vor dem Grab seiner Eltern stand, um Erde hineinzuwerfen, hatte er nach ihrer Hand gegriffen; sie spürte den Amethyst, den sie ihm zuvor gegeben hatte. Er hatte schon vorher aufgehört, nur ein Kumpel für sie zu sein, aber in diesem Moment rückten sie noch näher zusammen.

Katta schauderte. Für heute hatte sie genug hingesehen. Sie würde direkt zum Stall zu fahren. So könnte sie mit Fürstprimas und Little Joe arbeiten, bevor Maria kam. Reiten kam heute sowieso nicht infrage.

Wissen

Maria war glücklich, als sie ihren Wagen gegen zehn Uhr direkt neben dem von Katta am Engelshof abstellte. Sie fuhr ihr eigenes Auto! Das war Freiheit pur, auch wenn sie ihren Bauch kaum noch hinters Lenkrad bekam. Trotzdem, niemand musste sie mehr irgendwohin fahren oder abholen. Sie konnte selbst entscheiden, wann und wo sie sein wollte. Auf dem Rücksitz war sogar schon ein Babysitz festgeschnallt. Nur beamen war besser. Erst als sie ausgestiegen war und, die Hände gegen den schmerzenden Rücken gestemmt, beide Wagen von hinten betrachtete, fiel es ihr auf und ihre Hochstimmung sank beträchtlich. Sie hörte Schritte, als Katta neben sie trat. Auch sie sagte nichts, sondern sah mit leicht geöffnetem Mund auf zwei vollkommen identische Fahrzeuge – wenn man von dem blauem Heck ihres Autos absah.

»Sein Versöhnungsgeschenk«, brachte Maria hervor und es klang überhaupt nicht mehr froh.

»Das ist ja seltsam«, murmelte Katta schließlich. »Extrem seltsam. Wann hat er es dir geschenkt?«

»Gestern Abend, bevor er wegfuhr. Er muss ein paar Tage nach Hamburg und meinte, es wäre gut, wenn ich mobil bin. Meinst du, wenn er gewusst hätte, dass dein Auto kaputt war, hätte meiner jetzt auch ein blaues Heck?« Marias Versuch, witzig zu sein, scheiterte. Ihre Stimme zitterte.

»Es stand die ganze Woche in meiner Garage, seit ich es aus der Werkstatt zurück habe«, bemerkte Katta sehr nachdenklich. Und dann deutlich beschwingter: »Das ist ein ziemliches gängiges Modell, die stehen im Dutzend auf allen Reiterhöfen, vor allem in Schwarz. Komm, lass uns spazieren gehen. Ich bin zwar auf den Hintern gefallen, aber es schmerzt beim Sitzen, nicht wenn ich gehe. Wie fit fühlst du dich? Meinst du, wenn ich dich auf Tara führe, könnten wir eine Runde im Wald drehen? Wir sind dann aber eine Dreiviertelstunde unterwegs.«

»Phantastisch«, sagte Maria, bemüht, begeistert zu klingen. Doch das Strahlen, das sie sonst auf dem Gesicht hatte, wenn es ums Reiten ging, gelang ihr diesmal nicht.

*

Eine halbe Stunde später führte Katta Tara am Zügel aus dem Hof. Maria saß im Sattel wie eine frühmittelalterliche Königin, die zur Entbindung ins nächstgelegene Kloster ritt. »Also. Was willst du über Jan wissen?«, begann Katta. Wenn es schon sein musste, konnten sie es auch hinter sich bringen.

»Ich weiß gar nicht, wo ich anfangen soll.« Maria räusperte sich. »Es ist einfach so, dass ich viel zu wenig über ihn weiß. Und er erzählt so wenig!«

»Mir ist es noch nicht passiert, aber ich habe davon gehört, dass Männer sich zu ihrem Vorteil verändern können, wenn sie auf die richtige Frau treffen«, sagte Katta, die sich bei diesen Worten ausgesprochen einfühlsam vorkam – und einigermaßen verlogen, wenn sie an ihr Gespräch mit Chrissi dachte. »Vielleicht habe ich das aber auch nur im Kino gesehen«, fügte sie schnell hinzu. »Die Drehbücher waren mit einiger Wahrscheinlichkeit von Frauen geschrieben.« In ihren Augen blitzte der Schalk. Vorsichtig schielte sie zu Maria hinüber.

Ein ganz leichtes Lächeln überflog kurz deren Gesicht. »Ich weiß nicht, was es ist«, seufzte Maria nach einer Weile, »aber es macht mir Angst. Seit ich hier angekommen bin, fühle ich mich unsicher. Verunsichert. Ich weiß nicht, ob es die Schwangerschaftshormone sind, der Ort oder Jan. Nichts scheint mehr so zu sein, wie es aussieht. Kann ich mir noch selbst trauen? Sind die Dinge, die ich sehe, da? Ist das, was ich fühle, echt? Verrät mir die Stimme eines Menschen wirklich das, was ich zu hören glaube? Oder haben die Sätze nicht noch eine andere, geheime Bedeutung? Alles fühlt sich irgendwie falsch an.«

Katta warf ihr einen schrägen Blick zu. »Vielleicht solltest du erst mal weniger Gruselromane lesen. Zumindest bis zur Geburt.«

Maria lachte auf. »Aber das meine ich ja. Wieso vertraue ich ausgerechnet dir? Mit dir rede ich, obwohl ich dich überhaupt nicht kenne. Obwohl du noch nicht mal nett bist! Und obendrein die Ex! Sollte ich nicht meinem eigenen Mann vertrauen, eifersüchtig und extrem misstrauisch sein? Jan sagt, du lügst mit jedem Wort.«

Nach diesem Ausbruch war es eine ganze Zeit lang still bis auf den Hufschlag von Tara, die raschelnd durch die gefrorenen Blätter stapfte, und die Schritte von Katta. Der kalte Morgenwind hatte sich gelegt. Vereinzelte Sonnenstrahlen fielen durch die kahlen Zweige und zauberten Muster auf den Boden. Sie hatten den Waldrand erreicht. Katta wählte einen schmalen Pfad, der nur wenig benutzt wurde.

Schließlich räusperte sie sich und fing an zu sprechen. »Weil du deinem Gefühl trauen kannst, Maria. Und es gibt nur wenige Menschen, die Jan über einen längeren Zeitraum kennen. Er hat sich angewöhnt, seinen Freundeskreis alle paar Jahre komplett zu wechseln. Auch mir fehlen große Phasen seines Lebens. Aber zumindest kenne ich einige wesentliche Teile. In den letzten Tagen bin ich darauf gestoßen«, sie musste an das Gespräch mit Hiltrud denken, »wohl eher darauf gestoßen worden, dass wir die Leute, mit denen wir laufend zu tun haben, nicht mehr hinterfragen. Und von denen, die wir von früher kennen und wiedertreffen, nehmen wir an, sie seien unverändert. Meist machen wir uns mehr Gedanken über jemanden, den wir erst ein paar Wochen kennen, als über die Menschen, die uns schon seit fünfundzwanzig Jahren auf irgendeine Art begleiten.«

»Wie Jan?«, unterbrach Maria, die offenbar wenig an ihren philosophischen Überlegungen interessiert war.

»Ich kenne Jan seit der zehnten Klasse, obwohl seine Eltern schon aus Hamburg hierher gezogen sind, als er sieben oder acht war. Er war komplett verrückt damals. Ich mochte das. Wir haben uns sofort gut verstanden, viel Scheiß zusammen gemacht. Wir waren Kumpel. Ich habe meine erste Zigarette mit ihm geraucht, meinen ersten Joint. Wir haben zusammen eine Flasche Wodka geleert, sind dann durch den Ort gezogen und haben alle Laternen ausgetreten. Dann haben wir im Wald Lagerfeuer gemacht, uns oben auf einem Baum festgebunden und sind im Morgengrauen nach Hause geschlichen. Er wusste, wie man eine Bierflasche mit der anderen aufmacht, konnte Zigaretten drehen, kannte immer die coolste Musik.«

Dass er wusste, wie man Autos aufbricht und kurzschließt, behielt sie auch diesmal für sich. Sie dachte kurz nach.

»Er hat mir Autofahren beigebracht und wir haben zusammen ausprobiert, wie schnell man fahren kann. Er hatte überhaupt keine Angst, was das Tempo anging. Dauernd hat er die Schule geschwänzt und lieber an Autos herumgeschraubt. Wir waren fünfzehn und bekamen ständig Ärger. Aber nicht halb so viel, wie wir hätten haben sollen. Bei den meisten Sachen sind wir gar nicht erwischt worden. – In einer verrückten Laune haben wir sogar Blutsbrüderschaft geschlossen. Nur, dass Jan nicht mehr aufgehört hat zu bluten und wir mitten in der Nacht den Arzt rausklingeln mussten. Wir haben den Leuten ständig Streiche gespielt und uns bepisst vor Lachen … Wir haben tatsächlich nur Scheiß gemacht. Na ja, und irgendwann, irgendwie hörten wir auf, nur Kumpel zu sein, damals. Und dann sind seine Eltern bei einem Autounfall ums Leben gekommen. Danach wurde alles anders.«

Katta hielt an, um sich eine Zigarette anzuzünden. »Alles klar bei dir da oben?«

»Ja.« Marias Stimme klang angestrengt. »Erzähl weiter.«

Katta ging erst ein Stück schweigend, bevor sie fortfuhr: »Es hat ihn verändert. Er war alles, was er vorher auch war, nur extremer, verzweifelter, verbissener, irgendwie rasend. Danach gibt es eine ziemlich lange Pause. Unsere Wege hatten sich nach dem Abitur komplett getrennt. Ich habe nur Gerüchte gehört in dieser Zeit. Er hatte scheiß viel Geld, nachdem er mit achtzehn das Erbe seiner Eltern antreten konnte. Manchmal sah ich ihn in dicken Sportwagen rumfahren.« Sie unterschlug die aufgetakelten Begleiterinnen auf dem Beifahrersitz. »Mal einen Porsche, mal einen Ferrari. Angeblich hat er gespielt, auf der Rennbahn gewettet und sein Geld ziellos verjubelt. Nichts mit Karriere und Ehrgeiz. BWL hat er wohl studiert, aber nie abgeschlossen. In dieser Zeit bin ich ihm nur ein Mal begegnet.« Sie unterschlug, dass sie daraufhin ein paar verrückte Wochen lang zusammen waren. »Nach Jahren sind wir uns wieder über den Weg gelaufen. Auf einem Reiterball. Ich war dort mit meinem damaligen Freund. Genau weiß ich nicht, was passiert ist, aber es hat eben gefunkt und wir haben ziemlich schnell geheiratet.« Sie unterbrach sich und dachte einen Moment nach.

»Er war weniger verrückt, aber immer noch witzig, man konnte gut mit ihm reden und jede Menge Spaß haben, außer dass er einen Faible für Heimlichtuereien entwickelt hatte. Hat sich zum Beispiel mit Michael in der Kneipe getroffen und so getan, als sei es das Geheimtreffen der Freimaurer. Dämlich. Auf der anderen Seite wollte er alles von mir wissen, vor allem, was ich in der Zwischenzeit gemacht hatte, und meistens konnte er nicht gut damit umgehen. Wir haben viel gestritten. Es war irgendwie vertrackt. Vielleicht sind aufgewärmte Geschichten so. Es hat nicht lange gehalten. Drei Jahre, um genau zu sein. Die Scheidung war schlimm. Er hatte ein Geschäft damals, einen Gebrauchtwagenhandel, aber in groß. Luxusautos. Während unserer Ehe hat er mit Geld nur so um sich geworfen, aber bei der Scheidung war er ein absolutes Arschloch. Dabei wollte ich überhaupt nichts von seinem Geld und hab auch nichts genommen. Es wäre nicht nötig gewesen, eine Schlammschlacht zu veranstalten. Danach war komplette Sendepause. Das alles ist jetzt schon ziemlich lange her, sieben Jahre. Und dann habe ich ihn auf Rolfs Party und später bei dir in der Küche wiedergetroffen. Das war's. Ich weiß nicht, wann ich das letzte Mal so viel am Stück geredet habe.«

Maria sah blass und angespannt aus. Dabei hatten sie erst etwa die Hälfte des Weges zurückgelegt.

»Dir geht's immer noch gut da oben?«

»Ja, danke. Das Reiten ist nicht anstrengend. Ganz im Gegenteil. Aber wenn ich dir so zuhöre: Es ist noch viel schlimmer, als ich dachte. Ich weiß nicht, von wem du da redest. Das ist nicht Jan!«, stieß Maria hervor.

»Okay. Dann erzähl mir von deinem Jan.«

»Ich traf ihn bei meinem Onkel im Buchladen. Das habe ich dir ja schon erzählt. Er hat ein Jahr lang um mich geworben, dann haben wir geheiratet. Von Anfang an war er immer höflich und rücksichtsvoll, sehr aufmerksam, geradezu altmodisch mit seinen guten Manieren. Er fährt, wenn ich dabei bin, in völlig moderatem Tempo. Ich habe niemals erlebt, dass er zu irgendjemandem unhöflich gewesen wäre – außer zu dir. Er stellt mich auf ein Podest, dann wieder behandelt er mich wie ein Kind. Aber er erzählt mir nichts von sich. Er hat etwas von einer schrecklichen ersten Ehe gesagt, ganz am Anfang, aber eben nur, dass sie schrecklich war. Fertig.« Maria seufzte tief und sammelte sich. »Ich kann nichts Negatives über ihn sagen, außer dass er so extrem verschlossen ist, was seine Vergangenheit angeht. Anfangs fand ich das sogar attraktiv, so geheimnisvoll. Aber jetzt beunruhigt mich, dass er so viel vor mir verbirgt.« Wieder seufzte sie. »Katta, was weißt du über seine Narben?«

»Narben? Welche Narben?«

Maria sah sie erstaunt an.

Katta grinste. »Entschuldige. Seine Narben also. Na, er war eben vollkommen furchtlos, hatte ständig Unfälle, vor allem mit dem Mountainbike.«

»Hat er sich viel geprügelt?«

»Geprügelt?« Nun war sie ernsthaft erstaunt.

»Er hat einmal was von Banden erwähnt.«

»Echt? Wir waren natürlich nicht immer zusammen …«

»Wie waren seine Eltern?«

Katta zuckte mit den Schultern.

»Seine Mutter. Sein Vater. Du hast sie doch gekannt?«

Du kennst niemanden, weil du nichts hinterfragst, hallte Hiltruds Stimme in Kattas Kopf.

»Hat er sich gut mit ihnen verstanden? Du musst das doch wissen.«

»Pfffft.« Sie blieb stehen und reichte Maria die Zügel hoch, um sich die Mütze zurechtrücken zu können. »Er hat sich nicht gut mit ihnen verstanden. Vor allem nicht mit seinem alten Herrn. So hat er ihn immer genannt, niemals Vater oder Papa. Wenn er was vergessen hatte und wir kurz vorbeigegangen sind, um es zu holen, hat er mich draußen warten lassen. Ich hab mich mit meinem eigenen Vater aber auch nie verstanden. Für mich war das völlig normal.«

»Und seine Mutter?«

»Seine Mutter mochte er wohl …«

»Mensch, Katta!«

»Also, wenn ich jetzt so zurückdenke, würde ich sagen, dass er sie gleichzeitig geliebt und verachtet hat. Kann sein, dass sie getrunken hat.«

»Seine Mutter war Alkoholikerin?«

Katta nahm sich den Zügel zurück und marschierte weiter. »Jetzt mal im Ernst, Maria, frag ihn diese Dinge doch einfach mal selbst.«

»Ich habe natürlich versucht, mit ihm über seine Kindheit zu reden, aber er hat reagiert, als wollte ich ihm seine Eingeweide ohne Betäubung herausoperieren. Es geht nicht. Er verschließt sich nur noch mehr, und das kann ich nicht ertragen.«

»Vielleicht solltest du ihn dann einfach so nehmen, wie er

jetzt ist?«, schlug Katta vor, »höflich, rücksichtsvoll, aufmerksam, liebevoll, fürsorglich …« Sie konnte nicht verhindern, dass ihr Tonfall ironisch wurde. Maria spähte zu ihr hinunter.

»Was ist, wenn er zu Hause geschlagen wurde?«

Katta prustete los. »Jan und sich schlagen lassen? Nie im Leben! Du verstehst nicht. Du hättest ihn erleben müssen: Jan war der unbesiegbare Abenteurer, vollkommen unerschrocken. Nie hätte der sich schlagen lassen!« Sie musste an Elsas weggeduckte Körperhaltung denken, das Verhuschte ihrer Bewegungen, die Art, wie ihr der Blick zur Seite rutschte. »Nein, nie!«, sagte sie noch einmal mit Nachdruck. Die Stille, die plötzlich über dem Wald lag, dröhnte ihr in den Ohren. Weiter vorne lichteten sich die Bäume. Sie waren fast wieder am Waldrand. »Wir sind gleich beim Stall«, verkündete sie leise.

Die restliche Wegstrecke absolvierten sie schweigend, doch kurz bevor sie den Hof erreichten, kam Katta eine Idee. »Darf ich dich noch etwas fragen, Maria?«

»Natürlich. Deswegen sind wir hier.«

»Waren deine Eltern eigentlich gut betucht?«

»O ja. Sogar reich.«

»Und wer hat das Geld geerbt?«

»Ich«, sagte Maria. »Das heißt, ich werde es bekommen, wenn ich fünfundzwanzig Jahre alt bin. Das ist übrigens schon bald. In zwei Wochen habe ich Geburtstag.«

Privatsphäre

Am Dienstagmorgen stellte Katta fest, dass sie immer noch keine gute Laune hatte. Das ging nun schon seit Tagen so. Das Gespräch mit Maria saß ihr in den Knochen, außerdem wollte sie sich mit Hiltrud wieder vertragen, ohne weitere lästige Diskussionen. Hinsehen, hersehen, hin-, her- und hellsehen, papperlapapp.

Nachdem sie im Stall war und mit allen drei Pferden an der Longe gearbeitet hatte, wobei sie Hiltrud sorgfältig aus dem Weg ging, aß sie ein Sandwich und versuchte einen Artikel über die neuesten Erscheinungen zum Thema Jungpferdeausbildung zu schreiben. Sie versuchte es zwei Stunden lang vergeblich. Ihr Steißbein tat noch immer weh, obwohl es deutlich besser geworden war. Aber es war weniger der Schmerz, der sie vom Schreiben abhielt, als ihre eigenwilligen Gedanken.

Fritzi hatte gesagt, dass Tom, der Besitzer des verstorbenen Pferdes, jeden Abend nach der Arbeit im Stall war. Bis zum Abend war es noch lang. Seit ihrem Zusammenprall hatte sie Elsa nicht gesehen. Zufälligerweise wusste sie, wo sie wohnte. Zufälligerweise wusste sie auch, dass Elsa seit Jahren arbeitslos war. Und meistens zu Hause, wenn nicht im Stall. Interessant, was man so zufällig über Leute wusste.

Sie könnte sich erkundigen, wie es ihr ging. Warum nicht? Was lag näher als das? Und so entschloss sich Katta, Elsa ganz einfach daheim zu besuchen. Was war schon dabei?

Obwohl es nur ein fünfzehnminütiger Fußweg ins Dorf hinunter war, nahm sie das Auto. Sie war heute genug gelaufen. So parkte sie direkt vor dem schmalen Häuschen im alten Ortskern und klingelte. Während sie wartete, wurde ihr unbehaglich. Sie konnte sich nichts vormachen. Nichts war unpassender als ihr unangekündigtes Erscheinen. Der absolute Einbruch in die Privatsphäre. Man überfiel niemanden aus dem Stall unaufgefordert zu Hause.

Sie war nahe daran, wieder zu verschwinden, als sie Schritte hörte, die sich langsam der Tür näherten. Elsa öffnete. Ihr Blick wurde keinen Deut freundlicher, als sie Katta erkannte.

»Was willst du?«

»Wissen, wie es dir geht, und dir vielleicht was einkaufen, weil dir das Steißbein wehtut?«

»Das kannst du deiner Großmutter erzählen. Du interessierst dich einen Scheiß für mich. Also, was willst du hier?«, knurrte Elsa.

»Kann ich reinkommen?«, bat Katta immer noch freundlich.

»Ist nicht aufgeräumt.«

»Stört mich nicht.«

»Aber mich.«

Katta gab ihr Besucherinnenlächeln auf. »Elsa, ich will dich was fragen. Was weißt du über Jan?«

»Hat zu dir gepasst. Beide gleich scheißarrogant. Wieso fragst du?«

»Ich will mir ganz einfach ein Bild machen. Kann ich nicht doch kurz reinkommen?«

»Nein.«

»Okay, dann sag mir wenigstens, was du noch über ihn weißt.«

Elsa überlegte kurz. »Er ist ein Arschloch. Hing 'ne Weile ständig bei Maik rum. Redet immer schlecht über Frauen. Außer über dich, by the way.« Das schien es zu sein, denn Elsa verstummte. Dann setzte sie nach: »Schlägt sie aber nicht.«

Katta, die sich schon zum Gehen gewandt hatte, wirbelte herum. »Wie bitte?«

»Bist du jetzt auch noch taub? Er schlägt keine Frauen, dein Jan. – Hatte mal mitbekommen, was bei uns so läuft, und Maik die Hölle heißgemacht. – Dachte, der überlebt's nicht. Hat mir gefallen.« Elsas Mundwinkel zitterten.

Katta hatte keine Ahnung, was sie sagen sollte. »Also soll ich dir noch was besorgen? Brot oder so? Was aus der Apotheke?«

Elsa schüttelte heftig den Kopf. Es war offensichtlich, dass sie von ihr keinen Gefallen annehmen würde.

»Na dann danke und tschüss«, murmelte Katta, während Elsa wortlos die Türe zuzog.

Als sie vorsichtig ihr Hinterteil auf den Autositz hievte, fluchte sie in Elsas Tonfall. Der Steiß tat scheiß weh. Dann rief sie Hiltrud an und sagte ihr, Elsa sei vermutlich dankbar, wenn ihr jemand beim Einkaufen behilflich wäre. Sonst nichts. Keine Diskussionen.

Es war immer noch zu früh am Tag, um Tom zu befragen. Also fuhr Katta nach Hause und legte sich aufs Sofa. Sie fühlte sich zerschlagen. Ihr unterer Rücken pochte. Es dauerte nicht lange und sie fiel in einen unruhigen Schlaf. Sie träumte, dass ihr eine dunkle Gestalt auflauerte, sich die Maske abriss, und zum Vorschein kam Jan, der irre lachend ihren Namen rief, laut und immer lauter. Und dann änderte sich sein Tonfall und er rief immer noch ihren Namen, aber so, wie er es getan hatte, wenn sie miteinander schliefen. Und dann taten sie es, wild und leidenschaftlich, und es fühlte sich wundervoll an, er fühlte sich wundervoll an, als wäre sie nach Hause gekommen, nach langer Irrfahrt. Sie küssten sich innig, ertranken ineinander, verschmolzen ihre Seelen, konnten sich nicht mehr voneinander lösen. Sie öffnete die Augen, um ihn zu sehen, wenn sie ihm sagte, wie sehr sie ihn liebe, doch in den Armen hielt sie nicht Jan, sondern eine üppige Blondine, deren Make-up völlig verschmiert war. Jan stand neben dem Bett, nackt und mit einer gewaltigen Erektion und fing wie irre an zu lachen. Sie schrie auf und fiel mit der Decke kämpfend vom Sofa.

Fluchend rappelte sie sich auf, nassgeschwitzt und immer

noch im Traum verfangen. Es war inzwischen dunkel geworden und sie tastete sich zum Lichtschalter. Einen Moment stand sie da wie benommen, verloren in den Gefühlen, die der Traum aufgewirbelt hatte. Ekel, Zorn und Schmerz. Aber auch Liebe, Leidenschaft, das Gefühl inniger Vertrautheit mit Jan, dem Freund, Geliebten, Blutsbruder zugleich.

Vor allem später, als sie das zweite und dritte Mal zusammen waren, hatte sie ihre körperliche Verschmelzung als absolut und grenzenlos empfunden. Unendliche Nähe. Seelenverwandtschaft. Denn was sonst hätte sich so vollkommen anfühlen können? Nie wieder hatte sie dieses Gefühl bei einem Mann gehabt: füreinander bestimmt zu sein. Nie wieder hatte sie sich so vollständig der Illusion hingegeben, man könne sich in- und auswendig kennen.

Zu krass war der Bruch gewesen, der all ihre Gefühle zerstört hatte, zerrissen und zerfetzt. Hatte sie je der Hauch einer Ahnung befallen, dass es bei Jan etwas gab, das für sie nicht zugänglich war? Hätte sie das Wissen darum zugelassen?

Schließlich ging sie duschen. Sie duschte lange. Unter großen Mengen heißen Wassers lösten sich die Spuren des Traums allmählich auf und die Realität gewann wieder an Boden. Sie zog sich frische Sachen an und fuhr los. Jetzt war es wohl Zeit für Tom. Inzwischen musste er im Stall sein.

Verdacht

Sie erkannte ihn, sobald sie die Stallgasse betreten hatte, groß und dunkelhaarig, so hatte Fritzi ihn beschrieben, und so sah auch das Pferd aus, das er putzte. Entschlossen trat sie an die Box. »Hi, ich bin Katta. Du musst Tom sein.«

Er sah kurz auf. »Hi«, sagte er reserviert, dann putzte er sein Pferd weiter. Die beiden ergaben ein schönes Bild. Das Fell des Pferdes und die Haarfarbe des Besitzers waren nahezu identisch.

»Ich würde mit dir gern über dein Pferd sprechen. Wegen der Erkrankung unlängst.«

»Hm.«

»Hat Fritzi dir schon angekündigt, dass ich vorbeikomme?«

»Hm. Hat so was erwähnt.«

Das würde zäh werden. Dieser Tom sah sie kaum an. Und es wurde noch viel zäher. Er bearbeitete sein Pferd, ging ab und zu zum Spind, um fehlendes Putzzeug zu holen, kratzte die Hufe aus, holte einen schweren, reichlich verzierten Westernsattel, bürstete die Satteldecke ab, wickelte Bandagen um die Vorderbeine, trenste auf. Katta kam sich vor wie eine lästige Fliege, die ihn verfolgte. Einmal lief sie ihm sogar Richtung Toilettentür hinterher, bis sie es merkte. Es war nervtötend. Egal was sie fragte, Tom antwortete einsilbig, sagte: »verdammte Schweinerei, das« und »verdammt gutes Pferd«.

»War es deines?«

Worauf er sie ansah, als hätte sie ihn gefragt, ob er Tom heiße. Katta rang mit ihrer Geduld. »Aber wer ist es geritten?« Als nichts kam, fügte sie hinzu: »Man kann schließlich nicht zwei Pferde gleichzeitig reiten.« Wieder blieb er stumm.

»Hattest du eine Reitbeteiligung?«

»Aber hintereinander«, kam schließlich. Katta war verwirrt, bis sie merkte, dass er auf ihre vorletzte Bemerkung geantwortet hatte.

»Wie heißt dein Pferd?«

»Pepper.«

»Dann war das andere weiß und hieß Salt?«

Er bedachte sie wieder nur mit einem Blick. Nicht einmal unfreundlich, aber es lag die deutliche Entschlossenheit darin, nicht über das tote Tier zu reden. Katta lehnte sich an die Wand einer leeren Box und schloss die Augen. Früher war sie einmal gut gewesen in so was. Leute zum Sprechen zu bringen. Sie hatte kein so schwieriges Gespräch erwartet. Mit den beiden Frauen war es so gut gelaufen. Tom machte Anstalten, auf den Reitplatz zu gehen. »War's das?«, fragte er.

»Hm«, antwortete Katta. Sie gab auf und ließ eine Welle von Ohnmacht und Enttäuschung über sich hinwegschwappen, während Tom davonstapfte.

Zeit verging. Es roch nach Heu, die Pferde dösten vor sich hin, eines schnaubte. Außer den leisen Bewegungen der Tierleiber, einem Rascheln im Stroh hier und da war es still.

Wann genau war das Pferd gestorben? War die Box schon wieder vermietet? Genau ihr gegenüber lag die von Pepper. Auf dem gelben Schild stand *PEPPER O DONALD, Besitzer: Thomas Bilding*. Links daneben stand ein Fuchs, rechts daneben ein dunkelbrauner Quarter. Sie sah auf die Boxentüren. Beim Fuchs stand nichts, aber auf der Boxentür des Quarters war ebenfalls ein gelbes Schild angebracht. *SALT O DONALD*. Bingo! Mann, war sie gut! Sie bückte sich. *Besitzer: Thomas Bilding*.

Der Schriftzug *Thomas* war ein wenig undeutlich, als wäre der Untergrund nicht ganz sauber. Sie zog ihre kleine Taschenlampe aus der Jackentasche und untersuchte das Schild gründlicher. Da hatte ursprünglich ein anderer Name gestanden. Im Licht der Lampe entzifferte Katta ganz schwach den Schatten eines Ns und ein Ypsilon. N...y. Nanny oder wahrscheinlicher Nancy. *Nancy Bilding*. Natürlich! Seine Frau. Tom und Nancy, Pepper und Salt. Dunkles Pferd – dunkelhaariger Mann, helles Pferd – weißblonde Frau. Manche machten so etwas. Suchten ihre Tiere nach Farben aus wie bei einem Mantel. Tom hätte gar nichts über das Futter sagen können, weil *sie* das Futtermittel bei Jan bestellt hatte. Wieso hatte Fritzi ihr nichts von dieser Nancy gesagt? Das war überhaupt nicht seine Art.

Katta stand ganz ruhig, hörte den leisen Geräuschen der Pferde zu. Dann hatte sie plötzlich eine Eingebung. Weil Tom und Nancy sich getrennt hatten. Weil seine Nancy mit Jan angebandelt hatte. Weil Tom nach dem Zerwürfnis den Stall gewechselt und ihr Pferd übernommen hatte, samt Futtermitteln. *Am Wochenende ist er bei seinen Kindern.* Natürlich. Jetzt ergab das einen Sinn.

Nicht Tom, sondern Fritzi hatte die Futterverpackung erkannt und sie mit Jan in Zusammenhang gebracht.

Sie musste mit dieser Nancy reden. Sie musste die Affäre mit Jan beendet haben – und er hatte sich dafür an Salt gerächt.

Was für ein Arschloch war Jan eigentlich geworden!

Vermutlich sollte das Pferd nur krank werden, aber dieses Mal hatte er sich in der Dosis vergriffen.

Jetzt brauchte sie noch die Beweise für diese Theorie.

Langsam löste Katta sich von der Wand und ging hinaus auf den hell ausgeleuchteten Reitplatz. Sie stellte sich ins Dunkle, an ungefähr dieselbe Stelle, von der aus sie wenige Wochen zuvor den Lehrgang verfolgt hatte. Tom ritt konzentriert. Er ritt gut. Und er tat ihr leid. Der Mann hatte ziemlich viel verloren in letzter Zeit. Als er auf ihre Höhe kam, rief sie gerade laut genug, dass er es hören konnte: »Tom, wo finde ich Nancy?«

Er hielt auf der Stelle. Der Ruck, der durch seinen Körper ging, übertrug sich mühelos auf sein Pferd. In perfekter Harmonie stoppten sie neben ihr. Sein Gesichtsausdruck war eindeutig wütend. »Ich will Ihre verdammte Einmischung nicht. Lassen Sie mich gefälligst in Ruhe!«

Sie tat ihm den Gefallen, wandte sich ab und ging. Sie hatte schon selbst eine Idee, wie sie diese Frau finden konnte. Im Auto wählte sie die Nummer von Wolfgang Meier, der dumm genug gewesen war, Jan in seinen Futtermittelhandel einzubeziehen, und fragte ihn nach einer gewissen Kundin.

Wenige Minuten später hatte Katta eine Verabredung mit Nancy Bilding für Freitagnachmittag in einem Café in der Stadt.

Zweifel

Maria hatte sich nach dem Gespräch mit Katta ins Bett verzogen. Erst gegen Abend stand sie auf, bereitete sich eine Pizza und setzte sich damit ins Wohnzimmer. Sie wollte die Gedanken gerne wegschieben, aber das war nicht ihre Art. Fast beneidete sie jetzt Katta um die Fähigkeit, Dinge einfach auszublenden.

Irgendwann klingelte das Telefon. Jan. Wenn er unterwegs war, rief er dreimal am Tag an. Am Morgen, um ihr einen schönen Start zu wünschen und zu fragen, ob sie gut geschlafen habe, am Abend, um ihr gute Nacht zu sagen, und tagsüber noch einmal. Diesmal ließ sie es klingeln. Schon am Nachmittag hatte sie es klingeln lassen. Sie würde sagen, sie hätte geschlafen. Er war es gewohnt, dass sie viel schlief und nicht alle seine Anrufe beantwortete. Trotz dieser Telefonmanie, wie sie es im Stillen für sich nannte, neigte er nicht dazu, sich Sorgen zu machen, wenn er sie nicht erreichte. Wenn er sie aber erreichte, beendete er jeden Anruf mit den Worten »Ich liebe dich, mein Engel. Meine Fee«.

Schwerfällig stand sie auf, holte sich ans der Küche ein großes Glas Wasser und gab einen Schuss Rotwein hinein, dann ging sie zurück, machte es sich in ihrem Lieblingssessel bequem und begann langsam und gründlich die Pizza zu verspeisen. *Pizza Speciale* mit ungefähr allem. Sie hatte Heißhunger. Wenn ihr nicht schlecht war, konnte sie essen wie eine Wahnsinnige.

Kauend machte sie eine Bestandsaufnahme. Sie war sehr verliebt, nach wie vor und ohne Frage. Aber inzwischen tat es weh.

Was genau tat weh? Die Tatsache, dass er früher so ganz anders gewesen war? Nein, sie war jung und unerfahren, aber sie war nicht albern. Menschen konnten sich ändern. Sie konnte ihm wohl kaum vorwerfen, wie er als Jugendlicher gewesen war oder dass er schon einmal geheiratet hatte. Verjährt. Nein, das war es nicht. Sie konzentrierte sich aufs Essen, auf den Geschmack von Pizzateig, Tomate, Oregano, Artischocke, Schinken und Olive. Himmlisch!

War es, weil er das Leben, das er geführt hatte, vor ihr verheimlichte? Offen war er nicht gewesen, andererseits wusste sie nicht, ob sie sich eine Generalbeichte gewünscht hätte. Diese Aura des Geheimnisvollen, die ihn von Anfang an umgab, war durchaus ein wichtiger Teil der Anziehungskraft, die er auf sie ausübte. Das war ihr klar. Ein bisschen wie James Bond ... Sie liebte sein Gesicht, wenn es diesen nachdenklichen, undurchdringlichen Ausdruck hatte.

Das Handy piepte. Sicher kam nun seine SMS, weil er sie nicht erreicht hatte. Sie schaute aufs Display. »Ich liebe dich, meine Fee! Schlaf süß. Dein J.«

Das werde ich wohl eher nicht, dachte sie und nahm einen großen Schluck von ihrem verdünnten Wein. Dann widmete sie sich der zweiten Hälfte der Pizza. Nachdenklich verschob sie die Teile, bis der Belag ein schlecht gefügtes Puzzle ergab.

Nein, es war, dass die eine Seite nicht zur anderen passte. Der alte Jan nicht zu dem von heute. Diese Veränderung, diese unglaublich tiefgreifende Veränderung. Welchen Grund konnte es haben, dass ein Mensch sich völlig neu erfand?

Wenn eine Veränderung nicht schlüssig war, zog man sie in Zweifel. Ja, das war es, was wehtat. Was, wenn Jan sich gar nicht verändert hatte? Wenn alles nur vorgespielt war?

Vielleicht war er gar nicht so reich, wie er vorgab, vielleicht hatte er alles verspielt und versoffen, vielleicht war er in Wirklichkeit bankrott.

Dann hatte er sie nicht geheiratet, weil er sie liebte. Dann hatte er sie geheiratet aus diesem einen Grund, der so abgedroschen, ein solches Klischee, so abgeschmackt war ...

… und trotzdem wehtat, als sei es auf dieser Welt zum ersten Mal geschehen. Maria schauderte es bei der Erkenntnis, wie bodenlos verunsichert sie war. Sie liebte ihren Mann – so sehr, wie sie inzwischen an ihm zweifelte und verzweifelte.

Sie stellte sich dem Schmerz: Wenn er sie nicht liebte, dann hatte er sie wegen ihres Geldes geheiratet. Das Geld, das sie in zwei Wochen erhalten würde.

Und wenn er sie nicht liebte, dann war er ihr vielleicht noch nicht einmal treu.

Und wenn er sie nicht liebte, dann wollte er sie vielleicht irgendwann auch wieder loswerden, sobald er ihr Geld ausgegeben hatte.

Erstaunlicherweise raubte ihr das nicht den Appetit. Maria kaute das letzte Pizzastück gut durch, schluckte es herunter und legte sich wieder ins Bett.

Am nächsten Morgen wachte sie fiebernd auf. Ihr Körper war erschreckend heiß, ihr Kopf schmerzte. Es kostete sie Anstrengung, auch nur zur Toilette zu gehen. Obwohl sie völlig durchgeschwitzt war, ging es über ihre Kraft, die Bettwäsche zu wechseln. Sie pellte den nassen Schlafanzug von sich ab, drehte die Bettdecke um und legte sich nackt darunter, dann rutschte sie ein klein wenig auf Jans Seite, dorthin, wo das Laken noch frisch war.

Als Jan sie in diesem Zustand fand, rief er sofort den Hausarzt und die Hebamme, die beide von da an täglich kamen, und wich Tag und Nacht nicht von ihrer Seite. Unermüdlich wechselte er Wäsche, wusch sie kalt ab, gab ihr Wasser, Tee und Hühnerbrühe zu trinken. Er war offenbar in äußerster Sorge.

Als am Donnerstagabend das Fieber endlich sank, war Maria davon überzeugt, dass es noch einen Grund geben konnte, warum ein Mann sich als besserer Mensch gab: Weil er seine junge Frau von Herzen liebte und nicht verlieren wollte.

Geruchssinn

Maria ließ nichts von sich hören. Katta überraschte das nicht, da sie wusste, dass Jan wieder da war. Wahrscheinlich mied sie den Kontakt mit ihr und den Pferden, solange er in der Nähe war. Der Mittwoch hielt indessen andere Überraschungen bereit. Die größte Überraschung des Tages war Elsa, die Katta morgens im Stall abpasste, sich vor sie hinstellte und ihr unumwunden erklärte, dass Helena Winter mit Jan im Heu herummache. – Dabei verkünde diese Helena aber überall, Jan und Maria seien das ideale Ehepaar und sie werde jedem und jeder in den Weg treten, der die beiden auseinanderzubringen versucht, vor allem seiner Exfrau. – Nichts, was sie, Elsa, verstehen könne, aber Katta könne sich vielleicht einen Reim darauf machen. – Verdreht genug sei sie ja sicherlich.

Katta dachte kurz darüber nach und konnte sich keinen Reim darauf machen. Dann dachte sie noch kürzer darüber nach, mit Maria zu sprechen. Das kam gar nicht infrage. In zwei Wochen war der offizielle Geburtstermin, da konnte man ihr unmöglich erzählen, wer sich mit wem im Heu wälzte.

Die zweite Überraschung war Hiltrud, die im Vorübergehen Elsas Geschichte unumwunden bestätigte. Sie hatte die beiden spätabends zusammen gesehen. Es war merkwürdig, mit Hiltrud über andere zu sprechen, ohne den seltsamen Streit zwischen ihnen geklärt zu haben.

Katta mistete die Boxen so sorgfältig, als wolle sie einen Preis dafür gewinnen.

Als schließlich jeder Strohhalm da lag, wo er liegen sollte, holte sie zwei Kaffee aus dem Automaten und machte sich damit auf den Weg zu Elsa in die hintere Scheune.

Katta hielt ihr einen dampfenden Becher hin, aber erst als sie sagte, »Freundlichkeit gegen Freundlichkeit. Heute bin ich dran, einen auszugeben«, nahm Elsa den Becher an. Eine Weile saßen sie schweigend da und tranken Kaffee, bis Elsa anfing zu brummeln, sie hätte nicht den ganzen Tag Zeit.

Also packte Katta den Stier bei den Hörnern, wie ihr Vater zu sagen pflegte. Dass ausgerechnet er ihr jetzt einfiel! »Ich habe mich gefragt, ob diese Briefe, die ich bekommen habe, ob die vielleicht von Helena sein könnten.«

»Hast du dich gefragt«, echote Elsa.

»Ja«, nickte Katta, »Wenn sie schon offen ihre Bereitschaft verkündet, mir entgegenzutreten, falls ich das heilige Paar störe. Sie sah mich ja öfter mit Maria ... Und nachdem du offenbar mit ihr gesprochen hast, dachte ich mir ...«

»Hab nicht mit ihr gesprochen. – Helena ist doch auch so eine. – Trägt die Nase verdammt hoch.«

Erst nachdem Katta sie sehr eindringlich angesehen hatte, schnüffelte Elsa betreten, schlürfte ihren Kaffee und sagte dann: »Würde mit der nie sprechen. Hab's nur gehört.«

Elsa hatte also gelauscht. Na toll.

»Und?«, versuchte sie ihr auf die Sprünge zu helfen.

Elsa starrte sie voller Abneigung an. »Weiß nich. – Weiß nich mal, warum ich in letzter Zeit so viel mit *dir* rede.«

»Aber *du* bist doch heute Morgen auf mich zugekommen!«, rief Katta aus.

»Ja. Wegen der Maria! Das ist wirklich ein liebes Mädchen, die Maria. – Anders. So ne Gute. – Gibt's nich viele. Da muss man doch was machen!«

»Ah. Deshalb. Na, danke jedenfalls.« Katta sammelte die Becher ein und wollte sich zurückziehen, da tönte es in ihrem Rücken: »Was war das eigentlich für ein Typ, der dich zusammengeschlagen hat, an Halloween?«

»Gerüchte reisen auf merkwürdigen Wegen.« Sie drehte sich um. »Es war meine Heckscheibe, nicht ich.«

»Und da war niemand?«, bohrte Elsa nach, doch Katta zögerte. Keiner Menschenseele hatte sie von der schwarzen Gestalt erzählt, hatte sich sogar gefragt, ob die Phantasie mit ihr durchgegangen war an jenem Abend.

»Da war also jemand«, folgerte Elsa. »Und wie sah der aus?«

Katta gab sich einen Ruck. »Da war tatsächlich jemand. Ich konnte die Person nicht wirklich sehen, nur ihren Schatten. Aber sie ist weggerannt, als ich mit einem Zaunpfosten auf sie losgegangen bin.«

»Weggerannt? Tatsächlich!« Elsa schien wahrhaftig überrascht. »Hast du was gerochen? Rasierwasser oder so?«

»Ich habe Pferdedecken getragen. Ich habe nichts als alten Pferdeschweiß gerochen!«

»Verdammt schade!«

Resigniert warf Katta einen düsteren Blick hinauf ins Gebälk, ehe sie verschwand. Diese Frau machte sie wahnsinnig! Das ganze Gespräch war nichts als eine einzige elende Zeitverschwendung gewesen. Wütend stampfte sie zurück zu den Boxen und rannte prompt in Lars hinein, der wahrhaftig »Hohoho« rief, als er sie für etwa drei Sekunden in den Armen hielt. Jeder weitere Kommentar blieb ihm im Hals stecken, als sie ihn zornig anfunkelte.

Dann überraschte Katta sich selbst. Kaum zu Hause angekommen, rief sie nacheinander Fritzi, Olaf, den Drucker, zwei Jungs von der Band und sogar Rolf an und befragte sie zu Jan. Was kam, war die vertraute Mischung: Ein Aufschneider, ein netter Kerl, ein Weiberheld, jemand, mit dem man früher Pferde stehlen konnte, ein Kumpel, ein Autokenner, undurchsichtig und arrogant, ein Riesenarsch.

Als letztes wählte sie Michaels Nummer. Jan, der sei im tiefsten Innern ein genialer Mechaniker, der in einer Werkstatt hätte glücklich werden können, wäre da nicht dieses dumme Erbe gewesen. Michael, der Philosoph.

Dann fragte er, ob Katta sich eigentlich erholt hätte.

»Von was?«

»Das letzte Mal, als ich dich gesehen habe, warst du zu betrunken, um alleine zu gehen.«

»Was???«

»Na, ich habe dich heimgebracht nach Rolfs Party. Die liebe Julia war ganz besorgt um dich. Jetzt wäre sie es wohl nicht mehr. Gott, warst du besoffen!«

»Oh. Hab ich was gesagt?«

»Ob du was gesagt hast? Du kannst dich echt nicht mehr erinnern?«

Sie verneinte unsicher.

»Und ob du was gesagt hast. Du hast ununterbrochen geredet. Hast mir deine Männer vorgezählt und durchnummeriert. Ich bin echt froh, dass wir in verschiedenen Ligen spielen, mein Schatz, wenn du weißt, was ich meine, sonst wäre ich jetzt womöglich auch ein Nümmerchen. Du hast echt einen Tick damit, Liebchen. Nummern! Also echt! Hast du auch so kleine Fotos an einer Pinnwand, aufgespießt wie Schmetterlinge?«

»Nein, ich habe ein Album, tief in meinem Keller, gleich neben den Weinfässern«, parierte Katta bissig. »Aber weißt du was, Süßer«, und sie schickte einen koketten Augenaufschlag auf die Wlan-Strömung, »wenn wir zwei in derselben Liga spielen würden, dann hätte es nach dir keine Nummern mehr gegeben.«

»Hach, wie romantisch!« Michael imitierte gekonnt ein ergriffenes Aufstöhnen, dann kehrte er zum Thema zurück. »Du kannst dich also echt an nichts mehr erinnern?«

»Nein«, antwortete sie, »von daher muss ich dir auch kein Wort glauben. Außer du hättest Beweise.«

»Hab ich, Liebchen. Dein Absatz. Rechter Fuß. Abgebrochen. Knack. Auf halber Strecke. Den restlichen Weg habe ich dich huckepack getragen.«

»Absurde Vorstellung!«, schnaubte Katta in den Hörer. Dennoch ging sie zum Schuhregal und hielt Sekunden später einen schwarzen Pumps ohne Absatz hoch.

»Meine Güte!«

»Und von dem Moment an bist du echt auf den Trip gekommen! Das seien Unglücksschuhe und ich müsse dich beschützen. Das letzte Mal, als du sie getragen hättest, wärst du zusammengeschlagen worden, solche Schuhe seien überhaupt nur erfunden worden, um Frauen hilflos zu machen, und ob ich wüsste, wer dich zusammengeschlagen hat, und dass ich der beste Beschützer von allen bin. Der beste Beschützer von allen! Das habe ich mir übrigens auf ein T-Shirt drucken lassen. Ich wusste gar nicht, dass du zusammengeschlagen worden bist, Katta.«

»Damit du es im ganzen Dorf rumtratschen kannst?«

»Ja, genau«, bestätigte Michael gelassen.

»Vergiss es. Ich hatte ein paar harte Drogen zu viel im letzten Bier. Aber danke fürs Heimbringen.«

»Außerdem hast du mir auf die Schuhe gekotzt. Ich finde, dafür schuldest du mir was.«

»Ein paar neue. Kriegst du. Tschüss, tschüss.« Und damit drückte sie auf die Taste mit dem roten, kleinen Telefon.

Nach diesem Gespräch hatte sie erst mal die Nase voll.

Unruhig durchstreifte Katta das Haus. Sie ging von einem ins andere Zimmer, rückte hier etwas zurecht, zupfte dort an einem Kissen. Zusammengeschlagen. Ja, einmal in ihrem Leben war sie zusammengeschlagen worden, es war ihr letzter Fall. Sie hatte schon Ewigkeiten nicht mehr daran gedacht, nicht einmal an ihren alten Job als Detektivin, bis Fritzi sie vor zwei Wochen daran erinnert hatte. Die Zeit war abgehakt und abgeschlossen. Was um Himmels willen hatte sie in der Nacht von Rolfs Party wieder darauf gebracht? Nur die Schuhe? Da war noch etwas anderes, etwas, das tiefer lag. Sie zog an ihrer Nasenspitze.

Etwas, das Elsa gesagt hatte. Elsa, der Geruchsmensch, Elsa, die laut Hiltrud als einzige ein verdammtes altmodisches Parfüm zu schätzen wüsste, Elsa, die in ihrem alten Ballkleid überraschend hübsch aussah an diesem Abend. Was hatte sie gefragt vorhin? Wie hat er gerochen? Die Gestalt, von der Elsa gedacht hatte, sie hätte sie an Halloween zusammengeschlagen worden sei.

Der Geruch. Jemand auf der Party hatte seltsam gerochen, ein Geruch, der sie an irgendetwas unangenehm erinnert hatte, aber der Alkohol hatte die Erinnerung vernebelt.

Sie kam nicht darauf. Es würde ihr vermutlich wieder einfallen, wenn sie am wenigsten damit rechnete.

Rache

Als Julia am Donnerstagmorgen ihr Auto auf Damians Hof abstellte, umfing sie das süße Gefühl, sich etwas Überflüssiges zu gönnen. Vier lange Hundespaziergänge mit Belle in der Begleitung von Damian lagen schon hinter ihr. Sie waren jeweils zwei Stunden unterwegs gewesen und Julia hatte eine sehr genaue Vorstellung davon bekommen, wie sie mit dem Tier kommunizieren musste. Sie war begeistert vom Charakter der Hündin, die zwar noch immer zurückhaltend war, aber jedes Kommando aufmerksam befolgte. Sie hatte damit gerechnet, dass sie erst eine Art Rangordnung aushandeln, sich als Chefin des Rudels beweisen müsste, mit komplizierten, unter Hunden üblichen Ritualen. Nichts davon war der Fall. Es war eher eine einfache Bedienungsanleitung mit wenigen leicht verständlichen Befehlen, die Belle schon beim ersten Mal befolgte.

Vermutlich wäre es nicht notwendig gewesen, das Ganze so oft zu wiederholen. Aber Damian hatte einen ganz eigenen Charme. Und so hatte sie jede seiner Einladungen, am nächsten Tag wiederzukommen, angenommen.

Inzwischen war ihr durchaus aufgegangen, dass Michael hier zwei Fliegen mit einer Klappe zu schlagen versuchte. Damian war derjenige welcher, der Hetero, bei dem es nicht den Falschen traf. Schon beim ersten Spaziergang hatte er klargestellt, dass er ledig und ungebunden sei. Und seitdem waren alle Besuche demselben Muster gefolgt. Demian flirtete nicht direkt, gab ihr jedoch das Gefühl, dass ihre Gedanken und Gefühle etwas Besonderes waren. Seine Art ließ sie mit Leichtigkeit über Dinge sprechen, über die sie noch nie gesprochen hatte. Mit wem auch? Da war Platz für Nuancen, Zwischenräume, nur halb Gewusstes oder Erahntes, nicht zu Ende Gedachtes. Plötzlich hatte sie den Mut. Von vielem hatte sie gar nicht gewusst, dass es in ihr war. Vielleicht war es das auch nicht, sondern entstand erst in diesen Momenten. Manchmal schien er sich über sie zu amüsieren, aber das störte sie nicht. Im Gegenteil, sie lachten viel. Wenn er sie anschaute, dann auf eine Art, die sie sich schön fühlen ließ. Obgleich sie das sehr verlockend fand, war ihr die konkrete Umsetzung ihrer Pläne nicht ganz klar. Wie initiierte man eine Affäre? Das Ganze war eher peinlich. Diesen Gedanken würde sie wohl aufgeben.

Als sie Belle heute aus dem Zwinger holten, blieb die Hündin zwar wie immer liegen, aber sie wedelte zum ersten Mal zur Begrüßung mit dem Schwanz. Julia rief sie zu sich und Belle gehorchte sofort. Julia traten vor Rührung Tränen in die Augen, die sie schnell wegblinzelte. Da legte Damian ihr eine Hand auf die Schulter. Nur ganz leicht. Er hatte es also gemerkt. Dann nahm er die Hand wieder weg. Dort, wo sie gelegen hatte, entstand eine kleine Sehnsucht.

»Ihr werdet wunderbar miteinander klarkommen«, sagte er mit seiner tiefen Stimme, die sie von Anfang an ziemlich sexy gefunden hatte.

Sie drehte sich zu ihm um und sah in seine verständnisvollen Augen.

Jetzt war wohl der Zeitpunkt gekommen, Rache zu nehmen.

Auflösung

Am Freitag konnte Katta endlich mit Toms Exgattin sprechen. Sie betrat das Café Kosmos exakt um 15 Uhr und wurde schnell fündig: An einem Tisch in der hinteren Ecke saß eine attraktive hellblonde Frau, die sich suchend umsah.

Sie hatten sofort Blickkontakt. Kattas Lippen formten ihren Namen, während die Frau sogleich nickte und aufstand, um sie zu begrüßen.

»Vielen Dank, dass Sie gekommen sind«, sagte Nancy, ganz so, als hätte sie selbst um das Gespräch gebeten. »Ich fühle mich so schrecklich. Ich kann Ihnen gar nicht sagen, wie sehr. Und Sie sagen, dieser grausame Kerl hat meine Salt vergiftet?«

Katta war etwas überfahren. Was ihre Kommunikationstechniken anging, hatten die Bildings jedenfalls nichts gemeinsam.

»Ähm, ja. Ich bestelle mir erst mal einen Kaffee, wenn es Ihnen recht ist.«

»Natürlich, natürlich. Sorry, dass ich Sie so überfalle.«

»Wir können uns übrigens gerne duzen. Ich heiße Katta.«

»Ich weiß. Jan hat viel von dir gesprochen.«

»Jan hat was?«, rief Katta überrascht aus.

»Er hat laufend von dir gesprochen. Wir hatten diesen ...« Nancy rutschte auf ihrem Stuhl hin und her, sortierte die Tischutensilien um und wurde leicht rot im Gesicht. »... diese Sache, na ja. Einmal. Ich weiß auch nicht, was da über mich gekommen ist. Er hat mich echt eingewickelt. Aber es blieb bei dem einen Mal. Immer wenn wir uns danach getroffen haben, hat er unentwegt über dich gesprochen. Über eure Abenteuer. Was für Helden ihr wart. Ich wusste bald nicht mehr, was das eigentlich sollte, und habe es dann auch beendet und Tom gebeichtet. Er hat mit wenig Verständnis reagiert, ist sofort ausgezogen und hat die Pferde übernommen. In der Woche darauf ist Salt gestorben.«

Katta beschloss, die erstaunlichen Enthüllungen über Jan zunächst zu ignorieren. Das würde sie nur ablenken. »Warum hat er Salt übernommen? Es war doch dein Pferd.«

»Es waren beides unsere Pferde. Er hatte sie uns zur Hochzeit geschenkt. Deswegen auch der Name und die Farbe. Salt und Pepper, das war unser Spitzname auf der Uni. Es war so romantisch. Ich hatte überhaupt keine Ahnung, und dann standen die beiden vor der Kirche, gesattelt und geschmückt. Wir hatten eine wirklich gute Zeit. Die Tiere waren auch ein Symbol für unsere Liebe. Tom war so verletzt. Und ich habe alles weggeschmissen wegen so einer …«

»So einem Ehebruch«, beendete Katta den Satz ungalant und erntete zur Belohnung einen überraschten Blick.

»Ich möchte ihn zurückhaben«, sagte Nancy mit Bestimmtheit.

»Tom?«, fragte Katta begriffsstutzig.

»Natürlich Tom.«

Das Problem war, dass man Jan von alledem nichts nachweisen konnte. Nach dem aufschlussreichen Gespräch mit Nancy war Katta an einem Beweis umso mehr gelegen. Fritzi und die jeweiligen Tierärzte hatten auf Vergiftung getippt, aber keiner hatte das aufwendige Verfahren auf sich genommen, herauszufinden, um welches Gift es sich handelte. Wie sollte es weitergehen? Wie war künftig zu verhindern, dass er Rachefeldzüge beging?

Man könnte sicherlich Wolfgang warnen und ihm raten, er solle sein Marketing besser alleine machen, gleich wie unbeholfen. Man könnte Jan ein Schild auf den Rücken hängen: Achtung. Gefährlich rachsüchtig! Am besten wäre aber wohl, ihn auf frischer Tat zu ertappen.

Das versuchte sie Fritzi zu erklären, der ihr wenig später im Reiterstübchen gegenüber saß. Er hatte bald die ewige Tasse Kaffee gegen eine Flasche Bier eingetauscht, obwohl es erst Nachmittag war, und sah sie ungläubig an. »Du meinst, er hat gar kein krummes Geschäft gemacht?«

»Er hat genug Geld. Glaube ich zumindest. Vielleicht wollte er anfangs tatsächlich einem Freund helfen. Nein. Jan ist ganz einfach rachsüchtig. Wenn jemand das weiß, dann ich. Es war mir bisher nur nicht so klar.« Sie fuhr sich durchs Haar. »Die Streiche, die wir als Jugendliche gespielt haben, waren allesamt Rachefeldzüge. Unser Meisterstück hat unserem Arzt gegolten. Hab ich das jemals erzählt? – Wir hatten Blutsbrüderschaft geschlossen und Jan hat wohl ein wenig zu tief geschnitten. Wir sind also mitten in der Nacht zu dem Arzt. Es gab damals nur diesen einen. Der hat die Blutung gestillt, aber anschließend Jans Eltern angerufen und Jan hat den Ärger seines Lebens bekommen. Nachdem er drei Wochen Hausarrest abgesessen hat, habe ich ihm geholfen, nachts eine Ladung Mist vor die Haustür des Arztes zu fahren. Wozu lebt man auf dem Land?«

Fritzi trank hektisch aus seiner Flasche.

»Es hat ein riesiges Aufsehen gegeben, aber nie kam heraus, wer das war. Ich hab immer mitgemacht bei diesen Streichen, aber die Ideen waren seine. Irgendwann bin ich rausgewachsen aus solchem Kram und dachte, Jan auch. Aber da habe ich mich offensichtlich geirrt.«

Fritzi starrte sie schon eine ganze Weile an.

»Das wart ihr?«

Katta starrte zurück.

»Ihr wart das?« Dann trank er sein Bier auf ex. »Tut mir leid, aber mehr ertrage ich heute nicht.«

Im Gehen nahm er eine zweite Flasche aus dem Kühlschrank, mit der er zum Abschied winkte.

Fünfte Woche

Lack

Am Samstagmorgen kam der Schnee, den sie zwei Wochen zuvor so hartnäckig wie falsch angekündigt hatten. Ob es wohl noch derselbe war, eben mit Verspätung oder ein anderer? Katta strubbelte sich gähnend durchs Haar, während sie auf die weiße Landschaft schaute. Sie hatte viel vor heute. Es stand mal wieder ein Großeinkauf an, den sie schon längst hätte erledigen sollen. Sie hatte keinerlei Vorräte mehr im Haus. Dann würde sie bei der Druckerei vorbeifahren. Sie wollte beim nächsten Heft etwas am Layout verändern und von Olaf hören, ob das, was sie sich vorstellte, überhaupt möglich war. Zudem war am Ende der nächsten Woche Redaktionsschluss und ihr fehlte tatsächlich noch der Hauptartikel. Sie war arg im Verzug, also ging sie es besser an.

Als sie wenig später zum Auto eilte, fuhr ausgerechnet Jan vorbei, hielt abrupt an, stutzte, setzte seinen Wagen nach kurzem Zögern zurück und stieg aus. Er betrachtete die Heckklappe, dann sah er sie an. »Was ist denn da passiert?«

Katta stemmte die Arme in die Seiten und starrte unfreundlich zurück. Sie konnte sich beim besten Willen nicht vorstellen, was das jetzt sollte. Jan betrachtete sie forschend und überdachte die Lage wohl neu, denn er sagte: »Ich wollte mich so und so bei dir entschuldigen. War blöd, das neulich. Sorry!«

Sie verspürte immer noch keine Lust zu antworten. Vermutlich sah sie inzwischen aus wie eine Stummfilmschauspielerin mit der Regieanweisung »außerordentlich wütend«, aber sie konnte es nicht ändern.

Als hätte er diesen Anflug von Selbstironie mitbekommen,

wagte er sich einen Schritt näher. »Komm, Katta. Sei wieder gut. Ich mach's wett, mein blödes Benehmen. Ich lackiere dir dein Auto neu, als Entschuldigung.«

»Wieso?« Katta schüttelte ablehnend den Kopf. »Wir haben uns schließlich nur gestritten. Oder hast du ein schlechtes Gewissen? Hast du mir vielleicht die Scheibe zertrümmert an Halloween?«

Nun war es an Jan, den Kopf zu schütteln.

Sie standen sich eine Weile unbeholfen gegenüber. Keiner sprach, sie sahen aneinander vorbei, bis er leise sagte: »Ich hab gehört, du hörst dich über mich um. Warum?«

»Ich versuche etwas zu verstehen.«

»Wieso jetzt? Wieso hast du nicht versucht, mich zu verstehen, als wir verheiratet waren?«

»Weil ich da glaubte, dich zu kennen«, antwortete Katta leise. Sie sah ihn an. Für einen Moment war sein Blick offen. Etwas Seltsames lag darin, regte sich dunkel. Furcht überkam sie, ein Gefühl, das sie eigentlich gar nicht kannte. Im ersten Moment hielt sie das, was sie da in der Tiefe seines Blickes erkannt haben wollte, für Kälte. Dann verlor es sich so schnell, wie es gekommen war, und er sah wieder aus wie gewohnt. Schaudernd schlang sie die Arme um sich.

Jan sandte ihr ein Lächeln. »Komm, Katta! Wir sind Nachbarn! Schließen wir Frieden. Um der guten Zeiten willen. Lass mich dein schönes Auto wieder in Ordnung bringen. Ich kenne da jemanden, der macht die Lackierung wie neu, ein wahrer Künstler, es wird nichts mehr zu sehen sein. Wegen der guten Zeiten. Komm. Bitte. Katti.«

Am Ende war es dieses Lächeln, das Katta zustimmen ließ. Es war das Lächeln des Jungen, den sie gekannt hatte.

Vollkommen unmöglich, dass er ihr das nur vorspielte.

Schokobraun

Maria ergriff ihre Chance. Jan würde den Vormittag über beschäftigt sein. Sie hatten zusammen gefrühstückt und sich liebevoll verabschiedet. Seit dem Fieber war er rührend um sie besorgt und hütete sie wie seinen Augapfel. Es war ihr fast schon ein bisschen zu viel.

Sobald sie ihn die Auffahrt hinunterfahren sah, tauschte Maria ihr hübsches Schwangerschaftskleid gegen eine altmodische Männerhose aus warmem Flanellstoff, die sie im hintersten Winkel des Schrankes in einem der Wirtschaftsräume gefunden hatte. Die Hose war viel zu weit, bot aber bequem Platz für ihren Bauch und hielt dank der Hosenträger. Darüber zog sie den alten ausgeleierten Wollpullover. Sie steckte Äpfel und Karotten in die Taschen eines schweren Tweedmantels, auch dieser ein Fundstück aus dem Schrank. Der Armeemantel war einfach nicht mehr warm genug. Dazu viel zu große, aber superwarme Winterstiefel und eine schwarze Wollmütze. Wie einem alten Schwarzweißfilm entsprungen! Sie grinste ihr Spiegelbild an und angelte sich den Autoschlüssel vom Haken.

Auch sie hatte Geheimnisse – und sie brauchte dringend eine Portion Pferdeduft.

Im Stall angekommen, verfütterte sie zuerst die Karotten und Äpfel an Little Joe, Tara und Imi und streichelte sie ausgiebig, bis Hiltrud kam, um die Pferde auf die Koppel zu bringen. Danach schlenderte sie, die Hände tief in den Taschen vergraben, ziellos über den Hof. Die dünne Schneeschicht verschluckte das Geräusch ihrer Schritte. Behutsam trat sie auf das knisternd nachgebende Weiß. Schon als Kind hatte sie es geliebt, im Schnee zu laufen. Der Engelshof mit seinem roten Anstrich sah wunderschön aus in seinem Schneekleid.

In den Stallungen, wo Hiltrud die Ausbildungspferde unterbrachte, stand ein hübsches Pferd ein wenig schüchtern in der hinteren Ecke seiner Box und beäugte sie misstrauisch. Maria blieb stehen und betrachtete das Tier. Hochbeinig war es, dabei bei weitem nicht so groß wie Fürstprimas und etwas zu dünn. Am beeindruckendsten war die Fellfarbe: ein dunkles Schokoladenbraun im selben Ton wie die großen Augen, die unter langen Wimpern jede ihrer Bewegungen verfolgten. Aus irgendeinem Grund war sie überzeugt, dass es eine Stute war.

»Ich weiß, wie du dich fühlst. Mir geht es genauso. Du bist neu hier. Nicht wahr? Nicht ganz einfach, Anschluss zu finden, was?«

Sie begann in ihren Taschen zu suchen, ob sich nicht noch ein Leckerli darin verbarg. Das Pferd kam vorsichtig zwei Schritte näher. Maria lachte leise.

»So, das kennst du also? Aus diesen Taschen kommen gute Sachen, nicht wahr?« Sie hielt bereits zwei Leckerli zwischen den Fingern, behielt ihre Hand aber in der Tasche und kruschelte geheimnisvoll darin herum. »Ob ich wohl was für dich finde? Was meinst du? Ob wohl etwas in dieser Tasche für dich ist?«

Das Pferd machte noch zwei Schritte auf sie zu und näherte vorsichtig den Kopf. Impulsiv beugte auch Maria sich vor, bis die Nüstern dicht vor ihr schwebten und ihr warme Luft ins Gesicht bliesen. Maria lächelte und pustete sachte zurück. »Ist das Pferdisch?«, murmelte sie leise. »Meine Schöne, bringst du mir Pferdisch bei?«

Schließlich holte sie die Leckerlis heraus und hielt sie mit einer langsamen Bewegung dem Pferd hin. Vorsichtig wurden sie ihr von der Hand geklaubt und genießerisch zerkaut. Sachte begann sie über das seidenweiche Fell zu streicheln. »Wie schön du bist.« Das Pferd senkte den Kopf und ließ es sich gefallen.

*

So standen sie zusammen, als Hiltrud sie fand. Mit einem Blick erfasste sie Marias Aufzug, und ein warmes Lächeln breitete sich in ihr aus. »Diese Stute«, sagte sie leise, um die beiden nicht zu erschrecken, »diese Stute ließ sich bisher von niemandem anfassen. Du hast eine seltene Begabung im Umgang mit Pferden, weißt du das?«

Maria sah noch nicht einmal auf, als sie antwortete. »Sie sind so einfach, schlicht, geradeaus. Keine Lügen, nichts Geheimes, nichts Verborgenes, klar und ehrlich.«

Hiltrud sah sie lange nachdenklich an. Das Pferd und sie hätten eine Skulptur sein können. Eine, die sie sich mit Sicherheit ins Wohnzimmer gestellt hätte.

»Wenn du nicht so unglaublich schwanger wärst, würde ich dich bitten, mir mit ihr zu helfen. Ich versuche seit Tagen vergeblich einen Zugang zu dem Tier zu finden. Ihr neuer Besitzer hat sie von einem verwahrlosten Hof gerettet und soweit aufgepäppelt, aber es nicht geschafft, ihre Angst zu überwinden.«

»Wie heißt sie?«

»Sternenlicht.«

»Seit wann ist Sternenlicht braun? Ich finde, sie sieht eher aus wie ein leckerer Schokokeks. Ich würde sie Cookie nennen oder Chocolate. Nein, Coco. Sie hat etwas Elegantes.« Damit drehte sie sich zu Hiltrud um. »Und ich möchte dir sehr gerne helfen. Was soll ich tun?«

Überrascht zog Hiltrud die Augenbrauen hoch. Vielleicht hatte sie die fragil wirkende junge Frau unterschätzt.

Und was bedeutete das dann für diese andere unerfreuliche Sache, die sie mit Katta besprochen hatte? Jan und Helena im Stroh. Sie waren sich einig gewesen, dass man einer Frau, die kurz vor dem Geburtstermin stand, nicht mit Geschichten über ihren untreuen Ehemann kommen konnte. Aber war das richtig? Sie sah in das schmale Gesicht, dessen regelmäßige zarte Züge ohne das unter der Wollmütze versteckte Haar um so klarer wirkten, sah die offenen Augen, die extreme Verletzlichkeit, den nun entschlossen zusammengepressten Mund. Brauchte Maria Ehrlichkeit oder Schonung?

Und was war ihr eigenes Motiv, wenn sie nichts sagte: Mitgefühl oder Feigheit? War sie, Hiltrud, gerade feige?

Sie entschied sich für das Naheliegende, wie sonst immer nur Katta, und das brachte ein breites Schmunzeln in ihr Gesicht.

»Gut. Es gibt etwas, das mit Sicherheit nicht zu riskant sein dürfte. Du könntest zu ihr reingehen und sie einfach weiterstreicheln, soweit sie dich lässt. Sie ist nicht aggressiv. Wenn sie Angst hat, weicht sie einfach nur aus. Hier, das kann helfen.« Damit schob sie Maria eine Handvoll Leckerlis in die Manteltasche und trat einen Schritt zurück, um die Boxentür zu öffnen.

Leitartikel

Gegen Mittag fing es wieder an zu schneien, nicht viel, aber beständig, der schönste Pulverschnee, den man sich vorstellen konnte. Katta trat sich kräftig die Schuhe ab, als sie nach Hause kam. Das hatte allerdings nicht viel Zweck, da sie mehrere Kisten und Tüten hineintragen musste.

Sie hatte alles erledigt und war zufrieden mit sich. Auch in der Druckerei hatte alles geklappt. Als sie die Einkäufe in der Küche hatte, war der halbe Flur voller Matsch. Winterfreuden. Nur das Thema für den Leitartikel lag ihr noch im Magen. Natürlich könnte sie ihre Pferde im Schnee fotografieren, sobald das Gestöber aufhörte und das Licht besser war. Damit konnte man immer gut Platz füllen. Aber etwas Inhaltliches fehlte ihr schon noch.

Sie kochte sich Tee, legte Schokokekse auf eine Untertasse, wickelte ihre Füße in eine Decke und machte es sich auf der Küchenbank bequem. Das zarte Schneetreiben draußen hatte etwas extrem Friedvolles, nach einer Weile war ihr Kopf vollkommen leer. Auf dem Weg unterhalb der Schafweide sah sie einen Reiter, ihm weit voraus lief ein großer Hund. Von der warmen Küchenbank aus sah das idyllisch aus, aber sie selbst würde nachher, wenn es so weiterschneite, wohl in eine der Hallen gehen. Sie beobachtete versonnen den Mann, der sein Tier nun antraben ließ. Der Hund kam laut bellend in großen Sprüngen zurück und umkreiste das Pferd, wobei er nach dessen Vorderbeinen schnappte. Der Reiter parierte durch. Offensichtlich schimpfte er den Hund aus, das unaufhörliche Bellen drang bis zu ihr durch. Nun begann das Pferd nervös zu werden und

Galoppsprünge zu unternehmen. Katta richtete sich auf. Hier hatte sie ihren Leitartikel! Sie würde über Reitbegleithunde schreiben, und da gab es einen Mann, der klar für ein Interview prädestiniert war, keine zwanzig Kilometer von hier. Zwar kannte sie ihn nicht gut, aber immerhin. Für einen Artikel über seine Hundezucht wäre er mit Sicherheit zu haben.

Sie war sich nicht mehr sicher, was den Nachnamen betraf, aber nach einem Ausflug ins Internet hatte sie ihn gefunden: Damian Bayer. Der smarte Damian, berüchtigter Frauenheld und Verführer einsamer Jungfrauen, einer der größten Herzensbrecher in diesem schönen Mittelgebirge …

Jedenfalls war er bestimmt fotogen.

Entschlossen wählte Katta die kurze vierstellige Nummer, die zeigte, dass dieser Anschluss schon seit Ewigkeiten bestand. Es dauerte ziemlich lange, bis Damian sich meldete, dafür war er sofort einverstanden. Gleich am Dienstagnachmittag könne sie vorbeikommen, falls er bis dahin nicht eingeschneit sei.

Katta legte zufrieden auf. Sie warf einen Blick aus dem Fenster. Der Reiter war inzwischen abgestiegen und hatte seinen Hund angeleint, was unter den gegebenen Umständen wohl eine kluge Entscheidung war. Sie würde diese Szene als Eingangszene für den Artikel verwenden.

Begehren

Als Damian zurückkam, hatte er ein breites Grinsen auf dem Gesicht. »Deine Erzfeindin hat eben angerufen.« Julia räkelte sich unter dem Laken, noch vollkommen gefangen im Wohlbehagen körperlicher Liebe. Sie fühlte sich außerordentlich. Schön. Schwelgend. Sexy. Alles an ihr war warm, weich und fließend wie geschmolzene Butter, und tief drinnen in ihrer Vagina saß mit Sicherheit ein Quell heißen Honigs, so süß.

»Ich habe keine Erzfeinde«, gurrte sie mit rauer Stimme und schaute zu ihm auf. Er sah sehr gut aus, nur in Jeans und mit nacktem Oberkörper. Sie spürte tatsächlich schon wieder Verlangen.

Ihr Hirn arbeitete langsam. Und es war ihr gleichgültig, ob er sinnloses Zeug sagte, Hauptsache er finge wieder an sie anzufassen. Sie wollte ihn spüren, überall, Hauptsache er kam zurück ins Bett ... Doch er blieb davor stehen, grinste amüsiert auf sie herunter. »Nun, ich dachte, dass die Geliebte deines Mannes in etwa diesen Rang inne hätte.«

Katta! Der Schock war kurz und heftig und versetzte Julia blitzschnell aus ihrem persönlichen sexuellen Whirlpool in die Kälteregionen des Verstandes. Schmerzvoll kam sie zur Besinnung. Sie hatte sich gehen lassen, ihre oberste Maxime »Alles in Maßen« vergessen. Vergessen, dass die Sache hier von vornherein auf ein Ende abzielte. Michaels Worte vergessen. Was hatte er gesagt? Ein nettes Arschloch, immerhin willst du ihn dann ja wieder fallenlassen. Sie musste sich kurz abwenden, damit sie sich sammeln konnte. Fast hätte sie sich in das Instrument ihres Racheaktes verliebt.

Benommen wühlte sie sich aus den Decken hervor und setzte sich auf.

»Und was wollte sie von dir?«

»Hey, was ist los, meine Julia? Du bist doch nicht etwa eifersüchtig? Hey, *ich* hatte nichts mit ihr!«

Ich weiß, lag ihr auf der Zunge, ich weiß, sonst hätte Michael dich ja auch nicht ausgesucht. Sie fühlte sich irgendwie verletzt. Wusste nicht so recht, wovon. Von seiner Gefühllosigkeit in diesem Moment? Von seiner Oberflächlichkeit? Sollte ein sensibler Mann nicht wissen, dass dies ein wunder Punkt war? Dass es nicht amüsant war, vom eigenen Ehemann betrogen zu werden? Als wäre es vollkommen beliebig und auch gleichgültig, dass jeder mit jedem ins Bett sprang. Hatte dieser Mann überhaupt keine Moral? Aber eben deswegen war sie ja hier, nicht wahr? Genau in diese Welt hatte sie sich hineinbegeben. Wissentlich. Plötzlich fühlte sie sich beschmutzt, sich selbst fremd.

Dies alles hatte mit der alten Julia nichts mehr zu tun – der Julia, die noch wusste, was richtig und was falsch war, die nach klaren Regeln lebte, mit beiden Beinen auf dem Boden stand, simpel, moralisch auf festem Grund. Man heiratete den richtigen Mann, arbeitete, lebte zusammen, blieb treu und führte eine gute Ehe. Kein Platz für Halbwahrheiten. Kein Platz für Leichtigkeit, auch nicht für die Leidenschaft und Hingabe, die sie in diesem Bett kennengelernt hatte. Sie hätte sich jetzt gerne aus der ganzen Situation herauskatapultiert. *Beam me up Scotty.* Aber anders als bei sich zu Hause, anders als bei Rolf, hatte sie keine Ahnung, wie sie sich als nächstes verhalten sollte. Kein Grund mehr unter den Füßen.

Sie sah in die Schneelandschaft hinaus, die den ganzen Zauber des ersten Wintereinbruchs hatte, und fühlte sich unbeholfen. Die alte Julia war dahin, die neue noch ohne Substanz und nahezu durchsichtig.

Nun setzte er sich auf die Bettkante. »Hey, meine Julia.«

Sie reagierte auf die Zärtlichkeit in seiner Stimme mit einem

Lächeln, ohne es zu wollen. Als er sich zu ihr beugte, um sie zu küssen, schloss sie die Augen und erwiderte den Kuss. Die neue Julia konnte offensichtlich das eine wollen und das andere tun. Offensichtlich sogar jemanden küssen und begehren, der sie eben noch verletzt hatte. Und dann hörte sie auf nachzudenken.

Finten

Am Sonntagmorgen log Maria ihren Mann zum ersten Mal an. Sie sagte, es gebe so eine Art vorgeburtliches Meditationsfrühstück bei der Hebamme, das sie fast vergessen habe, und fuhr in den Stall. Hinterher war sie selbst erstaunt darüber, wie einfach ihr diese Lüge gefallen war. Hatte *er* nicht angefangen? Ihr Dinge zu verbieten? Sie wie ein Kind zu behandeln? Dann benahm sie sich jetzt eben wie eines. In der Nacht waren einige Zentimeter Schnee gefallen. Der von den Räumfahrzeugen zusammengeschobene Rest der weißen Pracht bildete kleine Hügel zu beiden Seiten der Fahrbahn. Die Straßen selbst waren frei und auch Hiltrud hatte schon rund um den Hof Pfade freigeschaufelt.

Maria ging direkt zur Box und rief leise nach der Stute. »Coco, komm meine Schöne.« Und tatsächlich kam das Pferd heran, blieb aber knapp außerhalb ihrer Reichweite stehen. Sie hätte schwören können, dass die Stute sie neugierig ansah.

Leise fing sie zu summen an, eine der Melodien, die sie auch ihrem Baby im Bauch vorsummte, wenn es zu sehr strampelte, und da sie ja so und so für beide summte, hielt sie konsequenterweise eine Hand an den Bauch und die andere lockend dem Pferd hin. Während sie so dastand, wurde sie von einem Gefühl tiefen Friedens ergriffen. Sie hätte die Priesterin irgendeines heidnischen Fruchtbarkeitskultes sein können. Zum ersten Mal in ihrer Schwangerschaft hatte sie das Gefühl, dass es etwas Machtvolles war, Leben schenken zu können. Sie schloss die Augen, um diesen Moment ganz zu genießen. Da fühlte sie den warmen Atem der Stute auf ihrer Hand, als diese sie sanft mit der Nase anstupste, und öffnete die Augen.

Wie schön Pferde waren! Sie begann die Stute am ganzen Körper zu streicheln, so wie Hiltrud ihr das gestern gezeigt hatte: mit großen, langsamen Bewegungen und durchaus mit Druck arbeitete sie sich vom Hals bis zur Hinterhand vor. Die Stute hielt still. Am Ende streichelte Maria noch einmal die samtweiche Nase und gab ihr Leckerlis. »Danke, Coco«, sagte sie leise. »Danke für dein Vertrauen.«

Als sie die Boxentür schloss, merkte sie, dass ihre kleine Lüge einen gewissen Haken hatte: Ein Frühstück dauerte länger. Hier am Hof war sie nun eigentlich fertig. Hiltrud hatte ihr eingeschärft, dass sie am Anfang nicht zu viel machen sollte.

Unentschlossen schlenderte sie an den anderen Boxen vorbei, bis sie schließlich an der Box von Ginger Bell, der Quarterstute des Hollywood-Cowboys, war. Katta nannte ihn so. Im Gegensatz zu den anderen Pferden, die alle standen und Heu fraßen, lag das Pferd im Stroh. Es sah irgendwie anders aus. Sie betrachtete es aufmerksam. Die fuchsfarbene Stute war so nassgeschwitzt, dass sie dunkelbraun wirkte. Die Augen halb geschlossen, lag sie auf der Seite. Dann fuhr sie plötzlich auf und bog ihren Kopf Richtung Hinterhand. Mit einem Stöhnen legte sie sich wieder. Maria rief Hiltruds Namen. Dann lief sie zum Haus und klingelte. Dort war sie nicht.

»Hiltrud!«

Sie rannte nun fast die Ställe entlang, dorthin, wo Kattas Pferde standen.

»Hiltrud!«

Eine Frau kam aus einer der Boxen und wies am Misthaufen vorbei nach oben zu den Scheunen und Lagerhallen, wo der Traktor und die Geräte untergebracht waren. Tatsächlich lief Hiltrud nun aus dieser Richtung auf sie zu. Maria eilte ihr entgegen.

»Das Pferd ist krank!«

*

Rolf setzte den Telefonhörer wieder auf die Station. »Eine Kolik«, murmelte er resigniert. »Entschuldige, Jul. Es scheint so, als könnten wir keinen gemütlichen Sonntagmorgen haben.«

Normalerweise wäre dies die Gelegenheit gewesen, sofort zu Damian zu fahren, sobald er das Haus verlassen hatte. Aber der gestrige Tag hatte bei Julia einen schalen Nachgeschmack hinterlassen. Dass Damian und sie sich danach leidenschaftlich geliebt hatten, mit einer machtvollen Intensität, machte es merkwürdigerweise nicht besser, sondern eher schlimmer.

»Ich komme mit«, entschied sie. »Ich kann dort mit Belle spazieren gehen.« Früher war sie öfter mitgefahren. Rolf sah sie nachdenklich an. Zu lange. Er weiß Bescheid, fuhr es ihr durch den Kopf. Schließlich kennt er die Innenansicht eines Ehebrechers, er kennt die Finten, Ausflüchte und Launen.

Doch Rolf sagte etwas anderes: »Es ist auf dem Engelshof, Jul.« Julia schluckte. Dann straffte sie die Schultern und erwiderte: »Nun, schließlich herrscht dort nicht die Pest, oder?«

Als sie nebeneinander im Auto saßen, betrachtete sie ihren Mann von der Seite. Sie hatte ihn schon länger nicht mehr bewusst angesehen. Da war ein Zug um seinen Mund, den sie nicht kannte. Er sah müde aus, resigniert, traurig, eigentlich todunglücklich. Er musste ziemlich einsam sein. Doch seine Einsamkeit berührte sie nicht. Sie fühlte sich seltsam abgeklärt, betrachtete selbst ihre eigenen Gefühle wie durch dickes Glas. Und dieser merkwürdige Gefühlszustand hielt an, bis Rolf das Auto auf dem Parkplatz des Engelshofes abstellte. Sie stiegen aus, Julia holte die Hündin aus dem Kofferraum und leinte sie an, um mit ihr zum Wald zu gehen.

»Brauchst du mich?«, fragte sie. Er schüttelte nur den Kopf. Frage und Antwort klangen plötzlich so grundsätzlich. Vielleicht blieb sie darum stehen, bis Rolf den Kopf hob und ihr in die Augen sah. Einen Moment standen sie so, sahen sich an. »Ich ruf dich an, falls etwas ist«, sagte er schließlich mit kratziger Stimme. Julia schluckte einen Kloß herunter und ging los.

Sonntagsbrötchen

Am Sonntag früh holte Katta Brötchen, um nach einem herzhaften Frühstück am Computer zu arbeiten, bevor sie nachmittags in den Stall fuhr. Sie musste warten. Zehn Leute waren vor ihr. Da sah sie ihren Vater mit Dalika auf die Bäckerei zugehen. Er hielt sie vorsichtig am Ellbogen, als könne sie sonst verloren gehen. Die beiden wandten sich lachend die Gesichter zu, während er mit ausladender Geste die Tür aufriss und sie für seine junge Frau aufhielt. Mit einem strahlenden Lächeln auf dem Gesicht trat Dalika ein und stieß beinahe mit ihr zusammen. Als sie Katta erkannte, stand ihr ein kurzes Erschrecken im Gesicht.

Katta schloss leicht die Augen und schüttelte den Kopf. Bei ihr war das Geheimnis der Friedhofsausflüge sicher. Sofort kam das Lächeln wieder und Dalikas Augen leuchteten.

»Morgen, Tochter!«, dröhnte es da schon hinter ihr.

»Morgen, Vater«, erwiderte Katta leicht sarkastisch, aber noch im Rahmen dessen, was man überhören konnte.

»So, so, auch schon auf den Beinen. Bist wohl aus dem Bett gefallen.«

Katta, die ihr Leben lang früh aufgestanden war, selbst im Sommer oft vor Sonnenaufgang, quittierte das mit einem Blick konzentrierter Gelassenheit. Doch der Vater hatte sich ohnehin schon wieder seiner Begleiterin zugewandt und flüsterte ihr etwas ins Ohr, woraufhin sie ihn sanft anlächelte. Er hatte Dalikas Ellenbogen losgelassen und hielt sie nun um die Taille gefasst, aber nicht auf diese besitzergreifende Art, sondern mit solch außergewöhnlicher Zartheit, dass Katta wegsah.

Höllische zehn Minuten später hatte sie endlich ihre Brötchentüte in der Hand und trottete den Hügel hinauf zum Haus. Was sie in diesen Minuten unfreiwilligen Wegsehens beobachtet hatte, war eine irritierende Vertrautheit zwischen dem ungleichen Paar. So waren ihre Eltern nie miteinander umgegangen. An dieser Erkenntnis würde sie länger zu kauen haben als an ihren Frühstücksbrötchen. Das war gewiss.

Plötzlich hatte sie eine Idee, etwas, das sie ablenken dürfte von diesen familiären Überlegungen. Sie holte das Telefon und wählte Fritzis Nummer. »Ich weiß, du hast die Nase voll von mir«, begann sie, sobald er abhob, »aber ich möchte dich etwas fragen, was mir nicht mehr aus dem Sinn gegangen ist seit dem Lehrgang vor drei Wochen.«

»Guten Morgen, Katta«, sagte Fritzi verschlafen. »Anke hat heute netterweise den Stalldienst übernommen, damit ich mal ausschlafen kann, aber es macht natürlich überhaupt nichts, dass du anrufst. Solange wir über eine Person nicht sprechen.«

»Äh …«

»Ah. Na, auch gut. Ich nehme dich mit in die Küche und stell dich auf Lautsprecher. In dem Fall brauche ich einen Kaffee.« Es knisterte in der Leitung, offenbar stieg er aus dem Bett.

»Also, es geht nicht direkt um ihn. Also, ich weiß es nicht.«

»Sprich dich aus, Katta.«

»Okay. Ich hatte den Eindruck, dass du jemanden kennst, zumindest kannte Anke ihn. Ich mach es kurz.«

»Das wäre schön«, unterbrach Fritzi sie trocken. Im Hintergrund hörte man jetzt Kaffeemaschinengeräusche.

»Hattet ihr mal einen Einsteller namens Lars Hönstett, der eine Stute namens Ginger Bell hat?«

»Komisch, dass du fragst. Ich hab mich gerade gestern mit Anke darüber unterhalten, wo diese Nervensäge wohl gelandet sein mag. Als er von uns weggegangen ist, tat er geheimnisvoll. Er gehe da hin, wo seine Fachkenntnisse gebraucht und geschätzt würden, ein Hof, der von einer Anfängerin geleitet würde, die völlig hilflos und überfordert sei und die Pferdeleute alle von

Tuten und Blasen keine Ahnung hätten. Wir haben beide einfach keine Idee, wo das sein soll.«

»Tatsächlich?«, rief Katta aus. »Und die Person, über die wir heute nicht sprechen, war zufällig kurz vorher in der Nähe?«

»Ja – jetzt, wo du es sagst. Er war ein paar Tage zuvor auf dem Hof und hat mit Tom gesprochen. Am Tag darauf wurde dessen Pferd krank. Was nichts beweist, natürlich.« Sarkasmus bei Fritzi war so selten, dass Katta geneigt war, es rot im Kalender anzustreichen. »Und? Wo ist er, unser Held? Wohin ist er gegangen?«

»Er ist bei uns auf dem Engelshof!«

Fritzi fing laut und dröhnend an zu lachen. Es klang, als hätte er vorher seinen Kaffee ausgespuckt, und dauerte eine Weile, bis er wieder sprechen konnte.

»Da hat wohl jemand Lars einen Streich gespielt.«

»Nicht ihm«, erwiderte Katta trocken, »Hiltrud.«

Fritzi lachte wieder und während er noch lachte, legte er auf, ohne sich zu verabschieden. Auch dies kam eigentlich nie vor.

Kolik

Hiltrud war mittlerweile ebenso schweißnass wie die Stute. Sie hatten es immer noch nicht geschafft, sie zum Aufstehen zu bewegen. Immerhin saß das Tier jetzt. Aber seitdem waren sie nicht weiter. Mit aller Kraft zog Hiltrud am Halfter. Die Stute versuchte auf die Beine zu kommen, schaffte es aber nicht. »Gott verdamm mich«, fluchte Hiltrud und lehnte sich für einen Moment zurück. »Hast du Lars inzwischen erreicht?«

»Nein. Ich habe auf beide Mailboxen gesprochen. Festnetz und Handy.« Maria saß auf einem Strohballen und verfolgte angespannt die Bemühungen. Sie brauchte etwas zu tun.

»Sei so gut, Maria, und mach uns einen starken Kaffee. Die Haustür ist offen. Alles, was du brauchst, steht in der Küche herum. Mach auch schon einen für Rolf mit. Er müsste gleich da sein.«

Rolf kam tatsächlich in dem Moment, als Maria den Stall verließ, und wirkte so niedergeschlagen, dass es Hiltrud in der Seele wehtat. Er untersuchte das Pferd, maß Puls, Blutdruck, Atmung. Lange hörte er mit dem Stethoskop die Bauchgeräusche ab, dann zog er einen langen Handschuh an, der über den Ellbogen reichte, und untersuchte die Stute anal. Schließlich lautete seine Diagnose: »Ich denke nicht, dass es eine Darmverschlingung ist, eher einfach viel Gas. Das sollte alles sein.«

Als Maria den Kaffee brachte, machte er gerade die Spritze fertig. »Das wird sie entspannen und Erleichterung bringen. Aber sie muss aufstehen. Wir warten zehn Minuten.«

Dankbar nahm er den Kaffee und trank. Dann sah er ein zweites Mal zu Maria und Hiltrud registrierte, mit welcher

Überraschung er begriff, wer da vor ihm stand. Man konnte ihn förmlich denken hören. Was macht Jans Frau hier?

Nach einer Weile fragte er: »Weiß der Besitzer Bescheid?«

Es war Maria, die antwortete, dass sie ihn noch nicht erreicht habe.

»Und du hast sie nicht hochbekommen?«, wandte er sich nun an Hiltrud. Sie schüttelte traurig den Kopf. Rolf betrachtete die Stute voller Sorge.

*

Maria betrachtete Rolf. Der Kummer dieses Mannes war mit Händen zu greifen.

»Wir sollten Katta herholen«, meinte der Arzt mit plötzlicher Bestimmtheit. »Sie müsste zu Hause sein. Es ist die Woche vor Redaktionsschluss, da arbeitet sie lange. Dieses Tier braucht mehr Willenskraft und sie ist einzigartig darin, es darin zu stärken.«

Er tauschte einen Blick mit Hiltrud, dann nahm sie ihr Handy aus der Jackentasche.

Maria sah Katta als erste. Sie kam gleichzeitig mit Helena Winter im Stall an. Katta ignorierte die andere Frau geflissentlich, wie immer eigentlich, aber diesmal mit mehr Betonung. Helena drehte zielstrebig ab zu ihrer Pferdebox.

Sobald Katta den Stall betreten hatte und sich nach kurzer Begrüßung der Stute zuwandte, spürte Maria, wie sich die Atmosphäre veränderte. Sie sah Hiltrud an und war sich fast sicher, dass sie es auch spürte.

Es war, als hätte Rolf seinen Kummer mit einem Mantel bedeckt.

Katta kniete vor dem Pferd und nahm dessen Kopf in ihre Hände. Sie fing an, sanft auf es einzureden. Sie umfasste die Ohren des Tieres, rieb lange seinen Kopf und klopfte sachte gegen seine Stirn. Dann sagte sie leise: »Jetzt.«

Da traten Hiltrud und Rolf an das Pferd heran und stützten es von hinten. Gleichzeitig fasste Katta das Halfter, ohne zu ziehen. Die Stute kämpfte sich hoch – und stand. Ein wenig zittrig, aber sie stand. Hiltrud legte eine Decke über sie. Wortlos nahm Katta den Strick und führte Ginger Bell vorsichtig aus der Box, Hiltrud ging voraus, um das Tor zur Reithalle zu öffnen. Rolf und Maria kamen hinterher. All das geschah schweigend. Maria wunderte sich, dass niemand einen Kommentar abgab, als sei es völlig selbstverständlich, was Katta da gerade getan hatte. Auf sie wirkte es wie Zauberei. Sie wollte das gerne sagen, aber sie traute sich nicht, dieses merkwürdige meditative Schweigen zu brechen. Nicht einmal das Pferd bekam aufmunternde Worte.

Sie waren schon eine ganze Weile in der Reithalle, in der Katta Ginger Bell herumführte, aufmerksam beobachtet von Rolf und Hiltrud, als Lars die Szene betrat – diesmal ohne notorisches »Tür frei«. Sofort fing er an, dem Tierarzt Behandlungsfehler vorzuwerfen und Hiltrud falsche Fütterung. Maria bekam plötzlich Kopfschmerzen. Während er weiterzeterte, versuchte er den Strick zu packen, doch Katta gab ihn nicht aus der Hand und ging einfach weiter, als sei Lars eine lästige Fliege. Die Stute schlug unruhig mit dem Schweif und fing an mit dem Kopf zu schlagen.

»Du stresst dein Pferd, Mann«, erklärte sie mit vollkommener Ruhe. »Entweder du verschwindest oder du kriegst dich langsam mal ein.«

Lars schien so verblüfft zu sein, dass er tatsächlich aufhörte.

»Wenn du ruhig und tief durchatmest, kann Ginger Bell auch ruhig und tief durchatmen.«

Verunsichert ging er weiter neben Katta und dem Pferd her. Man merkte, wie er mit sich kämpfte.

»Konzentrier dich aufs Atmen.« Was Katta Lars noch zu sagen hatte, ging in ein leises Gemurmel über, sodass Maria nicht mehr alles verstehen konnte. Doch einzelne Worte, die zu ihr drangen, erinnerten sie an ihren Geburtsvorbereitungskurs und die Schwangerschaftsgymnastik.

Und dann ging nochmals die Tür auf und Jan erschien in der Halle, gefolgt von Rolfs Frau. Maria hatte sich inzwischen auf die Aufsteighilfe gesetzt, hielt ihren Bauch in den Händen und schloss, als sie jetzt ihren Mann sah, die Augen. Sie beschloss, Kattas Rat zu befolgen und sich aufs Atmen zu konzentrieren.

*

Julia erfasste mit einem Blick die Lage. Sie spürte die verzweifelte Energie, mit der Rolf Katta ansah, obwohl er vollkommen ruhig dastand, und ließ alle Hoffnung fahren, dass ihre Ehe in diesem Leben noch zu retten war.

*

Was Jan ihr zu sagen hatte, hätte Maria sofort erfahren können, doch als er sich ihr näherte, hielt sie sich die Ohren zu wie ein kleines Mädchen.

*

Hiltrud stand mit halb geschlossenen Augen im Zentrum der menschlichen Wirrnis um sich herum, als Helena Winter aus der Stallstraße bog, die versammelte Besatzung musterte und davonlief, als wolle sie sich aus einer Notlandung retten. Das hier war eine komplette Katastrophe.

Miteinander

Hiltrud und Mareike, mit der Katta von Zeit zu Zeit gerne ausritt, standen am Montagnachmittag im Schnee, als Katta zu ihnen trat. Das Ringen um Ginger Bells Gesundheit hatte die Auseinandersetzung mit Hiltrud in den Hintergrund treten lassen und Katta merkte, dass ihre Wut verraucht war. Trotz Redaktionsschluss war sie morgens in den Stall gefahren, um selbst nach der Patientin zu sehen. Sie hatten die Ereignisse um die Kolik ausgiebig besprochen und Wetten abgegeben, wann Lars wohl den Stall verlassen würde. Ginger Bell hatte die Nacht zum Glück gut überstanden und sich erholt. Hiltrud sah etwas übernächtigt aus, hatte sie doch mehrmals nach der Stute gesehen. Sie war als einzige der Meinung, dass Lars am Hof bleiben würde. Es tat gut, wieder unbefangen mit Hiltrud zu sprechen und herumzualbern.

»Zu Lars könnte ich dir übrigens noch ein paar Takte sagen«, ließ Katta sie deshalb wissen.

»Ja, das wäre gut, wenn wir ein paar Takte reden könnten«, erwiderte Hiltrud andeutungsvoll.

Mareike sah zwischen den beiden Frauen hin und her und beschloss wohl, dass sie dies nichts anging, jedenfalls stellte sie ihr kleines Radio, das sie dabei hatte, jetzt lauter. Vielleicht auch nur, weil Bruno Mars' »When I was your man« ertönte. Es war sonnig, nicht allzu kalt, der Schnee glitzerte und es herrschte entschieden gute Laune. Sie hörten eine Weile schweigend der Musik zu. Da sagte Mareike: »Dieses Lied. So sind sie die Männer, oder? Dies hätte ich tun sollen, als ich dein Mann war, und jenes hätte ich tun sollen, als ich dein Mann war. Wehleidige Jammerlappen, wenn's dann vorbei ist. Hinterher jammern kostet ja auch nichts. Ignorante Ärsche, wenn sie haben, was sie wollen.«

»Wow«, erwiderte Katta begeistert. »Woher so viel Bitterkeit, Mareikchen?«

»Einfach weil es wahr ist, oder? Katta?«

Katta lachte. »Keine Ahnung. So viel beschäftige ich mich nicht mit dem männlichen Seelenleben.« Dann witzelte sie mit anzüglicher Stimme: »Hey Babe, was geht?«

»Das ist ja zum Haareraufen«, mischte Hiltrud sich ein, die bisher nur zugehört hatte. »Immer dieser Geschlechterkrieg! Männer sind auch nur Menschen!«

Katta, die sich völlig aufgedreht fühlte, hörte jäh auf zu lachen, wandte sich Hiltrud zu und versank in einer Verbeugung. »Genau! Und deswegen pflegst du ja auch das Zölibat!«

»Autsch«, gab Hiltrud zurück.

Katta, die selten merkte, wenn sie zu weit gegangen war, blieb noch bei ihr stehen, als Mareike schon in die obere Stallgasse ging, um ihr Pferd fertigzumachen.

»Sag mal …«, druckste Katta herum. Hiltrud sah sie vollkommen neutral an.

»Also …«, sagte Katta etwas verunsichert. Hiltrud rührte sich nicht.

»Ähm …«, begann Katta wieder, die jetzt endlich kapierte. »Mensch, entschuldige bitte wegen eben!« Hiltrud nahm die Entschuldigung mit einem leichten Nicken an.

»Ich wollte dich was fragen«, setzte Katta neu an. Jetzt, wo Hiltrud sie wieder offen und freundlich ansah, ging das deutlich leichter. »Kennst du die neue Frau meines Vaters? Ich habe sie nämlich gesehen und sie waren so … tja, so … ich weiß auch nicht … nahe«, brachte sie schließlich heraus.

»Nein«, Hiltrud klang erstaunt. »Ich kenne sie nicht, vielleicht mal von Weitem gesehen, mehr nicht. Aber ich weiß, wer sie kennt.« Sie legte eine kleine Pause ein. »Elsa.«

»Och nö! Wieso denn Elsa?«

»Sie machen zusammen Qigong. Schon eine ganze Weile. Sie hat mal so was gesagt, dass sie in ihrem Kurs war.«

»Ach du heilige … Elsa? Qigong? Du verarschst mich! Wie kommt sie denn dazu?«

»Ich hab sie hingeschickt. Dachte, es tut ihr gut.«

Da der Tagesablauf nun schon einmal durcheinander war, ritt Katta mit Mareike aus. Als sie zurückkam, traf sie in der Sattelkammer auf Elsa, die gerade ihr Putzzeug sortierte. Natürlich würde sie sie nie im Leben über Dalika ausfragen, Elsa wäre so ziemlich der letzte Mensch, mit dem sie über ihre Familie sprechen wollte. Aber es war einen Versuch wert, etwas mehr über diese Helena herauszubekommen. Sie konnte sich einfach keinen Reim darauf machen. Erst empfahl Jan seiner Frau Helena als Freundin und dann machte er mit ihr im Heu rum? Das war selbst für Jan ein zu starkes Stück. Und dann war da ja noch die Sache mit den Briefen, die vielleicht von Helena stammten.

Doch Elsa sperrte sich. »Du kriegst doch keine mehr, oder? Was willst du also noch?«

»Und woher weißt du das?«, fragte Katta freundlich zurück.

Elsa wurde offensichtlich sauer. Sie fuchtelte mit ihrem Schweißmesser in der Luft herum. »Du kapierst es echt nicht, oder? Du glaubst, du kriegst alles, was du willst, oder? – Wie ein Mann. Genau, du bist wie ein Mann! – Die Selbstverständlichkeit, mit der du denkst, dass alles nach dir geht. – Aber wir sind nicht im Märchen, sind wir nicht! Auch wenn du jetzt zum dritten Mal fragst. Ich hab nämlich mitgezählt. – Aber ich schenke dir was anderes«, ihre Stimme bekam etwas Lauerndes, »einen Fitzel Wahrheit über deinen Jan. Für Jans großartige Katta, alles alles für Jan seine Katta.«

Eigentlich nur, um das dämliche Gebrabbel zu unterbrechen, sagte Katta: »Ach, und wenn ich alles für ihn gewesen sein soll, warum hat er mich dann betrogen? Erklär mir das mal.«

»Hat er nich. Nie drüber gesprochen.«

»Aber mit mir, mit mir hat er darüber gesprochen!«

»Dann warst du wohl die einzige. – Vermutlich solltest du auch die einzige sein. Sicher wussten nicht mal die Blondis was davon. Nur du.« Elsas Gesichtsausdruck war jetzt eindeutig verschlagen.

»Du meinst, er hat es nur erfunden? Du willst mir erzählen, er hatte gar keine andere?« Kattas Stimme überschlug sich.

»Was weißt du denn schon«, konterte Elsa. »Du weißt gar nichts.«

»Warum sollte er so etwas tun?«

»Was weiß ich, warum Männer was tun und was nich tun. Und jetzt verschwinde!«

Katta flüchtete aus der Sattelkammer. Ihr Bedarf an Hirnverbranntem war gedeckt. Nie wieder würde sie mit dieser Elsa sprechen, nie wieder. Die Frau war verrückt, schlicht und ergreifend verrückt, was auch immer Hiltrud in ihr sehen wollte.

Und plötzlich fiel es ihr ein, der Geruch, eine unangenehme Mischung aus Männerschweiß, Holz und Vanille. Sie hatte sich auf der Party mit Maik unterhalten, als sie sich noch mit Maik unterhalten konnte, ohne daran zu denken, dass er Elsa schlug. Sie hatte der hübsch angezogenen Elsa ein Kompliment gemacht, woraufhin sie von Maik sehr merkwürdig angesehen wurde, aber das hatte sie natürlich nicht zuordnen können.

War Elsa eine der »anständigen Frauen«?

Namen

Maria fühlte sich so froh wie seit langem nicht mehr, als sie von diesem vorletzten Frauenarzttermin nach Hause kamen. »Und wer weiß«, hatte Dr. Müller zum Abschied gelächelt, »vielleicht sehen wir uns das nächste Mal ja schon mit Baby.« Sie gingen hinauf ins Kinderzimmer, wo Maria sich ächzend in den einzigen Sessel fallen ließ, während Jan neben ihr stehen blieb und aus dem Fenster sah. Er war immer noch etwas zurückhaltend, aber sie hatten sich nicht gestritten wegen gestern, seit er ihr sehr sanft die Hände von den Ohren gezogen und mit verletzter Stimme gesagt hatte: »Du brauchst keine Angst vor mir zu haben, Maria.« Seitdem versuchte sie es wieder gutzumachen.

Sie erhob sich wieder, ging zur Kommode, auf der ein Korb mit frisch gewaschenen Sachen stand, und fing an, Bodys zusammenzulegen, winzig kleine Pullover und Strampelhosen und sie in die Schubladen der Wickelkommode zu sortieren.

»Diesmal war er sich sehr sicher, dass es ein Junge ist, nicht wahr?« Sie linste vorsichtig zu ihm hinüber. »Wir sollten über Namen nachdenken. So wirklich ernsthaft haben wir das noch gar nicht getan.«

»Ich sehe dir so gerne dabei zu, wenn du die Sachen sortierst«, sagte Jan.

Maria fand, dass er nervös aussah. Sie lächelte ein wenig verkniffen. Klar, die werdende Mutter sortiert Babywäsche, das eignete sich für Fotos auf Hochglanzpapier. Mit schräg gelegtem Kopf nickte sie zu einem zweiten Wäschekorb hinüber. »Warum hilfst du mir nicht?«

Namen. Sie hatte über Namen sprechen wollen und nun legten sie Babyhandtücher zusammen. Diese Art ihres Mannes, bestimmten Themen auszuweichen, ärgerte sie immer mehr.

»Weißt du, Jan, bei uns in der Familie ist es Tradition, dass wir Jungs den Namen eines der Großväter geben. Mein Vater hieß leider Reginald, das geht ja gar nicht. Aber deiner hieß doch Stefan, oder? Man könnte auch Steffen nehmen. Was meinst du?«

Sie sah auf. Jan ließ den Strampler fallen. Er war blass geworden. Seine Miene wirkte versteinert, die Augen stachen brennend aus seinem Gesicht. Genau hiervor hatte sie Angst gehabt. Als er jetzt zu sprechen begann, schien er sich nur mit Mühe zu beherrschen. »Ich werde meinen Sohn ganz gewiss nicht nach diesem, nach diesem …« Er schlug mit der Faust auf die Kommode. »Warum kannst du nicht endlich Ruhe geben, Maria? Warum hörst du nicht endlich auf, zu bohren und immer weiterzustochern? Was willst du denn herausfinden?« Der Schweiß stand ihm auf der Stirn.

»Aber ich möchte doch einfach nur …«, sie brach ab, Tränen in den Augen. Sofort war er bei ihr, nahm sie in den Arm. »Verzeih.«

Mit zitternder Stimme flüsterte sie: »Du hattest heute Nacht wieder einen schlimmen Traum. Du weißt nicht, dass du diese Alpträume hast, nicht wahr? Du hast nach deiner Mutter gerufen, voller Verzweiflung. ›Mama, Mama, das hab ich nicht gewollt!‹ Was quält dich so sehr, Jan? Ich will dir doch nur helfen. Wenn du mir vertrauen würdest …«

Er stieß sie abrupt von sich. »Mein Gott, Maria. Meine Mutter ist bei einem Autounfall ums Leben gekommen!«

Maria fasste nach seiner Schulter, versuchte ihn wieder an sich heranzuziehen, was nicht gelang. »Meine Eltern sind auch sehr plötzlich gestorben. Auch wenn es eine Krankheit und kein Unfall war, es war genauso schrecklich. Trotzdem habe ich keine Alpträume.«

Im Raum breitete sich Schweigen aus. Sie hörte das leise Ticken der Mickey-Maus-Uhr, das Brummen eines vorbeifahrenden Autos, das Sirren eines weit entfernten Flugzeuges. Wie von selbst wanderte Marias Hand in die Hosentasche und umschloss den Amethyst, den sie inzwischen immer bei sich trug. Als sie ihn hervorholte, schnappte Jan nach Luft.

»Ich habe das in dem alten Regenmantel gefunden und mich gefragt, was dieses Zeichen wohl bedeutet.«

»Es sind drei ineinandergeschlungene Ringe.« Jan sprach tonlos, sah an ihr vorbei. »Sie stehen für Liebe, Freundschaft und Treue. Die Abbildung des Trinity-Ringes. Katta stand auf diesen romantischen Kram. Sie hat auch einen echten, trägt ihn aber nicht mehr. Der Amethyst gilt als Troststein, er soll helfen, Trauer zu überwinden. Sie gab ihn mir vor der Beerdigung meiner Eltern. Er hat nicht geholfen, das kann ich dir sagen, Maria.« Nun umfasste er ihre Schultern, drehte sie zu sich und sah sie mit brennender Intensität an. »Maria! Sie hätte nicht sterben sollen. Mein Vater war ein gottverdammtes Arschloch! Er trägt die Schuld am Tod meiner Mutter. Er ist dafür verantwortlich, dass meine Kindheit und Jugend ein einziger beschissener Alptraum war. Vielleicht habe ich deswegen heute noch Alpträume. Reicht dir das? Bist du nun glücklich?«

Maria schluchzte auf. »Es tut mir leid, Jan! Es tut mir so leid, dass du Schlimmes erlebt hast! Aber ich ertrage nicht, dass du mich ewig auf Distanz hältst. Ich bin deine Frau! So sehr ich dich liebe, bin ich dir niemals wirklich nah!«

»Maria, was willst du?« Jans Gesichtsausdruck war gehetzt, Schweiß glänzte auf seiner Stirn. Er kniete vor ihr nieder, umfasste ihre Hüfte und legte seinen Kopf in ihren Schoß. »Maria, ich liebe dich so sehr! Glaub mir! Keine Frau ist jemals so geliebt worden. Warum tust du das? Warum quälst du mich so?«

»Aber das bin doch nicht ich, die dich quält!« Leiser fuhr Maria fort: »Es ist etwas, das von früher in dir steckt.«

»Menschen können sich ändern, Maria«, erwiderte Jan erschöpft.

»Ja«, sagte sie schwach.

»Lass ihn uns Reginald nennen«, rief Jan plötzlich aus.

»Was?!«

»Ein schöner, traditioneller Name!«

»Niemals! Das klingt wie aus einem alten englischen Film!«

»Okay. Gehen wir einen Generation zurück. Wie hieß dein Großvater?«

»Der eine Albert, der andere auch Albert, fürchte ich. Aber dann sehe ich schon den Eintrag im Lehrerbuch: Albert albert …« Sie merkte, dass ihre Stimmung sich schlagartig besserte.

»Nun gut, dann werden wir von eurer Familientradition abweichen und ihn nach seiner wunderbaren Mutter Marius nennen, mein Liebling.«

»Bloß nicht.« Maria fing an zu lachen.

Schneeberge

Am Dienstagmorgen holte Jan das Auto zum Lackieren ab. Sie sprachen nur das Nötigste. Weder er noch Katta erwähnten die Szene mit dem Kolikpferd in der Reithalle. Es hatte in der Nacht wieder geschneit und die Schneeberge an den Straßenrändern waren inzwischen Brusthoch. So viel Schnee hatten sie seit Jahren nicht mehr gehabt. Und das im November!

Nachdem das Auto weg war, spazierte Katta in ihren kanadischen hohen Winterstiefeln zu Fuß zu Felix. Er war der einzige, den sie bei ihrer Spontanumfrage nach Jan nicht angerufen hatte. Sie wollte ihn lieber von Angesicht zu Angesicht sprechen.

Als sie die Werkstatt betrat, lag er unter einem Auto. »Ich würde mich gerne mal mit dir unterhalten«, rief sie seinen Füßen zu, die unter dem Wagen hervorragten. Sie betrachtete die Schuhe, die zwar abgetragen waren, jedoch aus ausgezeichnetem Leder und hervorragend verarbeitet. Ein Automechaniker mit Geschmack und Sinn für Qualität.

Er rollte sich unter dem Auto hervor und sah sie nicht gerade freundlich an. Wieder fielen ihr seine intensiven blauen Augen auf. »Das wurde aber auch mal Zeit«, sagte er dann. »Ich dachte schon, du würdest gar nicht mehr kommen.«

Noch eine Überraschung. Dann musste sie ja nicht lange um die Sache herumreden. Sie fing an Überraschungen zu mögen.

»Felix, du kennst mich von früher, oder?«

»Klar«, erwiderte er nur. Sein Mund verzog sich zu einem zynischen Lächeln, das ihm nicht stand. Wie viel jünger er wohl war?

»Sorry, aber ich kann mich an dich gar nicht erinnern.«

»Nee, du hattest nur Augen für Jan.«

»Ah«, antwortete sie nicht gerade schlagfertig. »Und du warst auch dabei, wenn Jan hier mit Max rumgeschraubt hat?« Noch während sie die Frage stellte, hatte sie plötzlich ein Bild vor Augen. Ein großer, plumper Junge im ölverschmierten Overall.

»Dick«, murmelte sie, bevor sie es verhindern konnte.

»Exakt«, Felix schnitt eine Grimasse. »Der dicke Dick.«

»Oh!« Die Erkenntnis traf sie hart. Sie konnte sich nicht im Detail erinnern, aber sie hatten den dicken Dick mit absoluter Bestimmtheit nicht gut behandelt. »Wie alt warst du damals?«

»Zwei Jahrgänge über euch. Bin nur früher ab.«

»Du bist also älter als ich?«

Felix verdrehte bloß die Augen. Auch das stand ihm nicht.

»Tatsächlich.« Katta wusste nicht, was sie noch sagen sollte, wie sie nach Jan fragen konnte.

Das nahm er ihr ab.

»Du solltest was wissen. Bevor Max damals starb, gab es einen heftigen Streit mit Jan. Max hatte ihn offensichtlich dabei erwischt, wie er ziemlich abgefahrenen Kram ausprobierte. Er hatte mit Zeug experimentiert, das eine Bremse blockiert und sich danach in wenigen Stunden auflöst. Mit Eis und mit so einer Art Kunstschaum, der nur ein paar Stunden hart bleibt und sich danach wieder verflüssigt. Max hat ihn zur Rede gestellt. Aber Jan lachte ihn aus. Sagte, er sei alt geworden, da verliert man die Neugier und den Drive. Einen Tag später ist Max mit dem Wagen verunglückt.«

Felix wischte sich mit dem Handrücken über die Stirn.

»Ich war damals vorbeigekommen, um mich zu verabschieden, als ich von draußen den Streit hörte, und habe gewartet, bis Jan weg war. Erst danach bin ich rein. Max wirkte ziemlich aufgewühlt, was mir leidtat für den alten Mann. Direkt danach bin ich für zwei Monate nach Australien zu meinem Onkel geflogen, weit weg von allem. Ich erfuhr von Max' Tod erst, als ich wieder zurück war.« Er zögerte, dann sprach er weiter. »Der

Wagen ist bei dem Unfall komplett ausgebrannt. Warum er verunglückt ist, war nicht mehr festzustellen. Es gab keine Zeugen. Da es ihn aus einer Kurve hinausgetragen hat, war Bremsversagen eine der möglichen Unfallursachen.«

Katta kämpfte gegen eine akute Atemnot. »Aber das ist doch absurd«, stieß sie hervor. Sie atmete, als sei sie bis eben ein Fisch gewesen und ihre Kiemen wären erst vor wenigen Sekunden in Lungen verwandelt worden. »Das kann nicht sein. Du hast dich verhört. Er hätte nie …«

»Ich weiß nicht, wie das Zeug aussah, ich hatte ja gelauscht damals und mich nicht getraut zu fragen. Und danach gab es niemanden mehr, den ich hätte fragen können. Als ich zurückkam, erfuhr ich, dass Max mir die Werkstatt vermacht hatte. Vor der Wiedereröffnung habe ich hier alles auf den Kopf gestellt, aber nichts gefunden.«

»Natürlich nicht. Weil nichts da war. – Er hat schon immer irgendwas ausprobiert, Felix, aber es war sicher etwas ganz anderes! Du hast da was missverstanden. Du kannst doch unmöglich behaupten, dass Jan …«

»Ich behaupte gar nichts. Ey, hast du mir nicht zugehört? Ich hab nur die Facts erzählt. Meinst du, ich will mir eine Verleumdungsklage zuziehen? Ich behaupte gar nichts, Katarina Wolff!«

Jan brachte ihr das Auto zurück, kurz bevor sie zu ihrem Termin gehen musste. Katta besah sich das Heck, ließ sich den Autoschlüssel geben, bedankte sich und fuhr los. Sie hatte es nicht über sich gebracht, ihn auch nur anzusehen oder gar ein Gespräch anzufangen. Sie kämpfte gegen die Unruhe an, die sich kribbelnd in ihr ausbreitete.

Das war doch alles totaler Quatsch. Es passierten ständig Unfälle. Eine der häufigsten Todesursachen heutzutage, neben Krebs und Schlaganfall und Herzinfarkt. Auch tödliche Unfälle, man musste nur die Verkehrsnachrichten hören. Oder sich in seinem Bekanntenkreis umschauen. Sie selbst hatte einen Menschen durch einen Autounfall verloren, Jan und eben auch Felix. Diese Dinge passierten.

Die Straßen waren inzwischen geräumt. Vorhin war sogar ein Schneeschieber in ihren abgelegenen Winkel vorgedrungen. Mehr als eine festgefahrene Schneedecke hatte er aber nicht zustande gebracht. Das Fahren sollte trotzdem kein Problem sein. Früher hatte sie es sogar geliebt, auf Schnee zu fahren, wenn das Heck ausbrach, die Reifen wegrutschten und der Wagen driftete. Heutzutage war ein Auto ja gar nicht mehr ins Rutschen zu bringen, seit sie diesen ganzen Sicherheitskram einbauten. Die kleine Straße, die zu Damian führte, würde wahrscheinlich nicht geräumt sein. Kaum fuhr sie in die erste Kurve, griff wie zur Bestätigung das ESP und gab ein rhythmisch stotterndes Geräusch von sich.

Der Himmel war wolkenverhangen und fahl. Und obwohl es schon früher Nachmittag war, wurde es nicht richtig hell. Nur die Schneeberge, die an den Straßenseiten zusammengeschoben worden waren, leuchteten hell im trüben Grau.

Als Katta auf der Landstraße war, hatte sie auch den leisesten Anflug von Angst vergessen. Sie fuhr zügig und konzentriert. Von nun an ging es fast die ganze Strecke bergauf. Sie hielt gleichmäßig ihr Tempo und genoss die weiße Winterlandschaft. Auf zu Damian, dem frauenverführenden Hundezüchter …

Sie dachte über das merkwürdige Gerücht nach, das Mareike ihr auf dem gestrigen Ausritt erzählt hatte. Dass ausgerechnet Julia eine Affäre mit ihm haben sollte. So richtig glauben konnte sie das nicht. Warum gerade jetzt, wo sie ihren Ehemann doch wieder hatte?

Die Kuppe war erreicht und Katta bog nun in das kurvige Landsträßchen ein, das bergab bis zu Damians Aussiedlerhof führte. Anders als vermutet, war hier geräumt. Nur eine dünne Schneeschicht bedeckte den Boden. Sie ließ das Auto rollen, als plötzlich große graubraune Schatten neben der Fahrbahn auftauchten. Ein Rudel Wildschweine brach aus dem Wald. Katta bremste scharf, doch diesmal reagierte der Wagen nicht und dann rutschte sie, ESP hin oder her. Die Wildschweine rannten hinter ihr über die Straße. Gutes Timing! lobte sie sich innerlich, während sie das Auto unter Kontrolle zu bringen versuchte.

Die Lenkung reagierte nicht mehr. Statt in die Kurve zu gehen, fuhr sie mit zunehmender Geschwindigkeit geradeaus weiter. Ihr brach der Schweiß aus. Mit aller Kraft zerrte sie an der Handbremse. Der Wagen begann sich zu drehen und wurde von einem mächtigen Schneehaufen aufgefangen.

Und da saß sie unter der aufgetürmten Masse, die ihr Auto fast komplett verschluckt hatte. Erst kam es ihr seltsam vor, dass es in diesem Berg von Schnee schwarz war. Dann begriff sie das Wesentliche: Ohne ihn wäre sie kreiselnd die steile Böschung hinuntergeschossen.

Sie war zu geschockt, um mehr zu denken oder zu fühlen als das.

Erste Hilfe

Julia fuhr langsam durch den weißen Winterwald. Sie pfiff verträumt die leise Melodie vor sich hin, die eben in Endlosschleife auf Damians teurer Anlage gelaufen war, während sie sich geliebt hatten. Sehr langsam und sanft war es diesmal gewesen. Und eine süße Euphorie hatte in ihren Adern pulsiert, während ihre Körper von alleine zu wissen schienen, was zu tun war, jede Bewegung, jede Berührung etwas Gegebenes, der Verstand vollkommen ausgeschaltet. Mitten im Liebesspiel hatten sie innegehalten und angefangen, sich zu küssen, nur zu küssen, mit konzentrierter Intensität, und sich damit so viel tiefer berührt als jemals zuvor, in Regionen, die unter Haut und Fleisch lagen.

Wäre sie romantischer veranlagt, wären ihr dazu vielleicht Worte eingefallen, aber Julia war nicht romantisch und doch war sie von dem Erlebnis zutiefst angerührt. Die Sinnlichkeit umgab sie wie eine Hülle. Alles war warm und weich und es amüsierte sie fast, wie alles, was sie anfasste, sie mit Zärtlichkeit erfüllte.

Dabei war sie am Morgen mit ganz anderen Empfindungen losgefahren. Sie hatte es wissen wollen, nach dem Aufriss auf dem Engelshof am Sonntag, nachdem sie Rolf so angesehen hatte, in seinem ganzen Liebeskummer um eine andere Frau.

Sie hatte wissen wollen, wie Damian reagierte, wenn sie überraschend auftauchte. Der immer überlegene, erfahrene Liebhaber, der durch nichts aus der Contenance zu bringen war. Gönnerhaft? Überheblich? Vielleicht sogar genervt?

Kurzentschlossen hatte sie im Feinkostladen eine Flasche teuren Sekt gekauft, dazu Erdbeeren und Antipasti, und war zu ihm gefahren. Doch er hatte ganz anders reagiert: Er war freudig überrascht. Und mehr. Seine Augen hatten gestrahlt, und plötzlich war da etwas so Liebevolles in seinem Blick gewesen. Sie hatten sich nicht lange mit ihren Mitbringseln aufgehalten.

Julia kam nun an die Stelle, wo die Zufahrtsstraße zum Hof kurz vor einer Kurve in die Landstraße mündete. Sie zwang sich zu mehr Aufmerksamkeit, weil die Straße hier unübersichtlich war. Dennoch war sie noch zu traumverloren, um direkt zu reagieren, als sie den schwarzen Wagen sah, der mit dem gesamten Vorderteil im Schnee steckte. Nur das Heck ragte heraus.

Sie brauchte ein paar Meter, bis sie schließlich bremste und zum Stehen kam. Je mehr sie sich dem Entschluss näherte, auszusteigen und hinüberzugehen, desto mehr kroch die Angst in ihr hoch. Noch nie zuvor war sie als Erste an einem Unfallort gewesen. Sie fürchtete sich vor dem, was sie finden würde. Dazu kam, dass das Auto nach einem Geländewagen des Typs aussah, wie auch Katta ihn besaß – die um diese Zeit zu Damian hinausfahren wollte. Julia hielt sich die Hände vors Gesicht. O Gott! Sie wollte keine tote oder verletzte Katta finden. Sie wollte überhaupt keine Katta finden. Sie wollte, dass es eine Katta nie gegeben hätte.

Einen Moment blieb sie noch sitzen und stöhnte vor sich hin. Doch dann gewann ihr pragmatischer Anteil die Oberhand und sie öffnete die Wagentür, um zu tun, was zu tun war. Sie versicherte sich, dass das Handy in ihrer Jackentasche steckte, damit sie sofort Hilfe rufen konnte, sobald sie sich einen Überblick verschafft hatte, und stieg entschlossen aus.

Das Nummernschild bestätigte, was sie schon geahnt hatte. Es war Kattas Wagen. So war das also. Es gab keine Möglichkeit, eine Tür zu öffnen. Die einzige, vor der sich nicht meterweise Schnee auftürmte, war die Heckklappe. Schon beim ersten Versuch konnte Julia sie aufbekommen. Sie versuchte nach vorne in den Wagen zu spähen, aber der Kofferraum war alles andere als leer.

»Katta?« Gott. Ihre Stimme zitterte. Sie räusperte sich und sagte fester: »Katta! Kannst du sprechen?«

Ein leises Ja wehte ihr entgegen. Soweit war das gut.

»Bist du verletzt?«

»Ich weiß nicht. Wer ist da?«

»Julia. – Hast du Schmerzen?«

»Ich weiß nicht.«

»Spürst du deine Hände und Füße?«

»Weiß nicht.«

»Beweg deine Hand. Geht das?«

Julia musste lange warten.

»Ja. Es geht.«

»Greif dir mit der Hand an den Kopf und sieh sie an.«

»Warum?«

»Tu's einfach.« Verdammtes Weib, dachte sie.

»Ja. Hab ich. Und?«

»Ist da Blut?«

»Nein.«

»Ist irgendwo sonst Blut?«

Wieder dauerte es einen Moment.

»Nein.«

»Deine Füße. Spürst du deine Füße?«

»Herrgott, Julia. Du bist in Erster Hilfe echt *up to date.*«

Julia schwieg und zählte bis zehn. Sie konnte die Frau einfach nicht ausstehen.

»Ich glaube, ich bin okay«, kam es kleinlaut vom Fahrersitz.

»Gut. Dann kann ich ja heimfahren«, antwortete Julia spitz.

»Kannst du mir bitte hier raushelfen?«

»Ich rufe jetzt erst mal den Rettungswagen. Feuerwehr, Polizei. Was weiß ich.«

Sie trat ein paar Schritte vom Auto weg und rief die 112 an. Nach einem kurzen Gespräch kam sie zurück. Als sie wieder zum Heck hereinsah, war Katta gerade dabei, sich im Wagen nach hinten durchzuquetschen.

»Ich halte das für keine gute Idee«, sagte Julia. »Solltest du innere Verletzungen haben, kann sich das verschlimmern. Durchgerissene Innereien sind keine schöne Sache.«

Katta hielt inne. »Ich warte hier doch nicht, bis die mich rausgeschaufelt haben!«

»Exakt das wirst du tun. Und wenn ich dich sedieren und festbinden muss.«

»Das würde dir vermutlich sogar gefallen«, murrte Katta, zog sich aber zurück und sank vorsichtig auf den Sitz.

Gedächtnislücken

Katta hoffte inständig, dass der Rettungswagen bald kommen würde. Ausgerechnet Julia! Hätte nicht jemand anderes sie finden können? Eine Stimme flüsterte ihr zu: Du solltest dankbar sein. – Noch was?, war ihre Antwort. Sagte sie das laut? – Du bist am Leben, sagte die Stimme. – Klappe! Sie schloss die Augen und Schweigen breitete sich in ihr aus. Das war schon besser. Doch dann spulten sich die letzten Momente, bevor sie in dem Schneehaufen gelandet war, wie ein Film in ihr ab. Und gleich nochmal in Zeitlupe: Wie sie ins Schleudern kommt und die schwarz-weiße Schneelandschaft sich um sie dreht. Und dann immer wieder, immer derselbe Film. – Ich konnte nicht bremsen!, sagte die verzerrte Stimme in ihr. Ich konnte nicht bremsen! Ich habe es doch versucht! Aber es ging nicht!

Sie wachte im Krankenhaus auf, was sie daran erkannte, dass sie direkt in das Gesicht einer professionell gutgelaunten Krankenschwester sah.

»Da sind wir ja wieder. Wie schön. Ich werde gleich den Arzt holen. Wie fühlen wir uns denn?«

»Wir fühlen uns gut«, sagte Katta matt.

Die Krankenschwester warf ihr einen misstrauischen Blick zu und ging hinaus. »Moment«, rief Katta sie zurück. Die Schwester, die Türklinke schon in der Hand, drehte sich nochmal um und klebte sich ihr Lächeln neu aufs Gesicht. »Ja?«

»Wo sind wir denn eigentlich?«

»Sie befinden sich im Drei-Schwestern-Krankenhaus. Sie wurden gestern Nachmittag um halb fünf hier eingeliefert und haben bis jetzt geschlafen, weil man Ihnen anscheinend noch am

Unfallort ein starkes Beruhigungsmittel geben musste.« Damit war sie draußen.

Besser und besser, dachte Katta selbstironisch und schloss wieder die Augen.

Als sie wieder aufwachte, sah sie in Julias Gesicht. Den Arzt hatte sie offenbar verschlafen oder wieder vergessen. Sie schaute Julia an, die nicht gerade freundlich zurückschaute. Das ging so eine Ewigkeit. Zumindest schien es Katta so. Was sah das Protokoll in solchen Fällen vor? Schließlich brummte sie: »Danke und so weiter.«

»Deswegen bin ich nicht hier«, erwiderte Julia.

Dann eben nicht.

»Du hast da was gesagt, als wir auf den Rettungswagen gewartet haben.«

»Hab schon gehört. Schock und so. Beruhigungsspritze.«

»Hör mir zu, Katta!«

Eigentlich mochte sie Julia. Tough und direkt. Pragmatisch. Das war nicht verkehrt. Es tat ihr leid, dass sie ihr wehgetan hatte. Doch das ließ sich wohl nicht mehr ändern. Und inzwischen hatte sich die Frau ihres Geliebten ja mit einem eigenen Geliebten getröstet.

»Ich wäre lieber mit Rolf zusammengeblieben. Ich mochte es so, wie es war«, sagte Julia prompt. Katta erschrak. Konnte jetzt jeder ihre Gedanken lesen? Verdammt. Oder sprach sie laut, ohne es zu merken?

»Okay, hör mir endlich zu.« Julia räusperte sich. »Du hast etwas gesagt. Genau genommen, hast du gebrüllt wie eine Irre. Es war der absolute Horror. Die ganze Zeit, bis der Rettungswagen kam. Okay, geschenkt. Nur für den Fall, dass du dich nicht mehr erinnern kannst. Ich dachte, du solltest das wissen.« Julia holte tief Luft. »Du hast geschrien: Ich konnte nicht bremsen. Ich hab's doch versucht. Es ging nicht. Ich hab doch gebremst, ich hab gebremst, aber es ging nicht. Das ging ewig so.

Aber dann hast du noch etwas anderes gesagt, nur ein einziges Mal. Und ich finde, das solltest du wirklich wissen, was auch immer es bedeutet. Du hast geschrien: Mein Blutsbruder ist ein gemeiner Mörder.«

Auf Kattas Gesicht lag blankes Entsetzen.

Julia nahm ihre Jacke vom Stuhl. »Ich sehe, du kannst etwas damit anfangen.« Und dann ging sie grußlos hinaus.

Es war das erste Mal in der Geschichte des SATTLER, dass eine Ausgabe ausfallen musste. Es würde kein Dezemberheft geben. Katta verbrachte drei Tage im Krankenhaus. Eigentlich waren es vier, aber an drei konnte sie sich erinnern, zumindest größtenteils. Es war aber nicht wegen der Gedächtnislücken, sondern hauptsächlich wegen ihren geprellten Rippen und der gequetschten Leber, dass sie unter Beobachtung stand. Die leichte Schädelprellung auf der linken Seite und die Blutergüsse, die sich quer über ihren Körper zogen, wären allein nicht schwerwiegend genug gewesen, um sie in der Klinik festzuhalten. Ihren partiellen Gedächtnisverlust hielten die Ärzte für harmlos und erklärten ihn mit dem Schock. Sie prognostizierten, dass die Erinnerung in ein paar Tagen wiederkäme. Es seien ja auch nur ein paar Minuten, die ihr fehlten, von der Absetzung des Notrufes bis zum Eintreffen des Rettungswagens. Den Rest habe sie aufgrund des starken Beruhigungsmittels schlicht verschlafen. Von Amnesie könne hier keine Rede sein.

Sie konnten nicht wissen, wie brennend sich Katta sogar danach sehnte, die Erkenntnis zu vergessen, zu der sie in diesen wenigen Minuten gekommen war.

Sie war nicht einsam, wäre es aber gerne gewesen. Sie hatte definitiv mehr Besuch, als ihr lieb war. Der halbe Ort rückte an. Hiltrud kam täglich und brachte erfreuliche und praktische Dinge wie frische Nachthemden, Unterhosen, Schokolade und Zeitschriften, auch etwas Kleingeld und Fotos von ihren Pferden. Alle möglichen Leute ließen sich blicken, natürlich auch einige aus dem Stall, darunter Mareike, aber auch Lars, auf den sie gut hätte verzichten können. Olaf der Drucker kam, der für sie einen Rundbrief an alle Abonnenten verschickte und das Ausfallen des Heftes entschuldigte, Fritzi mit einem riesigen Blumenstrauß, ihr Vater und Dalika mit einem kleineren. Jan und Maria machten zusammen einen nichtssagenden Krankenbesuch, bei dem Maria ihr einen selbstgebackenen Kuchen überreichte.

Eine Polizeibeamtin kam und nahm kurz auf, was sie über den Unfallablauf sagen konnte. Das Auto war untersucht worden und vollkommen in Ordnung. Die Bremsen funktionierten einwandfrei. Die Beamtin deutete an, dass Katta auf glatter Fahrbahn schlicht die Kontrolle über das Fahrzeug verloren habe.

Am Freitagmorgen kam Rolf und erneuerte seinen Heiratsantrag. Ihre Antwort war nein. Sie sagte, sie habe jetzt keinen Kopf dafür. Dann sagte sie für einen Moment nichts mehr, als Rolf sich schließlich hinunterbeugte und sie einfach küsste. Danach versicherte sie, es käme gar nicht infrage. Aber er lächelte nur. Sie wusste, dass ihr Kuss ein klares Ja gewesen war, und ärgerte sich darüber.

Am liebsten hätte sie alle zum Teufel gejagt. Ihr war elend wie nie zuvor in ihrem Leben und sie wusste nicht, was sie tun sollte. Am besten gefiel ihr, dass sie die meiste Zeit verschlief. Und dann wurde sie am Freitagnachmittag entlassen.

Sechste Woche

Genesung

Ihr erster Weg führte Katta am frühen Samstagmorgen in den Stall. Sie verließ ihre blumendekorierte Küche, in deren Zentrum Marias Schokoladenkuchen stand, als hätte sie Geburtstag. Nun, vielleicht war das ja auch so. Denn vermutlich hätte sie an diesem Tag auch tot sein können. Ein geschenktes Leben.

Sie wollte zu Fuß gehen. Seit Dienstag hatte leichtes Tauwetter eingesetzt. Die Fußwege waren sicherlich inzwischen frei. Sie stand gerade in ihrer offenen Haustür und überlegte, was wahnsinniger war, mit lädierten Rippen eine halbe Stunde zu laufen oder wieder in ein Auto zu steigen, da klingelte ihr Handy. Es war Hiltrud.

»Wie gut, dass ich dich noch erreiche. Bleib, wo du bist. Ich hole dich ab. Ich nehme an, du willst in den Stall?«

Also verharrte sie an Ort und Stelle und steckte sich eine Zigarette an. Keine fünf Minuten später hielt Hiltruds monströser Range Rover vor dem Haus, die Tür flog auf und Hiltrud begrüßte Katta wie eine verlorene Tochter, ungeachtet der Tatsache, dass sie erst gestern im Krankenhaus aufgekreuzt war. Im Stall sattelten sie sofort Tara. Das Aufsteigen tat weh, aber als Katta erst im Sattel saß, war alles gut. Sie ging eine halbe Stunde in der Halle Schritt und genoss einfach die Bewegung des Pferdes, dieses leichte Hin und Her, den Geruch, das Geräusch der Hufe im Sand. Die Zügel lagen lose auf dem Pferdehals. Von Tara konnte sie sich unbesorgt tragen lassen. Woher kam wohl dieses Urvertrauen in Pferde? Viele Leute sahen diese großen Tiere als gefährlich an. Bei ihr war das von Anbeginn anders gewesen. Wenn sie sich eine Portion Vertrauen in diese Welt holen wollte, musste sie sich nur auf ein Pferd setzen. Hier fand sie vollkommene Geborgenheit.

Katta musste über ihre eigenen Gedanken lächeln. Zu viel Umgang mit Hiltrud. Immerhin sahen sie sich täglich und das seit einem guten Jahrzehnt. Aber das Lächeln schwand bald. Ihr Körper begann laut zu protestieren. Und so, wie die Schmerzen kamen, ließen sich auch die Gedanken nicht mehr abwehren.

Hatte sie am Dienstag sterben sollen? Wollte jemand, dass sie tot war? Sie war sich sicher, dass sie nicht einfach die Kontrolle über das Fahrzeug verloren hatte.

Ihr Blutsbruder ein gemeiner Mörder? Warum?

Was hatte sie in Jans Augen gelesen? Sie hatte sich für einen Moment gefürchtet. War es die Schuld an einem Mord? Die Absicht, erneut zu morden? Oder einfach nur das Bedauern, das jeder Mensch in sich trug über die Fehler, die man im Leben machte? Dieses Bedauern allein konnte furchterregend sein. Nicht, dass sie selbst sich bisher allzu viele Gedanken über so etwas gemacht hatte.

Sie hielt Tara an der Aufsteighilfe an und merkte, dass sie alleine nicht mehr herunterkam. Das war ja lächerlich. Eine Weile saß sie einfach auf dem Pferd, spürte seinen Atemzügen nach und ließ sich treiben. Doch selbst das war anstrengend.

Sie gehörte noch ins Bett. Das hatten sie im Krankenhaus gesagt. Nur unter dieser Bedingung war sie entlassen worden.

Auch Hiltrud wusste das. Warum hatte Hiltrud sie trotzdem aufs Pferd gelassen? Normalerweise war sie in diesen Dingen von unerbittlicher Fürsorglichkeit.

Gerade als sie zu dem Schluss kam, sich jetzt ernsthaft unwohl zu fühlen, und nach ihrem Handy tastete, hörte sie Hiltruds leises »Tür frei«.

»Ist frei«, antwortete Katta schwach. Das Tor zur Reithalle öffnete sich und Hiltrud trat neben sie. »Ich bring dich nach Hause, mein Herz«, sagte sie nur und half ihr vom Pferd.

Eine halbe Stunde später lag Katta gegen einen Berg Kissen gelagert in ihrem riesigen französischen Bett, den Blick gen Tal gerichtet, und hörte Hiltrud unten in der Küche klappern.

Hiltrud hatte gesagt, sie würde Tee zubereiten und zusammen mit einem Stück Kuchen nach oben bringen, und bleiben, bis sie eingeschlafen sei. Und nun lauschte Katta mit geschlossenen Augen auf die Geräusche, die zu ihr hochdrangen.

Zuerst versuchte sie herauszuhören, was Hiltrud gerade tat. Sie fand, sie machte eine Menge Lärm für die paar Handgriffe. Dann aber genoss sie einfach, selbst nichts tun zu müssen. Es war gemütlich, hier zu liegen und Jahre her, dass jemand sie so umsorgt hatte. Sie hätte kaum sagen können, wie lange.

Ihre Männer waren nicht von der fürsorglichen Art. Außer Fritzi. Fritzi hatte das mit Sicherheit getan, falls sie ihn gelassen hätte. Hatte sie? Sie konnte sich nicht erinnern. War sie einmal krank gewesen, während sie mit Fritzi zusammen war? Vermutlich lag hier das Problem. Sie war zu selten krank, das bot wenig Raum fürs Umsorgtwerden.

Ganz früher hatte ihre Mutter das getan und plötzlich wusste sie wieder ganz genau, wie sich das angefühlt hatte, als Kind im Zimmer zu liegen und darauf zu lauschen, wie Mama ihr ein Wunschessen zubereitete, in der Küche herumklapperte und dabei leise vor sich hinsummte. Ihre Mutter hatte dann immer nur das gekocht, worauf sie Lust hatte. Meistens war es Hühnersuppe mit Nudeln. Und ihren Lieblingsschlafanzug hatte sie ihr angezogen, wenn sie krank war, damit sie sich so wohl wie möglich fühlte. Es war ein Schlafanzug aus Flanell mit kleinen blauen Elefanten. Sie hatte ihn geliebt, weil er so kuschelweich war. Und eine Duftlampe mit Lavendelöl hatte dann immer in ihrem Zimmer gestanden. Einmal, als sie sehr krank war, hatte die Mutter ihr die Hände aufgelegt, überall auf ihren Körper, sehr lange, und ihr Stirn und Brustbein beklopft, so wie sie selbst es bei Ginger Bell getan hatte, hatte etwas von Schutzzeichen gemurmelt und universeller Energie. Ihre verrückte Mutter.

Sie erinnerte sich an das Gefühl von Wärme, das sie dabei empfand.

Die Erinnerung brach so intensiv über sie herein, dass es Katta nicht gewundert hätte, kleine blaue Elefanten auf den Ärmeln zu finden. Aber als sie die Augen öffnete, war da nur ein erwachsenes Karomuster, das vor ihren Augen verschwamm.

*

Hiltrud öffnete die Türklinke mit dem Ellbogen, dann schob sie die Tür mit ihrem Hinterteil auf und stellte das Tablett auf den Hocker, den sie vorsorglich ans Bett gerückt hatte. Katta saß im Bett und starrte auf ihren Schlafanzugsärmel, das Gesicht von Tränen überströmt. Sie sah unglaublich jung aus. Wie ein Kind, dachte Hiltrud. Dann setzte sie sich auf die Bettkante und nahm sie sanft und vorsichtig in den Arm. Tröstend strich sie über die kurzen schwarzen Haare. Jetzt weinte Katta hemmungslos.

»Es ist nur«, schluchzte sie nach einer Weile, »es ist nur ...« Beim zweiten Anlauf machte sie den heroischen Versuch, Hiltrud anzuschnauzen: »Warum hast du mich überhaupt auf das verdammte Pferd gelassen? Du bist doch sonst immer so übervorsichtig! Der Arzt hat mir verboten zu reiten! Ach was, auch nur aufzustehen!«

Hiltrud lächelte sie an. »Du hast das gebraucht, Herzchen.«

»Mit gebrochenen Rippen?«

»Sie sind nicht gebrochen. Sie sind geprellt und es ist gut, dass du jetzt weinst. Du hast es gebraucht, Katta. Und es war gut so. Manchmal brauchen es die seelischen Rippen dringender als die anderen. Und jetzt wein dich aus. Wenn du damit fertig bist, trink deinen Tee und iss diesen köstlichen Kuchen. Danach muss ich dir etwas zeigen.«

»Ich will nichts sehen!«, protestierte Katta, nahm aber brav einen Schluck aus der Tasse.

Hiltrud wartete noch einen Moment, bis sie sich wirklich beruhigt hatte, dann fragte sie: »Wer hat dir nochmal den Kuchen gebracht? Maria?«

»Maria und Jan«, antwortete Katta.

»Hm.«

»Wieso? Was ist mit dem Kuchen?«

»Es war etwas darin eingebacken.«

»Eingebacken?«, wiederholte Katta ungläubig. »Du meinst, wie in alten Gangsterfilmen? Die Säge im Kuchen ins Gefängnis geschmuggelt?«

»So ungefähr. Es ist ein Aluminiumröhrchen.«

Katta war zu verdutzt, um etwas zu sagen. Einen Moment herrschte Schweigen. »Was ist da drin?«

»Ich habe es nicht geöffnet. Hast du eine Idee?«

Katta sprach langsam, während sie laut überlegte. »Jan kann nicht backen. Es muss von Maria sein. Ja, wenn ich recht überlege, hat Maria auch ausdrücklich gesagt, dass sie den Kuchen selbst gebacken hat, als Jan im Fitnessclub war.«

»Das hat sie ausdrücklich dazu gesagt?«

»Ja. Das hat sie ausdrücklich dazu gesagt.«

»Ich gehe und hole das Röhrchen, aber danach stärken wir uns mit dem Kuchen. Er sieht köstlich aus.«

Das kleine Behältnis hatte einen einfachen Schraubverschluss und ließ sich ohne Probleme öffnen. Hiltrud klopfte und holte mit spitzen Fingern einen Zettel hervor.

»Was steht da?«, wollte Katta ungeduldig wissen.

»Darf ich es überhaupt lesen?«

»Nur zu! Los!«

Hiltrud räusperte sich. »Da steht: Ich muss dich sprechen! Allein! Komm Montag zur Marienkapelle, wenn es dunkel ist. J. darf davon nichts wissen. M. – Klingt ungut, wenn du mich fragst.«

»Das klingt, als ob Jan Maria überhaupt nicht mehr aus den Augen lässt«, murmelte Katta beklommen.

»Das klingt nach einem total schwachsinnigen Treffpunkt für eine hochschwangere Frau«, ergänzte Hiltrud.

Katta verfiel in Schweigen und Hiltrud blieb nachdenklich bei ihr sitzen, bis ihnen jedes Gefühl für die Zeit verloren gegangen war.

»Vielleicht ist das ja auch wieder nur einer von Jans Streichen«, unterbrach Katta die Stille. »Er hat den Leuten immer Streiche gespielt. Vielleicht soll das mit Maria auch einer sein.«

»Katta. Du redest wirres Zeug. Du musst jetzt schlafen.«

»Weißt du, was Jans letzter Streich war? Als Lars bei Fritzi rausflog und einen neuen Stall suchte, hat Jan ihn zu dir geschickt. Er hat ihm erzählt, du bräuchtest seine Hilfe, seiest vollkommen unerfahren und überfordert. Warum wollte Jan dir eins auswischen, Hiltrud?«

»Aber das ist doch Unsinn. Ich bestehe darauf, dass du jetzt schläfst.«

»Noch eins, bitte noch eins, Hiltrud, dann verspreche ich zu schlafen wie ein Murmeltier. Ich möchte nicht noch einmal mit Elsa sprechen. Bitte!«

»Aber Kind …«

»Weißt du, ob Maik irgendeine Verbindung zu den Leuten hat, für die ich bei meinem letzten Fall gearbeitet habe? Du weißt davon, oder? Ich hatte dir davon erzählt. Die Frau, die ihren Cousin verdächtigte, seine Kinder zu schlagen. Weißt du noch?« Kattas Ton wurde flehentlich. »Bitte erinnere dich!«

»Ja, natürlich erinnere ich mich. Du wurdest immerhin bitterböse zusammengeschlagen, damals. Und ja, es gibt eine Verbindung. Ich weiß zwar nicht, warum das jetzt ausgerechnet so wichtig ist, aber dieser Cousin und Maik, das sind Stiefbrüder.«

»Ah«, Katta seufzte zufrieden auf. »Dann verstehe ich wenigstens eines.«

Hiltrud schüttelte nur den Kopf und drängte darauf, dass Katta noch eine Tasse Tee trank, in die sie etwas Baldrian mischte. Dann wartete sie, bis sie einschlief. Erst als sie sicher war, ging sie hinunter in die Küche und begann dort aufzuräumen.

Erinnerung

Der Sonntag brachte noch stärkeres Tauwetter, eine fahle Novembersonne schmolz das letzte Weiß zu matschigem Brei, überall tropfte es und floss Wasser. Der Temperaturanstieg war enorm. Schon am frühen Morgen waren es zehn Grad plus. Nach einem sagenhaft kurzen Winter schien der Frühling gekommen zu sein. Sogar die Vögel sangen. Nachdem Katta das Haus durchgelüftet hatte, legte sie sich wieder ins Bett und blieb dort. Sie hörte ihre alten Harry-Potter-Kassetten durch, die sie vollständig aufgehoben hatte, alle, von Band eins bis Band sieben. Bereitwillig versank sie in die Welt der Schule für Zauberei und Hexerei, kochte sich schwarzen Tee und aß Müsli. Es war ungeheuer beruhigend, den Verstand auf diese Weise einfach auszuknipsen.

*

Die Zeit, in der sie sich damit vergnügte, in Hogwarts abzutauchen und ihre Kenntnisse alter Zaubersprüche aufzufrischen, verbrachte Hiltrud damit, sich um ihre Freundin zu sorgen.

Katta und Jan. – Jan. Hiltrud versuchte, ihn sich ins Gedächtnis zu rufen. Was wusste sie über Jan? Sie konnte sich an keinerlei Streiche erinnern. Die meisten Begegnungen hatten sich hier im Stall ergeben, in der Zeit, als Katta mit Jan verheiratet war. Damals hatte Hiltrud ihn durchaus häufig gesehen, nahezu täglich. Natürlich hatte sie sich oft gefragt, ob er etwas von der Gewalttätigkeit seines Vaters geerbt hatte, aber sie hatte nichts dergleichen erkennen können. Er war charmant, schien keinen bleibenden Schaden erlitten zu haben, aber es gab auch nichts anderes. Vielmehr schien ihr Blick an ihm abzugleiten. Es war unmöglich, den Mann richtig anzuschauen, gleich, wie sehr sie sich konzentrierte. Sie hatten miteinander gesprochen, aber sie erinnerte sich an kein einziges Gespräch, an keine Meinungsäußerung, keine Stellungnahme, keinen Gefühlsausbruch. Jan entzog sich auf beunruhigende Weise. Sie erinnerte nahezu nichts als sein gewinnendes Lächeln, das ihr Herz ganz offensichtlich nicht gewonnen hatte. Das einzige, was er irgendwann ganz deutlich in ihr auszulösen begann, war ein Gefühl der Sorge um Katta, das sie in dieser Zeit begleitet hatte.

Und so war sie wieder am Anfang ihrer Überlegungen angelangt. Es schien das Naheliegendste zu sein, bei Katta vorbeizufahren und nach dem Rechten zu sehen.

Am frühen Nachmittag stand sie vor deren Tür und betätigte diesen unsäglichen Pferdehintern-Klopfer. Es summte, aus der Sprechanlage ertönte ein fröhliches »Komm rein!«. Sie fand Katta im Schlafzimmer, glücklich von Aufmunterungszaubern, Vergessenszaubern und flüssigem Glück schwafelnd. »Accio Teetasse!« Katta schwenkte ihren Zeigefinger, um eine zweite Tasse für ihre Besucherin aus der Küche herbeizuzaubern. Ihr Überschwang wurde schließlich dadurch gebremst, dass sie zu lachen anfing, sich mit schmerzverzerrtem Gesicht die Rippen hielt und sofort wieder aufhörte.

Um einiges blasser, lehnte sie sich im Bett zurück. »Du verdirbst mir die gute Laune«, maulte sie. »Ich hatte hier wirklich Spaß.«

»Wie schön«, erwiderte Hiltrud trocken. »Das ist ein wirklich schlimmer Fall von Verdrängung«, fuhr sie dann fort, wurde jedoch sofort unterbrochen, indem Katta den Zeigefinger nun unter ihrer Nase herumschwenkte. »Nein, nein, nein, du wirst mich nicht nochmal zum Lachen bringen. Vergiss es!«

»Schön. Ich werde mir jetzt eine Teetasse aus der Küche holen und dann werden wir uns ernsthaft unterhalten.«

Wieder oben angekommen, schenkte Hiltrud sich und Katta ein, setzte sich direkt aufs Bett und sagte nachdenklich: »Ich habe über Jan nachgedacht. Ich kenne ihn seit Jahren. Warum weiß ich so wenig von ihm? Wieso kann ich ihn so schlecht einschätzen?«

»Oh, fragen wir uns das nicht alle?«

Katta sah richtiggehend gelangweilt aus und Hiltrud wunderte sich zum vielleicht hundertsten Mal über den Unterschied, ob die Freundin mit Pferden oder mit Menschen zu tun hatte. Normalerweise sollte das Hand in Hand gehen. Ein tieferes Verständnis für Pferde öffnete den Weg zu einem reiferen Umgang mit Menschen. Das war der Sinn hinter diesen ganzen Management- und Führungskräftekursen mit Pferden. Katta führte das ad absurdum.

»Nein, ich habe eine viel interessantere Frage, liebe Hiltrud.« Katta machte eine dramatische Pause. »Was weiß ich nicht von dir?«

Hiltrud zuckte ein wenig zusammen. »Gut, wenn du darüber sprechen willst. – Nur läuft es am Ende auf dasselbe hinaus.«

Katta riss die Augen auf. »Jetzt machst du mich wirklich neugierig!«

»Jans Mutter habe ich kennengelernt, als Jan etwa vierzehn Jahre alt war. Tanja kam damals ins Frauenhaus und erzählte schreckliche Dinge, von wahren Prügelorgien, die sich nun auch gegen ihren Sohn richteten. Sie hat mich angefleht, wenigstens ihn aus dieser Hölle herauszuholen. Doch wie sich herausstellte, verweigerte der Sohn jede Kooperation und leugnete, dass sein Vater gewalttätig sei.«

Katta war nun weiß wie die Wand und mucksmäuschenstill. Hiltrud betrachtete sie genauer. »Das scheint nicht völlig neu für dich zu sein?«

»Mir hat er nicht gesagt, was früher bei ihm zu Hause abging.« Katta zuckte die Schultern und bereute es sofort. »Aber Maria hatte so einen Verdacht.« Mit schmerzverzerrtem Gesicht rutschte sie tiefer in die Kissen.

»Ich habe dir das nie erzählt, weil wir natürlich nicht darüber reden durften. Übrigens auch noch aus einem anderen Grund: Weil ich mich geschämt habe. Denn ich kannte Steff, Stefan Mortau, auf eine Weise, auf die ich ihn niemals hätte kennen dürfen. Und als dann seine Frau vor mir saß, da …« Hiltrud unterbrach sich, »und ich glaube wirklich, Katta, wenn deine Augen noch größer werden, fallen sie dir raus.« Sie erhob sich abrupt und sammelte ihre Sachen ein. »Vielleicht war das doch keine gute Idee.«

Katta sah ihr sprachlos hinterher.

Erdkraft

Noch am selben Abend rief Hiltrud ihre alte Freundin an, die seit mehr als vierzig Jahren Hebamme in einem kleinen Ort in der Umgebung war. Irmgard Elsner, genannt Irmel war eine Institution. Die Frau war so, wie Hiltrud sich Mutter Erde vorstellte, kräftig gebaut, aber niemals hätte sie mit Irmel das Wort übergewichtig in Verbindung gebracht. Diese Stämmigkeit barg in sich, was sie für ihren Beruf brauchte, und dass sie eine Direktverbindung zu allen irdischen Kräften hatte, sah man sofort an ihren Bewegungen, an ihrem offenen, breiten und stets leuchtenden Gesicht. Diese Frau war das Leben selbst. Irmel war Marias Hebamme und so war es ein Leichtes für Hiltrud, sie für ihre Pläne zu gewinnen.

*

Wenige Minuten später klingelte im Hause Mortau das Telefon. Maria lag mit starken Kopfschmerzen im Bett und streichelte sorgenvoll über den Bauch. In letzter Zeit schmerzte ihr Kopf immer häufiger. Sie fühlte sich zermürbt und wie gefesselt und sehnte die Geburt als Akt der Befreiung herbei.

Schon nach dem zweiten Klingeln nahm Jan ab. Sie hörte seine Stimme, mit der er sich selbstbewusst und leicht ungeduldig meldete. Es war diese Mischung, die immer so klang, als sei er bei etwas Wichtigem unterbrochen worden, die sie einmal sehr bewundert hatte. Das tat sie jetzt nicht mehr. Überhaupt hatte sich vieles für sie verändert. Jans Schritte näherten sich auf der Treppe. Ein Klopfen, dann trat er ein, ohne ihre Antwort abzuwarten, und reichte ihr das Telefon. »Für dich«, sagte er mit einem zärtlichen Lächeln. »Deine Hebamme.«

Maria sah erstaunt auf und nahm den Hörer in Empfang.

»Hallo Irmel. Was für eine Überraschung!«

Während sie der Anruferin zuhörte, sah sie ihren Mann an, der abwartend stehen geblieben war. Jan lächelte immer noch, aber zum ersten Mal fiel ihr auf, dass dieses Lächeln seine Augen gar nicht erreichte. Erschrocken senkte sie den Blick auf das Blümchenmuster der Decke. Und das war gut so, denn ihr zunehmendes Erstaunen hätte sie vor ihm kaum verbergen können. Sie gab ein paar Töne der Zustimmung von sich, während sie die Bettdecke zerknautschte, dann verabschiedete sie sich. »Vielen Dank, Irmel. Bis morgen dann.«

»Was war denn?«, wollte Jan wissen.

»Nichts Besonderes. Sie wollte nur einen Untersuchungstermin vorziehen. Ich gehe dann morgen Nachmittag hin, statt am Freitag.«

»Wieso?«

Maria wiederholte, was Irmel ihr vorgegeben hatte. »Sie hat zwei Risikopatientinnen für nächstes Wochenende und glaubt, dass es bei einer von ihnen früher losgeht. Deswegen wollte sie sicher sein. Auf die Art hat sie für mich auf jeden Fall Zeit.«

In Jans Gesicht war nicht zu lesen, ob er das glaubte oder nicht. Vorsichtig nahm er ihr den Hörer aus der Hand, drehte sie um und küsste ihre Innenfläche. »Dann ruh dich aus, mein Engel. Sind deine Kopfschmerzen besser?«

»Nur ein bisschen«, sagte Maria, zog die Bettdecke wieder über sich und drehte sich zur Wand.

»Ich liebe dich«, hörte sie ihn noch sagen. Dann ging er hinaus und schloss vorsichtig die Tür. Dort unter ihrer Decke blieb Maria ganz still liegen und fragte sich, ob er etwas von dem anderen Teil des Gespräches mitbekommen hatte.

Entscheidung

Ein Sonntagnachmittag ist der perfekte Zeitpunkt für ein Gespräch über Scheidung, dachte Julia ironisch, während sie mit ihrer Halskette spielte. Rolf saß ihr schräg gegenüber in seinem Lieblingssessel, hinter dem Couchtisch aus Walnussholz, den sie sich gemeinsam als Hochzeitsgeschenk von Tante Paulas Geld ausgesucht hatten, die Augen halb geschlossen, bewegungslos.

Selbst bei ihrer Hochzeit waren sie nicht mehr so richtig verliebt gewesen, weil sie zu diesem Zeitpunkt schon fast zehn Jahre zusammengelebt hatten. All ihre Entscheidungen waren pragmatisch gewesen, auf dem Boden der Realität, kein romantischer Schnickschnack. Es hatte ihr gefallen, so ehrlich und bodenständig, ein gut funktionierendes und eingespieltes Team.

Nun schien das Team an sein Ende gekommen zu sein. Hier saßen sie, um über Scheidung zu sprechen. Aber als Julia dann sprach, konnte sie es nicht.

»Weißt du noch, Rolf?«, fragte sie stattdessen, »unser Abschlussball?«

Überrascht sah er auf. »Ja, klar. Du in dem hellblauen Cocktailkleid. Du sahst wunderhübsch aus. Ich glaube ich hatte dich vorher noch nie ein Kleid tragen sehen.«

Julia lachte leise. »Das kann schon sein.«

»Ich hatte extra Tanzstunden genommen.«

»Und trotzdem bist du mir beim Walzer ständig auf die Füße getreten.«

»Aber mein Tango war fabelhaft, da kannst du nichts sagen!«

Julia lachte wieder. »Das stimmt, der Tango war fabelhaft.«

Dann saßen sie wieder schweigend.

»In der Nacht hab ich dich zum ersten Mal geküsst«, sagte Rolf da.

»Ja, hast du«, bestätigte sie überrascht.

»War es ein guter Kuss?«

»Ja, das war es. Mein erster im Übrigen.«

»Tatsächlich!«

»Als ob du das nicht wüsstest!«

»Ich dachte, du hattest in der Zehnten was mit diesem pickligen Computertypen.«

Julia fuhr hoch, zog ein Kissen unter ihrem Knie hervor und warf nach ihm. »Ich glaub, du spinnst!«

Rolf fing das Kissen auf und hielt es dann auf den Bauch gedrückt. Er sah wieder nachdenklich aus. »Wir hatten eine gute Zeit, Jul, oder?«

»Hatten wir?«

»Ja, eine gute Zeit. Für mich war es das.«

»Für mich auch.« Julia zögerte, sie hatte es nie ausgesprochen. Jetzt war die letzte Möglichkeit dazu. »Wenn wir Kinder hätten haben können, wäre es anders gelaufen.«

»Es tut mir so leid, Jul.«

Und plötzlich liefen Julia die Tränen über das Gesicht, die sie all die Jahre nicht hatte weinen können. Was für ein merkwürdiger Zeitpunkt dafür, wenn man gerade über Scheidung sprach!

»Oh Jul!« Rolf sprang auf und kam zu ihr hin und nahm sie in den Arm. Es dauerte lange, bis Julia wieder aufsehen konnte, und da sah sie, dass auch Rolf geweint hatte. Sie konnte sich nicht erinnern, dass sie ihn je hatte weinen sehen. All dies fühlte sich schrecklich an.

Rolf holte ihnen ein großes Glas Cognac, ein Glas für beide, so wie zu ihren Anfangszeiten. Julia nahm dankbar einen tiefen Schluck. Diese Methode war vermutlich auch nicht schlechter oder besser als jede andere. Und dann riefen sie ihren Freund und Anwalt an und vereinbarten einen Termin gleich für Montag früh, eine Stunde vor der eigentlichen Öffnungszeit der Kanzlei.

Fische

Am Montagmorgen ging Katta zu Felix in die Werkstatt. Bisher wollte sie lieber zu Fuß gehen. Das Auto ließ sie weiterhin stehen.

Sobald sie die Werkstatt betreten hatte, ließ sie sich ungefragt auf einen schmierigen Hocker sinken. Felix kam gerade aus dem Nebenraum. »Morgen, Katta. Magst du dich setzen?«

Für Humor fehlte Katta gegenwärtig der Sinn. Ihr Brustkorb schmerzte, als hätte sie einen enormen Work-out hinter sich. Ohne sich mit Begrüßungsformeln aufzuhalten, ging sie zum Angriff über. »Meine Bremsen. Meine Bremsen haben versagt. Aber als sie von der Polizei untersucht wurden, waren sie wieder vollkommen in Ordnung. Die Polizei hält mich für blöd. Aber ich weiß, dass ich unterscheiden kann zwischen einer funktionierenden und einer nicht funktionierenden Bremse.« Dann setzte sie hinzu: »Menschen, die ich kannte und die Jan kannten, sind bei Autounfällen ums Leben gekommen.« Da liefen die Tränen schon wieder über ihr Gesicht. »Was sagst du dazu?«

»Ich will am Leben bleiben, Katta«, konterte Felix ungerührt.

»Felix! Du weißt es doch! Du weißt, dass er eine Möglichkeit gefunden hat, Bremsen so zu manipulieren, dass man es nicht mehr nachweisen kann. Sie blockieren für einen bestimmten Zeitraum und dann löst sich was auch immer es ist auf, ohne Spuren zu hinterlassen und alles funktioniert wieder einwandfrei. Das ist teuflisch genial.«

»Das sagst du. Du sagst das.«

»Max wusste es. Was ist los mit dir, Felix? Ich muss mit jemandem darüber sprechen. Ich werde sonst verrückt.«

»Das bist du ja auch. Du bist vollkommen irre. Ich will im Übrigen nicht mit dir gesehen werden. Denk dran, ich will am Leben bleiben. Geh jetzt.«

Er war noch nicht einmal verlegen. Ganz gerade stand er da und sah ihr entschlossen in die Augen. Sein zu großer Mund eine schmale Linie. In seinen Händen knetete er einen öligen Lappen. Katta spürte, wie die Wut in ihr aufbrauste.

»Jetzt weiß ich wieder, was ich an dir nicht mochte, damals. Du bist unerträglich feige. Hast dir den ganzen Schwachsinn von Jan gefallen lassen, ohne dich auch nur einmal zu wehren.«

Und damit ging sie mit schweren Schritten hinaus. Sie war so enttäuscht, dass es ihr in der Kehle schmerzte.

Es war Viertel nach drei, als Katta ein rostiges Gartentörchen öffnete, das mehr oder weniger in einem riesigen immergrünen Nadelgestrüpp versteckt war. Es war das hintere Tor zu Irmels Innenhof. Katta kannte den Zugang noch aus Kindertagen, an denen sie bei Tante Irmel Verstecken gespielt hatten. Auch damals war er schon zugewuchert gewesen. Jetzt war es in jedem Fall nützlich.

Sie überquerte den Innenhof und klopfte ans Wohnzimmerfenster. Drinnen rumpelte es, dann starrte Irmels Gesicht zum Fenster hinaus. Schon verschwand es wieder und eine der Türen öffnete sich. »Meine Güte, Katta! Musst du mich so erschrecken? Lass dich ansehen. Besonders gut siehst du nicht aus. Du musst besser auf dich aufpassen, Kind. Gute Güte. Ich kann mich noch an deine Geburt erinnern. Wütend gebrüllt hast du, sobald du auf dieser Welt warst, wie eine kleine Löwin. Du bist früh hier. Maria kommt erst gegen vier, aber das gibt uns Zeit, nicht wahr, für ein paar Erinnerungen.«

Katta versank bereitwillig in einem der alten Plüschsessel, die sie auch noch aus Kindertagen kannte. Hier hatte sich nichts verändert. Tatsächlich war es so nett, mit Irmel zu plaudern, dass die Zeit schnell verging und beide überrascht waren, als es klingelte. Irmel verließ den Raum, um Maria die Türe zu öffnen und Katta hörte aus dem Begrüßungsgemurmel Jans Stimme heraus. Offensichtlich hatte er sie begleitet. Wenn er jetzt mit hinein kam, waren Hiltruds Pläne umsonst gewesen.

Doch Irmel verabschiedete ihn resolut. Sosehr sie auch begrüße, dass Männer ins Geburtsgeschehen heutzutage einbezogen würden, einen der letzten Termine vor der Geburt halte sie immer mit der Frau allein. Die meisten Frauen könnten ihre Ängste im Beisein des Partners nicht frei ansprechen. Und gerade das sei für einen unkomplizierten Geburtsablauf existentiell wichtig. Besonders beim ersten Mal. Sie dankte für sein Verständnis und machte ihm die Tür, wie es klang, vor der Nase zu.

Das war Irmel, wie Katta sie kannte und liebte. Man durfte sich von dem harmlosen Geplauder nicht in die Irre führen lassen. Vor allem für ihre Erstgebärenden würde sie durchs Feuer gehen. Und dem Geschehen dann doch nicht gewachsene emanzipierte Ehemänner aus dem Geburtszimmer zu werfen war eine ihrer Spezialitäten.

Einen Augenblick später stand Maria auch schon mitten im Zimmer, mit diesem einfach unglaublichen Bauch. Katta starrte mit runden Augen darauf.

»Und ich dachte, dicker könntest du nicht mehr werden! Vielleicht solltest du als Gegengewicht einen Rucksack aufziehen, damit du nicht nach vorne umfällst.«

Maria lachte laut auf.

Irmel kam mit einer großen Kanne, frischen Tassen und einem Teller mit Plätzchen.

»Das ist Himbeerblättertee. Maria. Trink da nur ordentlich von. Das hilft, den Beckenboden schön weich zu machen und auf die Geburt vorzubereiten. Du brauchst nicht so zu gucken, Katta. Schaden tut es dir nicht. Ich lasse euch dann mal alleine. Wenn ihr was braucht, ich bin oben im Arbeitszimmer.«

»Das das ist das erste Spritzgebäck, das ich dieses Jahr esse«, murmelte Katta und griff zu. »Dass Irmel schon Weihnachtsplätzchen gebacken hat, wundert mich nicht, höchstens dass sie sie vor dem ersten Advent rausrückt.«

»Wir haben nur etwa eine Stunde Zeit«, unterbrach Maria sie. »Dann werde ich wieder abgeholt. – Ich habe solche Angst zu sterben.«

Katta sah sie fragend an. Sie konnte sich nicht erinnern, dass sie jemals Angst um ihr Leben gehabt hatte. Wütend war sie oft gewesen. Wut kannte sie in all ihren Farben und Schattierungen. Aber Todesangst?

Maria, die das Unverständnis in Kattas Augen sah, ergänzte: »Bei der Geburt, weißt du?«

»Frauen sterben heute nicht mehr bei der Geburt. Mach dir keine Sorgen. Sobald etwas schiefgeht, machen sie einen Kaiserschnitt. Sie haben all diese Apparate. Und Schmerzmittel«, endete sie lahm. Mein Gott, sie hatte keine Ahnung, worüber sie sprach! Und wieso wollte Maria ihr das mitteilen? Das war doch wohl eher ein Thema für die Hebamme.

Aber da fuhr Maria fort: »Ich weiß nicht mehr, was ich denken soll. Ich war so erschrocken, als ich von deinem Unfall gehört habe. Was für ein Glück du hattest! Was für ein Glück, dass dort dieser Schneehaufen war!« Katta öffnete den Mund, um etwas zu erwidern, doch Maria unterbrach sie. »Und plötzlich hatte ich solche Zweifel! All diese Unfälle. Jans Eltern. Deine Mutter. Und jetzt du!«

Und Max, fügte Katta in Gedanken hinzu.

»Ich habe rasende Kopfschmerzen bekommen und Jan wollte mich überhaupt nicht mehr allein lassen. Alleine fortgehen lassen schon gar nicht. Er klebt mit seiner Sorge an mir wie eine Fliege am Strip und mit einem Mal dachte ich, vielleicht sorgt er sich ja gar nicht um mich und das Baby? Vielleicht sorgt er sich ja nur darum, dass ich mit jemandem reden könnte! Vielleicht hat er ja meine Zweifel mitbekommen und will nicht, dass ich mit jemandem spreche. Oh Katta, warum sollte er das nicht wollen?«

»Du darfst dich jetzt nicht so aufregen. Denk an dein Baby.«

»Katta, warum sollte er nicht wollen, dass ich mit jemandem über diese Unfälle spreche?«

»Herrje, ich weiß es nicht! Und ich glaube auch nicht, dass Jan Gedanken lesen kann.«

»Ich wünsche mir die ganze Zeit, ich könnte meinen Onkel sehen. Er fehlt mir so sehr und ich will mich auch mit ihm beraten.«

»Du meinst deinen Onkel in Hamburg? Den Juristen-Buchhändler?«

»Ja, ich habe keinen anderen Onkel. Hilfst du mir? Jan soll aber nicht mitfahren. Und ich traue mich auch nicht mehr selbst hinters Steuer.« Sie klopfte zart auf ihren Bauch.

Katta zögerte. »Wann genau ist der Geburtstermin?«

»Übernächste Woche, am sechsten Dezember. Ich glaube, das ist ein Samstag. Aber das ist ja auch nur der voraussichtliche Geburtstermin für meinen kleinen Fisch hier.«

»Wieso Fisch?«

»Weil er schwimmt.«

»Dann bist du ein Fischbecken?« Katta lachte kurz, verzog das Gesicht und wurde wieder ernst. »Nur ein voraussichtlicher Termin, du sagst es. Dein Fischlein könnte natürlich auch vorher kommen. Nämlich, wenn wir gerade gemütlich nach Hamburg fahren, um einen Verwandtschaftsbesuch zu machen!« Jetzt klang ihre Stimme doch eine Spur panisch.

»Katta, bitte! Am Donnerstag ist mein Geburtstag, der fünfundzwanzigste. Dann erhalte ich die Verfügungsgewalt über mein Geld. Und ich möchte vorher mit meinem Onkel auch ein paar juristische Dinge besprechen.«

Katta sah sie groß an. »Mit welchem Auto sollen wir fahren?« Daraufhin begannen beide zu lachen. Wobei Katta sofort wieder damit aufhörte und sich besorgt an die Rippen fasste.

Maria fing an, langsam im Wohnzimmer herumzugehen, fuhr mit den Fingern über die Möbel, nahm die kleine Holzfigur einer Fruchtbarkeitsgöttin in die Hand und stellte sie wieder zurück. »Diese Sache mit der Liebe … Ich muss immer an diesen einen Film denken. Keine Ahnung, warum. Es ist lächerlich. Vielleicht ist es lächerlich. Weißt du, dieser Film aus den Neunzigern mit den Hochzeiten, mit dem Hugh Grant bekannt geworden ist?«

Katta nickte. Definitiv einer ihrer Lieblingsfilme.

»Der dicke Schotte, der dann stirbt«, fuhr Maria fort, »der diesen Toast ausbringt.«

Wieder nickte Katta. Definitiv eine ihrer Lieblingsszenen.

»Mögen wir, wenn wir alt und senil geworden sind, mit Stolz sagen können: Auch ich wurde einmal angebetet!«, zitierte Maria mit trauriger Stimme. »Ich habe den Film wieder gesehen. Neulich. Vor deinem Unfall. Und an dieser Stelle habe ich angefangen zu weinen und konnte nicht mehr aufhören.«

»Die Hormone machen manchmal ziemlich …«, sagte Katta lahm. »Dein Gedächtnis ist immerhin tadellos in Ordnung.«

Maria ignorierte sie. »Katta. Jan betet mich an. Aber trotzdem …«

Frieden

Es war weit nach Mitternacht, als der Pferdehintern mit Nachdruck gegen die Tür geschlagen wurde. Katta, die in diesen Tagen nicht sonderlich gut schlafen konnte, und schon gar nicht nach dem Treffen mit Maria, saß noch mit einem Buch in der Küche und trank warmen Whiskey mit Honig. Als sie die Tür öffnete, stand Felix davor.

»Deinen Autoschlüssel.«

Katta wusste zwar nicht wirklich warum, aber sie löste den Schlüssel vom Bund und legte ihn in seine Hand.

»Ich werd's mir ansehen und sag dir Bescheid.« Damit verschwand er und kurz darauf hörte Katta, wie der Motor ihres Wagens gestartet wurde. Zum ersten Mal seit dem Unfall.

Den Dienstagvormittag verbrachte Katta im Stall beziehungsweise in Hiltruds Wohnzimmer auf dem Fußboden, wo Hiltrud eine Entspannungsübung mit ihr machte, die erstaunlich guttat. Danach ging sie mit Fürstprimas in die Halle, die um die Mittagszeit herum meist leer war. So auch heute.

In der Halle nahm sie ihrem Pferd Halfter und Strick ab und blieb einfach stehen. Sie wollte nichts. Sie hatte nicht im Geringsten vor, irgendetwas Konstruktives zu tun. So stand sie nur da und schaute das Pferd an. Der junge Trakehner sah einen Moment verdutzt aus, dann sprang er zur Seite, um in eine Hallenecke zu traben und zu trompeten, trabte einmal um Katta herum und schließlich auf sie zu. Etwa zwei Meter von ihr entfernt blieb er stehen.

Du bist so wunderschön, du Spinner, dachte sie und versuchte das Tier, den Geruch, den Moment ganz in sich aufzunehmen. Daraufhin kam er nah zu ihr und legte seine Samtnase in ihre offene linke Hand. Sie war fast zu Tränen gerührt und bewegte sich keinen Zentimeter. Dann atmete sie tief ein und aus und bewegte sich ein paar Schritte rückwärts. Er folgte ihr.

Das Ganze hat etwas unendlich Vorsichtiges und Spielerisches. Sie hatte keine Ahnung, was sie hier tat. Sie improvisierte. Als sie stehen blieb, drehte er bei und kam erneut zu ihr.

Zum ersten Mal in ihrem Leben hatte Katta das Gefühl, dass ein Pferd sie beobachtete, sie geradezu las und seine Schlüsse daraus zog. Sie hätte nicht sagen können, wie lange sie so standen. Sie sah keinerlei Notwendigkeit dafür, dem Pferd zu sagen, was es tun sollte. Und richtig, nach einer Weile, ging Fürstprimas einen Schritt zur Seite, suchte sich den idealen Platz, scharrte mit den Vorderbeinen im Sand und fing an sich zu wälzen.

Dann sprang er auf, schüttelte sich kräftig den Sand vom Körper und erkundete in aller Ruhe die Reithalle. Als er jeden Winkel abgeschnuppert hatte, kam er zu Katta zurück. Diese fühlte sich von einem tiefen Frieden erfüllt, wie schon lange nicht mehr. Sie fühlte Dankbarkeit in sich aufsteigen.

Und diese Dankbarkeit sollte anhalten, bis Felix vorbeikam.

Falle

Felix brachte ihren Wagen am Nachmittag zurück. Diesmal ging er grußlos in die Küche durch, wo er sich kurzerhand auf einen der Stühle setzte. Mit seinen Manieren musste etwas passiert sein. Katta zog sich einen Stuhl heran und setzte sich ihm gegenüber. Sie beschloss, ihn anfangen zu lassen. So saßen sie eine halbe Ewigkeit. Schließlich wurde es ihr zu unangenehm.

»Kaffee?«

»Deine Bremsen sind einwandfrei.«

»Mit Milch und Zucker?«

»Waren immer einwandfrei. Du bist auf Glatteis gekommen und gerutscht. Das ist alles. Pure Selbstüberschätzung, dass dir das nicht passieren könnte.«

»Okay, Felix. Lass uns von vorne anfangen. Möchtest du auch einen Kaffee? Ich mache mir jetzt einen.«

Er nickte und während Katta herumhantierte, fuhr er fort. »Bei dem Verfahren, das Jan höchstwahrscheinlich angewendet hat, bleiben gewisse Rückstände. Es ist ein gelblicher Schaum. Kann sein, dass von außen nichts zu sehen ist – wohl aber von innen! Die Polizei hat anscheinend nicht wirklich gründlich geschaut. Sie haben die Bremsen nicht auseinandergenommen. Aber ich habe das getan. Ich habe sie komplett auseinandergenommen. Da ist nichts, Katta! Du hast dich geirrt!«

Sie brachte zwei volle Tassen an den Tisch, stellte Milch und Zucker daneben und legte silberne Löffelchen dazu.

»Warum bist du so ruhig?«, fragte Felix.

»Möchtest du vielleicht lieber, dass ich ein bisschen weine?«, erkundigte sie sich.

»Du bist der seltsamste Mensch, der mir jemals begegnet ist. Fand ich schon immer. Aber jetzt bist du richtiggehend verschroben geworden.«

»Danke. Immerhin bin ich heute Komplimenten gegenüber wesentlich aufgeschlossener als früher.«

Daraufhin saßen sie sich frostig gegenüber und rührten in ihren Kaffeetassen. Nur ab und zu hoben sie den Blick und sahen sich an. Ziemlich schräg, dachte Katta. Aber nach ihrem Erlebnis mit Fürstprimas vor einigen Stunden war sie ernsthaft gewillt, die Dinge einfach geschehen zu lassen. Dann lag da etwas in Felix Augen, wo sie ansetzen konnte.

»Okay. Es gibt bestimmt eine Menge, wofür ich mich bei dir entschuldigen muss. Das tue ich hiermit.« Sie nahm einen Schluck Kaffee. »Und nein, ich bin nicht ruhig. Ich bin zutiefst verstört und traurig. Weil ein Mensch, dem ich vertraut habe wie einem Freund und Bruder, in den ich mich verliebt habe, mit dem ich verheiratet war, den ich zu kennen glaubte – weil dieser Mensch vermutlich Menschen getötet hat! Okay, dann hat er eben nicht versucht, mich umzubringen – aber er hat sehr wahrscheinlich Menschen ums Leben gebracht, die ich kannte, Menschen, die ich geliebt habe. Und das ist unfassbar! Und unbeweisbar noch dazu!« Es gab eine lange Pause. »Warum bist du hier?«

»Weil ich nicht feige bin«, sagte Felix.

Sie sah wieder lange in seine blauen Augen. In ihrem Inneren rumorte es. Der vertraute Klumpen hatte sich zu einem riesigen Geschwür ausgewachsen, das schmerzhaft gegen ihre lädierten Rippen drückte. Aber sie war sich bewusst, dass sie hier und jetzt durch musste. Die schrecklichen Dinge aussprechen, die ihre Eingeweide zusammenklumpten.

Und Felix war der richtige Mann dafür.

Nicht Hiltrud, die irgendwie alle liebte und verstand und mittlerweile selbst seltsame Geschichten erzählte, nicht Maria, die von Liebesschmerz, Kummer und Zweifel gepeinigt wurde. Nein, genau dieser Felix, der Jan von früher kannte, der ihn nicht mochte, nie gemocht hatte. »Okay, dann lass uns drüber sprechen. Seine Eltern. Warum mussten die sterben? Warum, Felix?«

»Mein Gott, weißt du das wirklich nicht? Weißt du wirklich nicht mehr, wie sehr er seinen Vater gehasst hat?«

»Er hat nie viel von ihnen gesprochen«, sagte Katta lahm. Wappne dich.

Felix fuhr fort. »Na, vielleicht nicht mit dir. Er hat schon immer darauf geachtet, dass seine Katta ihn nur von seiner besten Seite zu sehen bekommt. Bei Max in der Werkstatt hat er kein Blatt vor den Mund genommen. Wie sehr er ihn hasst. Ständig kam er mit neuen Methoden an, wie er seinen Vater umbringen könnte. Langsam und schmerzhaft. Vor allem, wenn der ihn wieder mal zusammengeschlagen hatte.«

Katta biss die Zähne zusammen und hielt die Augen unverwandt auf Felix gerichtet.

»Ich weiß noch, wie er einmal in der Werkstatt erschien. Es war Sommer. Er war grün und blau am ganzen Körper, mit aufgerissener Lippe und zugeschwollenem Auge. Und mit bitter schwelendem Hass auf seinen Alten.«

»Er hatte damals diesen schrecklichen Fahrradunfall mit dem Mountainbike«, flüsterte Katta.

»Jan ist überhaupt nur Mountainbike gefahren, um das als Ausrede für seine Blessuren benutzen zu können.«

»Er ...«, setzte Katta an, aber Felix unterbrach sie sofort: »Er war nie so, wie du ihn gesehen hast! Du hast nur gesehen, was er dich sehen lassen wollte. Und das war einfach. Denn du siehst dir Menschen überhaupt nicht an!«

Katta setzte sich abrupt auf. Jetzt auch noch Felix. Ihr fiel eine ganze Menge ein, was sie dazu hätte sagen können, und dann plötzlich nichts mehr.

»Und seine Mutter?«

»Es hat ihn fertiggemacht, dass er sie nicht beschützen konnte. Sie ihn ja auch nicht. Sie hatte dem Alten nichts entgegenzusetzen, war zudem eine hoffnungslose Alkoholikerin.«

Katta atmete tief durch.

»Nach diesem gefakten Mountainbike-Unfall hat er aufgehört, sich lauter abartige Todesarten auszudenken, und blieb bis in die Nacht in der Werkstatt. Ich glaube, ab da hat er angefangen, mit dem Zeug zu experimentieren, das die Bremsen außer Kraft setzt, und konkret zu planen.«

»Gut. Seinen Vater hat er gehasst, seine Mutter möglicherweise verachtet; vielleicht war es auch gar nicht geplant, dass sie mit im Wagen saß. Max ist ihm jedenfalls auf die Schliche gekommen, hat ihn wohl zur Rede gestellt. Also hat er ihn ausgeschaltet, bevor er ihm gefährlich wurde. Das klingt alles vollkommen wahnsinnig, *by the way.*« Katta sprang auf und lief einmal durch die Küche. Dann setzte sie sich wieder. »Und was war mit *meiner* Mutter?«

»Sie muss es auch herausgefunden haben. Damals auf deiner Hochzeit, als ...«

»Du warst auf meiner Hochzeit?«

»Ja, Katarina Wolff! Ich war auf deiner Hochzeit! Und ich habe mich nicht mal durch die Hintertür eingeschlichen, ich war sogar eingeladen!« Felix schnappte nach Luft. »Auf deiner Hochzeit muss ihr was klar geworden sein. Sie hatte so eine Gabe, Dinge wahrzunehmen. Vermutlich hat sie es mehr gespürt als gewusst. Impulsiv, wie sie war, hat sie ihn sicher darauf angesprochen.«

Katta starrte Felix an. Das Blut war irgendwie aus ihr gewichen. Sie fühlte sich nahezu schwebend. »Du kanntest meine Mutter?« Sie war fassungslos.

»Du bist ja weiß wie die Wand, Katta!« Felix stand auf und schenkte ihr ein Glas Whiskey ein. Erst als sie einen Schluck getrunken hatte, sprach er weiter. »Deine Mutter und meine Mutter waren befreundet. Hey, du hast aber auch wirklich gar nichts mitgekriegt! Wie oft war sie bei uns, wenn sie die Nase voll hatte von deinem Vater! Sie war unwahrscheinlich freundlich, hat mir Tipps gegeben, wenn sie mich in der Schule wieder mal fertiggemacht haben. An der Spitze dein Jan.« Die letzten Worte spuckte er geradezu aus.

Katta kippte den Rest Whiskey hinunter und schloss die Lider. Sie wartete darauf, dass der Schmerz nachließ. Er ließ nicht nach. Niemanden, keinen einzigen hatte sie gekannt und alle verloren, auf die ein oder andere Art. Sie hielt, ohne die Augen zu öffnen, Felix ihr Glas hin und der goss einen doppelten nach.

»Oh Gott. Ich weiß noch, wie erschüttert er war, als wir die Nachricht erhielten, nicht lange nach unserer Ankunft in Prag.«

»Wie lange wart ihr schon in Prag, als die Nachricht kam?«

»Warte. Wir sind direkt nach der Feier gefahren, nachts. Dann haben wir den ersten Tag«, sie zögerte, »verschlafen. Am zweiten haben wir uns die Stadt angesehen. Da kam der Anruf. An diesem Morgen war es ... ist sie ...«

Felix runzelte die Stirn, seine Augen brannten fast ein Loch in ihre Netzhaut, so intensiv starrte er sie an. »Dann kann er es nicht gewesen sein. Das Zeug hält nicht lange. Maximal vierundzwanzig Stunden ab dem Moment, wo du es aus dem Gefrierschrank nimmst und im Auto deponierst, je nach Außentemperatur.«

»Meine Mutter hatte also einfach nur einen Unfall?«

»Damit kann Jan jedenfalls nichts zu tun gehabt haben.«

»Aber der Mann ist eine tickende Zeitbombe! Was ist, wenn er merkt, dass wir in seiner Vergangenheit herumstochern? Ihm auf die Spur kommen? Was soll ich nur tun, Felix?« Katta fühlte sich, als ob ihr jemand eine Pistole auf die Brust gesetzt hätte.

»Dich und deine Freundin beschützen. Und kein Auto fahren, an das er herankommen kann.«

»Na großartig. Dann gehe ich wohl für den Rest meines Lebens zu Fuß. Am liebsten würde ich hingehen und ihn zusammenschlagen. Ich habe keine Angst vor ihm!«

»Wenn du tatsächlich keine Angst hast, was ich übrigens geradezu dämlich finde, aber wenn, dann stell ihm eine Falle.«

»Eine Falle?«

Schläge

Die Falle sollte sich fast von selbst stellen. Aber zunächst einmal wachte Katta am Mittwochmorgen mit dem Vorsatz auf, ihren Vater zu sprechen, etwas, was sie schon längst hätte tun sollen. Die Temperaturen waren immer noch mild und es war diesig, die Art Nebel, die sich den ganzen Tag über halten würde. Man konnte kaum die Hand vor Augen sehen. Sie machte sich also direkt nach dem Frühstück auf den Weg den Berg hinunter, durch das Dorf und am anderen Ende wieder den Berg hinauf. Als Karl Neugebauer damals das gemeinsame Nest für sich und seine Gattin und die zu erwartende Kinderschar gebaut hatte, hatte es nicht weit genug vom Geburtshaus seiner Frau entfernt liegen können. Er verabscheute den gesamten Wolff-Clan. Ein Wunder, dass sie überhaupt im Dorf geblieben waren.

Es war ein weiträumiges, aber schlichtes und wohlproportioniertes Haus, das in einem schönen Garten lag. Hier hatte sich der architektonische Sachverstand ihrer Mutter durchgesetzt. Als Katta an der Haustür klingelte, war es nicht einmal halb acht. Sie musste lange warten, bis ihr Vater erschien, den sie allem Anschein nach direkt aus dem Bett geholt hatte. Prächtig!

»Guten Morgen, Väterchen«, begrüßte sie ihn gutgelaunt. Er blinzelte sie aus zusammengekniffenen Augen an und war noch zu keiner Erwiderung fähig.

»Ich hatte das dringende Bedürfnis, dich zu sehen«, strahlte Katta ihn an, »denn ich muss dich etwas Wichtiges fragen, das nicht bis mittags warten kann. Offensichtlich die Zeit, zu der du normalerweise aufstehst.«

Er gab ein unwilliges Brummen von sich, hielt ihr aber die

Tür auf und schlurfte in die Küche. Natürlich hatte er eines von diesen riesigen Gerätschaften, die jeder Espressobar alle Ehre gemacht hätte. Wenigstens schien er sich auch im Halbschlaf damit auszukennen.

Katta hatte keine Lust, lange herumzutrödeln. Die Frage, die ihr unter den Nägeln brannte, würde ihn endgültig wach machen.

»Worüber habt ihr gestritten in der Nacht, bevor Mama starb?«

Ihr Vater fuhr herum und griff nach der Stuhllehne. Er brauchte geraume Zeit, bis er antworten konnte. »Du hast aber auch eine Art, einen mit Dingen zu überfallen! Ich hätte dich in ein Internat geben sollen, als noch Zeit dazu war!«

»Ich bin inzwischen erwachsen, Vater. Also?«

Er schien nach Worten zu suchen. »Wir hatten Streit, weil deine Mutter einen ihrer merkwürdigen Momente hatte.«

»Merkwürdige Momente?«, fragte Katta ratlos. »Bitte etwas konkreter!«

»Du weißt, wie sie sein konnte. Sie war eben überzeugt, dass sie besondere Dinge wahrnehmen konnte. Was weiß ich wie. So eine Art Hellseherei.«

So etwas Ähnliches hatte auch Felix gesagt. Sie hatte selbst erlebt, wie vollkommen abgedreht und versponnen ihre Mutter manchmal drauf war. Trotzdem. Sollte sie jetzt glauben, sie habe eine Glaskugel besessen? »Hellseherei?«, wiederholte Katta entgeistert, »und warum weiß ich davon so gar nichts?«

»Weil ich ihr verboten hatte, deinen Verstand mit diesem Unsinn zu vernebeln! Das war die Bedingung dafür, dass sie es überhaupt tun durfte.«

»... sie es tun durfte?«

»Ansonsten hätte ich es ganz verboten.«

»... ganz verboten?«, echote Katta verständnislos und kam sich vor wie eine Idiotin. Wut schäumte in ihr auf wie die Brause im Glas. Was hatte er ihrer Mutter denn zu verbieten? Was für ein unglaublicher Scheiß war das denn jetzt wieder?!

Doch sie zwang sich wohl zum ersten Mal in ihrem Leben, in seiner Gegenwart ihre Wut zu unterdrücken. Wenn sie jetzt anfing herumzubrüllen, würde sie nichts mehr erfahren. Also würgte sie ihren Zorn hinunter.

»Was hat sie in dieser Nacht denn gesehen?« Überraschenderweise klang ihre Stimme verhältnismäßig ruhig.

»Irgendwas in der Aura von Jan. Übrigens der einzige Mann, der dir gewachsen gewesen ist. Eine Schande, dass du ihn verlassen hast. Meine bescheidene Meinung. Es war natürlich kompletter Blödsinn. Aber sie war völlig aufgeregt deswegen. Ihr wart gerade abgefahren nach Prag, da meinte sie, ihr müsstet euch wieder scheiden lassen, ich soll dich sofort zurückholen.«

Katta zwang sich mit aller Kraft zur Ruhe. »Was genau hat sie gesagt, Vater? Ihre genauen Worte.«

»Sie hat gesagt: Wir haben sie an einen ruhmlosen Mann verheiratet. Nein, *ruchlos* war das Wort. Niemand sonst würde so ein Wort gebrauchen. Ruchlos. Er sei ein Mann ohne Gewissen, mit schrecklicher Schuld beladen. Sie klang wie ein verdammtes Orakel.«

»Und dann?«, drängte sie, als nichts mehr kam. Sie bemerkte, dass sie inzwischen den Saum der Tischdecke zwirbelte, und ließ ihn abrupt los. »Und dann?«

»Ich habe ihr gesagt, dass wir natürlich nichts dergleichen täten. Da hat sie angefangen zu weinen und sich die Haare zu raufen. Tatsächlich, die Haare, völlig zerrauft! Ich habe sowas noch nie vorher gesehen. Sie war vollkommen außer sich. Ich war ja einiges gewohnt, aber das hatte eine neue Dimension.«

»Und weiter?«

»Na, sie war hysterisch, vollkommen hysterisch. Jenseits von gut und böse.« Katta merkte, dass er sich zu rechtfertigen begann. Jetzt kam der Teil , den er nur ungern preisgeben würde.

»Was ist dann passiert?«, insistierte sie.

»Sie hat geweint, geschrien, mit Gegenständen nach mir geworfen.«

»Nachdem du *was* gesagt hattest?«

»Gesagt, gesagt«, äffte er sie nach. »Na, was wohl. Dass sie schwachsinnig ist. Ein schwachsinniges Weib, das keinen Tropfen Alkohol verträgt und dann durchdreht. Dann hat sie nach mir geworfen!«

»Ha! Mit was denn?« Nun konnte Katta den Hohn kaum mehr unterdrücken. Ihre Mutter war der friedfertigste Mensch, den sie jemals gekannt hatte. »Vielleicht mit einem Kissen?«

Anscheinend lag sie damit nicht so falsch, denn ihr Vater senkte den Blick. »Ich habe Fehler gemacht, Katarina. Auch ich habe Fehler gemacht. Und ich hab dafür gebüßt. Schwer gebüßt.« Er ließ den Kopf hängen.

Katta kämpfte mit sich. Sie könnte es jetzt so stehen lassen. Er würde wohl nichts Genaueres über Jan sagen. Aber sie zwang sich, auf Hiltruds Rat zu hören und weiterzufragen.

»Was, verdammt, hast du mit ihr gemacht, dass du nicht damit herausrücken willst?«, brach es aus ihr heraus.

»Damit sie endlich still war«, brüllte er zurück, »damit sie endlich ruhig ist, hab ich ihr eine runtergehauen!« Dabei holte er mit der Hand aus, gleichsam die Ohrfeige nachzeichnend. Katta sprang auf die Füße, doch da ertönte ein Schrei vom Flur her und Dalika, in türkise Gewänder gehüllt, stürzte auf sie zu, fiel von hinten in den ausholenden Arm und hielt ihn fest, während sie in einem irren Sprachgewirr losredete, von dem nur »Nein, Karl, nein!« zu verstehen war.

Der Vater ließ den Arm sofort sinken und sprach besänftigend auf Dalika ein, die offenbar in dem Glauben war, er habe Katta schlagen wollen. Schließlich hatte er sie wohl davon überzeugt, dass nichts zu befürchten war, denn sie ließ von ihm ab und kam zu Katta, umarmte sie und küsste sie auf beide Wangen. »Ich mach fruhstucken«, strahlte sie beide an und begann, in der Küche herumzuhantieren.

Katta ließ sich schwer auf ihren Stuhl zurücksinken. Was für ein Drama. – Sie würde standhalten bis zum letzten Akt.

Wie ein Matra murmelte sie zum gefühlt hundertsten Mal: »Und dann?«

»Ist sie ins Bett gegangen. Vorher hat sie mich noch einen Volltrottel genannt. Ganz leise. Dreimal. Du Volltrottel. Du Volltrottel. Du Volltrottel. In der Nacht hat sie sich zur Wand gedreht und ich dachte, dass ich jetzt wieder mit tagelangem Schweigen bestraft würde. Darin konnte sie eisern sein. Am nächsten Morgen ist sie ins Auto gestiegen und losgefahren. Tja.«

»Hast du sie oft geschlagen?«

Zum ersten Mal sah er wieder auf und ihr direkt in die Augen. »Nein. Katta. Das musst du mir glauben. Ich wollte sie um Verzeihung bitten, am nächsten Tag. Aber ich bin nicht mehr dazu gekommen. Ich war ihr nicht immer ein guter Ehemann, aber dass diese Worte die letzten waren, die wir zueinander gesagt haben, das war schlimm. Sehr schlimm.«

Katta sah ihn nur an, sah sein zerfurchtes Gesicht, den Gram, der darin eingeschrieben war. Gleichzeitig war sie sich bewusst, dass sie von Dalika kritisch beäugt wurde, bereit, beim geringsten Wiederaufflammen der Feindseligkeiten einzuschreiten. Sie hatte nicht vor, diese kleine, zierliche und so mutige Frau zu beunruhigen. Diesmal stand sie vorsichtig auf und nickte ihrem Vater zu.

Wer unschuldig ist, werfe den ersten Stein.

Jan und sie hatten sich mehrmals regelrecht geprügelt in ihrer kurzen Ehe, Katta hatte regelmäßig mit Gegenständen nach ihm geworfen, und keineswegs mit Kissen.

Jan hatte sie jedoch nie ins Gesicht geschlagen.

Sie nahm Dalika kurz in den Arm und ging.

Hellsichtigkeit

Draußen war es noch immer diesig. Der Nebel setzte sich in Kattas Kopf als Schwindel fort. Sie ging mit weit ausholenden Schritten dagegen an. Sie wusste nichts anderes zu tun, als den Blick fest auf den Boden zu heften und immer einen Fuß vor den anderen zu setzen. Dabei verlor sie allerdings die Orientierung, bis sie plötzlich vor dem kleinen Friedhof am Waldrand stand. Es war immer noch früh. Der Tag hatte kaum begonnen. Doch ihrer war irgendwie schon zu Ende.

Langsam suchte sie sich den Weg zum Grab ihrer Mutter und kauerte sich davor auf den Boden. Es war mild, milchige Schwaden trieben vorbei, was ihr das Gefühl vermittelte, mitten in einer Wolke zu stehen.

Ihre Mutter hatte es also gewusst oder geahnt. Ihr Gespräch mit Jan, das sie selbst und wohl auch Felix beobachtet hatte, musste das Fass zum Überlaufen gebracht haben. Bestimmt hatte sie Jan mit ihrem Wissen konfrontiert. Aber warum dann nicht sie, die eigene Tochter? Sie war doch auch anwesend!

Eher hatte sie im Gespräch mit Jan wohl den entscheidenden Impuls erhalten, seine Bedeutung aber erst später am Abend erfasst, als das Hochzeitspaar schon losgefahren war.

Hatte Jan über den siebten Sinn ihrer Mutter Bescheid gewusst? Hatten es vielleicht alle gewusst, außer ihr selbst?

Aber wenn sie doch erkannte oder ahnte, was Jan getan hatte, warum war sie dann in ihr verdammtes Auto gestiegen?

Vielleicht hatte sie es auch gar nicht so genau gewusst. Ihre Worte waren ja eher allgemein gehalten: ruchlos, ein Mann ohne Gewissen, mit Schuld beladen …

Nun, was wusste sie schon über Hellsichtigkeit.

Vielleicht war ihre Mutter an diesem Tag so verzweifelt über die Zukunft ihrer Tochter und den völlig eskalierten Streit mit ihrem Mann, dass sie sich selbst umbrachte? Oder auch nur abgelenkt genug, um nicht richtig aufzupassen? Es war neblig gewesen an jenem Novembermorgen, hatte die Polizei damals gesagt. Im Nebel konnte man leicht den Weg verfehlen ... Kattas Gedanken drehten sich im Kreis. Genau das war der Punkt: Undurchdringlichkeit. Niemand wusste etwas Genaues, es gab keine Gewissheit, nirgends.

Als sie aufstand, waren ihre Beine komplett eingeschlafen. Mühsam humpelte sie ein, zwei Schritte, kam ins Torkeln und sackte ein wenig zur Seite, um von starken Armen aufgefangen zu werden.

»Hoppla! Ich habe dich überall gesucht. Ich bin froh, dass ich dich hier finde. Welcher Ort könnte besser für uns sein?«

Kattas Herz setzte drei Schläge aus, als sie ihn erkannte.

Verzweifelt bemühte sie sich, die Blutzirkulation in ihren Beinen wieder in Schwung zu bekommen, konnte den linken Fuß aber kaum vom Boden abheben, spürte ihr gesamtes linkes Bein nicht.

»In der kleinen Kapelle dort drüben haben wir sogar einmal miteinander geschlafen. Weißt du noch?« Jan grinste dreckig.

Sie bewegte hektisch die Zehen, versuchte den Fuß zu schütteln. Noch besser wäre es gewesen, sie hätte ihren Oberschenkel reiben können, aber er hielt sie immer noch fest.

»Sieh mich an, Katti, Kätzchen!«

Widerwillig hob Katta den Blick zu seinem vernarbten Gesicht, schaute in seine smaragdgrünen Augen, die im Nebel unnatürlich hell leuchteten. Ihre Füße schmerzten jetzt, sie konnte auch die Knöchel schon wieder spüren, ihre Unterschenkel fingen an zu kribbeln wie verrückt. Aber sie hatte immer noch keine Kontrolle über das linke Bein.

Jans Gesicht kam näher.

»Wir waren ein verdammt cooles Paar, du und ich«, sanft fuhr sein Mund ihre Augenbrauen nach. »Katarina, Katrina, Katrein …« Genießerisch ließ er seine Zunge über ihre Lippen gleiten. »Ah. Wie gut du schmeckst«, raunte er. »Du warst so herrlich verdorben. Ein Naturtalent in Verdorbenheit. Komm, zeig mir, ob du's noch kannst.« Er öffnete die Lippen. Katta erwiderte den Kuss. Sie küsste Jan, der jetzt seinen Griff lockerte, um mit den Händen durch ihr kurzes Haar zu fahren. Und endlich spürte sie wieder beide Beine. Einen Moment noch wartete sie wie im Bann seiner Sinnlichkeit, packte langsam seine Jacke da, wo sie sie zu fassen bekam … dann stieß sie sich ein Stück von ihm ab und riss ihr Knie mit voller Wucht in die Höhe. Jan stöhnte auf.

Sie schlug mit aller Kraft zu. Mehrmals. Sie war nicht mehr im Training. Doch sehr, sehr wütend. In ihrer Detektivinnenzeit hatte sie hart trainiert. Alle Formen von Selbstverteidigung. Sie war gut. Sie war sogar sehr gut. Jan hatte sich für diesen Teil ihres Lebens nie sonderlich interessiert. Es traf ihn völlig unvorbereitet. Er landete mit dem Gesicht im Dreck. Mit einem Griff riss sie sich den Gürtel aus der Hose, zerrte seine Arme nach hinten und zog seine Handgelenke mit einer Schlaufe auf dem Rücken zusammen. Das würde ihn nicht ewig aufhalten, aber lange genug.

»Du Lügner!«, keuchte sie. »Du bist geschlagen worden, zusammengeprügelt wie ein Hund, all die Jahre, in denen du den coolen Held und Abenteurer gegeben hast! All deine Streiche! All der Spaß, den wir hatten! Dabei ging es gar nicht um Spaß. Es ging um Rache. Für jedes kleinste Unrecht hast du dich gerächt. Dein Vater hat dir großes Unrecht getan. Wie hast du dich wohl an ihm gerächt?«

»Er ist verunglückt«, stieß Jan hervor.

»Ach ja? Vielleicht hast du ihm aber auch vorher … etwas in den Kaffee getan?« Dann folgte sie einer Eingebung. »Ich fahre morgen in aller Frühe nach Hamburg und finde raus, was du dort in den letzten sieben Jahren getrieben hast! Ich werde das Puzzle schon zusammenfügen, verlass dich drauf!« Sie zog noch einmal die Schlaufe fest, dann wandte sie sich zum Gehen. »Bemüh dich nicht. Ich find allein hinaus.«

Er blieb liegen. Einen kleinen Vorsprung würde sie haben.

»Ich habe etwas Reines gefunden. Du machst mir das nicht kaputt! Das lasse ich nicht zu!«, schrie er ihr hinterher.

Katta hetzte durch den Ort, von der Angst getrieben, dass er plötzlich hinter ihr auftauchen würde. Warum sollte er sich die Mühe mit den Bremsen machen, wenn er ihr hier im Nebel einfach den Hals umdrehen konnte?

Doch die Falle stand.

Haare

Zu Hause fuhr Katta ihr Auto in die Garage und schloss sich im Haus ein. Jede einzelne Zimmertür, die sie hinter sich zuzog, schloss sie ab, dann rief sie Hiltrud an und bat sie, zwei Tage lang ihre Pferde zu versorgen, und legte sich hin. Sie schlief sofort ein vor Erschöpfung und träumte von galoppierenden Pferden, einer riesigen Herde, die über weite Prärien stürmte, als ein irrsinniger Lärm sie aus ihrem Traum riss. Jan stand ihr vor Augen, pures Entsetzen fuhr ihr in die Knochen.

Mühsam stand sie auf, der ganze Körper schmerzte, schloss jede einzelne Tür auf und schleppte sich in den Flur. Aber der Lärm kam nicht von der Haustür. Er kam von hinten, von der Küche her, die einen eigenen Ausgang zum Garten hin besaß.

Dort stand Maria. Die nicht wie Maria aussah. Sie trug einen ausgebeulten Mantel, aber daran konnte es nicht liegen. Maria schloss schnell die Tür hinter ihnen.

»Wir haben uns so ganz, ganz schrecklich gestritten! Ich musste einfach da weg!« Marias Augen leuchteten riesig aus ihrem blassen Gesicht. Jetzt begriff Katta. Es war ihr Haar. Sie fasste Maria an den Hinterkopf, ob sie ihre rotblonde Mähne nach hinten gebunden hatte, aber da war kein Zopf.

»Mein Gott! Er hat dich geschoren!«

Maria lachte ein Lachen zwischen Triumph und Wahnsinn. »Nein, das war ich! Ich hab sie mir abgeschnitten. Er hat diese Haare angebetet.«

Katta wartete auf Tränen, aber es kamen keine. Sie führte Maria ins Wohnzimmer. Ihr Körper schmerzte in einer Weise, die sie sich nicht erklären konnte. Es sei denn, sie sei wirklich längere Zeit in diesem irren Tempo galoppiert wie in dem Traum von vorhin. Vorsichtig ließ sie sich auf ihren Lieblingssessel sinken und winkte Maria auf den anderen. Doch die junge Frau blieb stehen. Katta erwog kurz zu fragen, worüber sie gestritten hatten, ließ es aber bleiben.

Jan wisse nicht, wo sie sei. Sie habe sich von Hiltrud mit dem Auto abholen und in den Ort zu Irmel fahren lassen und dann sei sie zu Fuß zurückgelaufen. Sie müsse nach Hamburg und ihren Onkel sehen. Jan wisse auch das nicht. Er würde sie niemals fahren lassen.

»Das trifft sich gut. Ich wollte sowieso nach Hamburg.«

»Heute Nacht?«, antwortete Maria überrascht.

»Nun, vielleicht ganz früh am Morgen?«

Sie nickte stumm.

»Dann sollten wir Felix anrufen«, schlug Katta vor. Mit einem Blick auf Marias eigenwillige Frisur ergänzte sie, »und noch etwas mit deinen Haaren machen.«

Und alle galoppierenden Pferde dieser Welt um Hilfe bitten, fügte sie für sich im Stillen hinzu, weil sie wahrnahm, wie sehr die junge Frau bei aller äußeren Gefasstheit innerlich vibrierte. Katta ging, um von der Küche aus Felix anzurufen.

Felix zu überzeugen, war nicht schwierig. Es brauchte nur ein kurzes Telefonat. Aber wie sollten sie Jan ablenken? Nach einigem Nachdenken rief Katta Michael an. Jan und Maria hätten sich gestritten. Ob er Maria einen Gefallen tun und mit Jan im Dorfkrug etwas trinken gehen könne, um auf ihren verärgerten Ehegatten besänftigend einzuwirken?

Michael weigerte sich strikt, in heterosexuelle Eheprobleme verwickelt zu werden. Da er und Jan auf einer Ebene, die Katta nie verstanden hatte, trotz aller Meinungsverschiedenheiten jede Menge Spaß haben konnten, blieb sie hartnäckig. Wenn man dazu das gute Dunkelbier vom Fass bedachte, das sie im Dorfkrug ausschenkten, konnte man sich darauf verlassen, dass Michael Jan eine Weile ablenkte. Schließlich einigte sie sich mit Michael darauf, dass ein schlichter Kneipenabend unter Kumpeln hilfreich genug wäre.

Als Ergebnis sahen sie vom Fenster aus Jan gegen zehn Uhr vom Nachbargrundstück wegfahren. Auf Michael war Verlass.

Fünf Minuten später kam Felix.

Nun begann der wirklich schwierige Teil, denn Maria wusste bislang nichts von Felix' Theorie. Als er sie ihr nun erläuterte, wurde sie blasser und blasser, nickte aber jedes Mal entschlossen, wenn er besorgt fragte, ob er weiterreden solle. Katta gab ihr Teil hinzu.

Als Maria schließlich sprach, wirkte sie um Jahre gealtert. »Deswegen müsstest du nicht extra nach Hamburg fahren. Was Jan in den letzten sieben Jahren dort gemacht hat, kann ich dir sagen.« Sie heftete ihren Blick auf Katta. »Er war fast zwei Jahre mit mir zusammen. Die fünf Jahre davor war er im Knast.«

Katta und Felix rissen die Augen auf.

»Mein Onkel hat das durch eine Detektei nachprüfen lassen. Oh, aber er saß nicht ein, obwohl er schon fast da gewohnt hat. Er hat dort ehrenamtlich gearbeitet, in enger Zusammenarbeit mit einem katholischen Pfarrer. In einem Jugendgefängnis. Den Namen kann ich dir geben. Mein Onkel war deshalb davon überzeugt, dass Jan ein guter Mensch ist. Ich habe nie drüber gesprochen, weil ich es irgendwie hinterhältig fand, jemanden heimlich überprüfen zu lassen. Also hielt ich es für das Beste, so zu tun, als wüsste ich es nicht.«

»Es war seine Art, Buße zu tun!«, stieß Katta hervor. »Um ein neues Leben anzufangen. Und wir zerren ihn zurück …«

»Schwachsinn!«, erwiderte Felix verärgert. »Niemand kann ihm was beweisen. Er muss einfach nur heute Nacht die Autos in Ruhe lassen und alles ist gut. Aber ich glaube nicht, dass er vorhat, sich friedlich und betrunken ins Bett zu legen.« Er sah von einer zur anderen. »Habt ihr euch nie gefragt, warum ihr zwei identische Autos habt?«

Felix musste nicht viel tun. Er tauschte die Nummernschilder und zwei Aufkleber aus, einen Fjordpferde-Aufkleber gegen einen Baby-an-Bord-Sticker, hängte die kleinen Feen von Marias an Kattas Rückspiegel um und saugte den Pferdedreck aus dem einen Auto, um ihn anschließend im anderen zu verteilen. Am Ende stellte er Marias Wagen in Kattas Garage und Kattas Auto vor Jans Haustür.

Katta schlüpfte derweil zur Mortauschen Villa hinüber, nahm in der Diele den Ersatzschlüssel für Marias Wagen vom Bord und hängte ihren eigenen hin.

Dann warteten sie zu dritt in Kattas dunklem Wohnzimmer, von dem aus man auf die Garage sehen konnte. Eine halbe Ewigkeit spähten sie in die Dunkelheit hinaus, ohne dass etwas passierte. Keiner sprach. Doch schließlich, um kurz nach eins, vernahmen sie das Geräusch von Jans Sportwagen. Sie hörten die Autotür zuschlagen und dann lange nichts mehr.

Die Nacht war sternklar, der Mond eine dicke Sichel wie aus dem Bilderbuch. Ein leicht silbriger Glanz lag auf den Tannen gegenüber. Alles sah so unfassbar friedlich aus. Katta begann zu hoffen, dass sie sich getäuscht hatten, lediglich in einem wahnsinnigen Phantasiegespinst verfangen waren. Doch dann nahm sie eine Bewegung in der Dunkelheit wahr. Eine Gestalt schlich heran. Gekonnt umging sie den Bewegungsmelder und näherte sich in weitem Bogen der Garage.

Sie erkannte ihn spätestens, als er den Garagenschlüssel aus dem Spezialversteck hervorholte und leise das Garagentor öffnete. Ihr wurde eiskalt. Sie traute sich nicht Maria anzusehen, tastete aber nach ihrer Hand und hielt sie fest. Marias war erstaunlich warm und kräftig und erwiderte ihren Händedruck.

Genau wie Felix vorausgesagt hatte, dauerte es keine Viertelstunde, bis Jan wieder herauskam. Womöglich hatte er im Suff die Manipulation ja gar nicht hingekriegt? Es war insgesamt kein besonders guter Plan, zu viele Schwachstellen, aber das Beste, was Katta eingefallen war.

Was danach kam, mussten Katta und Felix allein tun und es war der riskanteste Teil. Es blieb ihnen nichts übrig als sich darauf zu verlassen, dass Jan ins Bett gegangen und eingeschlafen war. Eine halbe Stunde gaben sie ihm Zeit, dann schoben sie zu zweit Kattas Auto die Straße entlang und stellten es vor Jans Haus, an exakt die Stelle, wo bis eben Marias Auto gestanden hatte. Es brauchte erstaunlich wenig Kraft, die Wagen zu bewegen. Die Straße war eben zwischen den Häusern, die keine zweihundertfünfzig Meter voneinander entfernt lagen.

Als sie Marias Auto den umgekehrten Weg entlangrollten, brach Katta der kalte Schweiß aus. Jeden Moment rechnete sie damit, Jans Stimme zu hören oder mit dem Jagdgewehr seines Großvaters über den Haufen geschossen zu werden. Als Felix in der Garage schließlich die Handbremse anzog, zuckte Katta zusammen. Das Geräusch schien durch die Nacht zu hallen. Bestimmt war es drüben bei Jan zu hören! Doch nichts geschah. Die Nacht umhüllte sie dunkel und klar und in einem höheren Frieden, der sich um die Angelegenheiten der Menschen nicht kümmerte. Felix fasste sie kurz an die Schulter und verschwand.

Schweißnass, gleichzeitig erhitzt und kalt, kehrte Katta in ihr Wohnzimmer zurück, wo Maria auf dem Sofa eingeschlafen war.

Sie fuhren um vier Uhr in der Frühe los. Es war eine lange Fahrt in der Dunkelheit, anstrengend für Katta und mit Sicherheit beschwerlich für Maria. Aber sie beklagte sich nicht. Sie war sehr ruhig.

Einmal, als Katta dachte, sie schlafe, sagte Maria: »Ich glaube nicht, dass er mich wirklich liebt. Ich habe intensiv darüber nachgedacht. Liebe muss anders sein. Zumindest hoffe ich das.«

Darauf wusste Katta nichts zu erwidern.

Unterwegs machten sie nur eine Pause und kamen gegen zehn in Hamburg an. Als sie ausstiegen, sagte Katta zu ihr: »Das mit deinen Haaren. Ich finde das sieht echt gut aus.«

»Danke«, murmelte Maria traurig und fuhr sich mit der Hand über den Kurzhaarschnitt, den Katta am Abend noch improvisiert hatte – mit einer Schere, mit der sie normalerweise ihren Fjords die Mähne trimmte.

Marias Onkel war ein alter Mann mit gütigem Gesicht und schmalen, eleganten Händen, dessen Gesicht aufleuchtete, als er seine Nichte erblickte, und der mit entschiedenem Takt kein Wort über ihre Frisur verlor. Während die beiden sich mit dem Notar besprachen, setzte Katta sich ins mit Rosenholz ausgestattete Wartezimmer und ließ die Vorgänge der Nacht noch einmal an sich vorbeiziehen.

Immerhin waren sie heil nach Hamburg gekommen.

Und wenn sie zurückkamen, würden sie die Polizei rufen und mit Felix' Hilfe Jans Manipulation am Auto seiner Frau nachweisen können – wenn es denn eine gab. Er wäre überführt.

Als Maria, ihr Onkel und der Notar aus dem Zimmer kamen, war Katta tief und fest auf ihrem Stuhl eingeschlafen.

Marias Onkel tat Kattas Ansicht nach das einzig Richtige. Er nahm sie mit zu sich nach Hause, gab ihnen ein gutes Frühstück und ließ sie schlafen. Sie schliefen bis weit in den Tag hinein. Als Maria danach aufstand, sah sie sich wieder ein bisschen ähnlich. Als nächstes suchten sie einen Friseur auf, der die junge Frau wieder in eine Schönheit verwandelte, und dann bestand Marias Onkel darauf, die beiden Frauen pickfein zu Kaffee und Kuchen auszuführen, um endlich ein bisschen Geburtstag zu feiern. Am Nachmittag waren sie wieder auf der Straße.

Panne

Am späten Donnerstagnachmittag fuhr Hiltrud an Kattas Haus vorbei, sie hätte nicht sagen können wieso. Alles sah in Ordnung aus, und schließlich waren Maria und Katta ja bald wieder zurück. Wahrscheinlich lag es an ihr selbst. Sie fühlte sich schon den ganzen Tag unruhig, hatte auch nicht gut geschlafen, was untypisch für sie war.

Da stand sie nun in der Dämmerung. Sie ging noch einmal um das Haus herum und wurde das seltsame Gefühl nicht los. Irgendetwas war hier ganz und gar nicht in Ordnung, aber sie konnte den Finger nicht darauf legen. Aufmerksam musterte sie Kattas Haus – nichts. Wahrscheinlich sah sie Geister.

Andererseits hatte ihr Gefühl sie hierher geführt, und ihrem Gefühl zu folgen war Hiltrud schon lange in Fleisch und Blut übergegangen. Sie ließ den Blick am Haus vorbei in beide Richtungen schweifen. In der, aus der sie gekommen war, lag nur der schmale Fahrweg, der in das kleine Kiefernwäldchen und zum Dorf führte. In der anderen Richtung, kurz vor der Villa von Jan und Maria, ein kleines Stück weiter die Straße hinauf stand ein Wagen, der offensichtlich eine Panne hatte.

Langsam schlenderte Hiltrud hinüber. »Hallo, Jan«, begrüßte sie den Mann, der unter der Motorhaube hantierte. »Probleme?«

Jan sah verärgert auf. »Ach, hallo Hiltrud.« Dann tauchte er wieder unter die Haube. »Er springt nicht mehr an. Ich verstehe es einfach nicht. Ich hatte noch nie Probleme mit dem Wagen.«

»Einmal ist immer das erste Mal«, philosophierte Hiltrud. »Kann ich dich irgendwo hin mitnehmen? Musst du in die Stadt?«

Jan sah wieder hoch. Hiltrud konnte es direkt seinem Gesicht ablesen, wie sehr er sich wünschte, dass sie wieder verschwand. Er wirkte ziemlich nervös, und das war nicht nur der Ärger über den kaputten Wagen ... Sie wünschte sich verzweifelt seherische Kräfte.

»Nein danke. Nicht nötig«, sagte er gereizt. »Ich hab gleich einen Termin, aber ich nehme Marias Auto. Sie ist bei einer Freundin. Zum Haare schneiden.«

»Oh!«, entfuhr es Hiltrud. Jan sah sie überrascht an. »Ich meine, ich würde dir gerne den Gefallen tun«, fügte sie hinzu.

Ich will nicht, dass er in dieses Auto steigt. Der Gedanke fiel über sie wie ein schweres Tuch, das für einen Moment alles Licht nahm. Hiltrud fühlte sich hilflos, was ihr noch selten im Leben passiert war. Sie sah Jan in die Augen. Was sie darin sah, ließ sie erstarren. Erst als er den Blick senkte, konnte sie wieder richtig atmen.

»Ich spüre Gefahr«, krächzte sie schließlich. Große Göttin! Sie war eine kauzige alte Frau und genau dafür hielt er sie auch. Sie konnte ihn nicht abhalten.

Jan fixierte sie kühl mit seinen smaragdgrünen Augen.

»Danke Hiltrud, aber ich komm bestens zurecht«, knurrte er zähneknirschend, dann hastete er hinüber in seine Villa, setzte sich in Marias Geländewagen und fuhr mit aufheulendem Motor los. Hiltrud starrte ihm nach. Etwas Furchtbares würde passieren. Dessen war sie gewiss.

Wehen

Katta ließ leichenblass das Handy sinken, auf dem sie eben mit Hiltrud gesprochen hatte. Sie saßen in einer Autobahnraststätte, eine Tasse Kaffee vor sich.

»Was ist los?«, fragte Maria.

»Was ist denn los?«

Eigentlich hatten sie nur angehalten, weil Maria dringend aufs Klo musste und Katta eine Zigarette brauchte. Dann hatten sie sich aber doch noch einen Kaffee gegönnt.

»Ist etwas mit Fürstprimas? Den Ponys? Ist Hiltrud okay?«

»Sie sagt, er hat dein Auto genommen«, erklärte Katta. Ihre Stimme hallte ihr blechern in den Ohren.

»Ach, Quatsch. Sei unbesorgt. Jan würde sich doch niemals in einen gebrauchten Geländewagen setzen. Der fährt ausschließlich Porsche. Er ...«

»Mit seinem Auto war was nicht in Ordnung.«

»... hat sogar versucht, einen Babysitz reinzuquetschen!«

»Hiltrud hat ihn gesehen, Maria! Er ist mit deinem Auto weggefahren.«

»Aber er würde niemals ...« Maria verstummte und sah Katta mit weit aufgerissenen Augen an. Hektisch zog sie ihr Handy heraus, rief seine Nummer auf. »Er geht nicht ran.« Plötzlich stöhnte sie auf. »Ich glaube, es geht los!«

Während sie weiterfuhren, verringerten sich die Abstände zwischen den Wehen rasant. Katta fuhr, so schnell sie konnte. Als sie endlich zu Hause eintrafen, kamen sie schon alle zwanzig Minuten. Irmel war sofort zur Stelle und Katta brauchte für endlos scheinende Stunden nichts anderes zu tun, als Handtücher im Backofen anzuwärmen und hoch in ihr Schlafzimmer zu bringen. Eines brannte an, aber es war nicht wichtig. Ab und zu wurde sie gerufen, um Maria zu stützen oder mit ihr ein wenig im Zimmer umherzugehen. Sie brachte kaltes Wasser und bereitete Kräutertees, die Irmel ihr gab. Zwischendrin mahlte sie frischen Kaffee mit einer Handmühle, den die Hebamme für irgendetwas brauchte, was sie gar nicht näher wissen wollte.

Maria, die bei den ersten Wehen nur das Gesicht verzogen hatte, stöhnte nun laut. Katta befolgte alle Anweisungen, immer froh, wenn sie ins untere Stockwerk laufen konnte und hoffte, dass es bei dieser Art von Hilfsmaßnahmen blieb. Inzwischen musste es schon mitten in der Nacht sein. Sie hatte jedes Zeitgefühl verloren. Gerade holte sie Sofakissen aus dem Wohnzimmer, als sie einen Polizeiwagen vor dem Nachbarhaus halten sah. Sie ließ die Sofakissen auf einen Sessel sinken und sah gebannt aus dem Fenster.

Zwei Polizeibeamte stiegen aus und klingelten bei Jan. Als niemand öffnete, gingen sie in beiden Richtungen am Gebäude entlang, aber die Villa war gesichert wie Fort Knox. Man konnte an keiner Stelle einfach aufs Grundstück gelangen. Die Beamten kehrten zurück und klingelten erneut. Sie warteten einen Moment, sahen sich um und kamen dann auf ihr Haus zu. Die Kissen fielen aus Kattas Händen. Es war soweit. Es war geschehen. Und nun würden sie es ihr sagen. Sie wusste es.

Wenn es dann eintraf, war es doch immer anders.

Etwas in ihr sank in die Tiefe. Sich kaum bewusst, was sie tat, ging sie vor zur Eingangstür und wartete dort auf das Klopfen. Es dauerte. Zu lange. Während die Zeit sich aberwitzig ausdehnte, starrte sie die eigene Haustür an. Das alte Holz mit den Jugendstilverzierungen, die sie vor ewigen Jahren weiß angestrichen hatte. Der weiße Lack platzte an den Rändern ab. Genau von der Mitte, wo Jan in einem letzten Streit um die Scheidung einen Stuhl dagegen geschlagen hatte, zog sich ein

Riss schräg nach rechts unten. Sie wusste nicht mehr, warum es ausgerechnet ein Stuhl gewesen war, wo im Flur doch gar keine Stühle standen, und noch weniger, worum es genau gegangen war. Nun war der Riss noch da. Jan aber war tot.

Dann klopfte es endlich.

Sie zählte bis zehn, öffnete dann die Tür. Es waren eine Frau und ein Mann. Beide mussten so um die vierzig sein und sie hatten wache, intelligente Augen.

»Ja?«, fragte sie. Miss Marple hätte sie damit niemals getäuscht.

»Entschuldigen Sie bitte. Frau Wolff?« Es war der Mann, der sprach.

»Ja?«

»Wissen Sie zufällig, wo ihre Nachbarin sich aufhält? Maria Mortau?«

»Ja.« Wenn sie es bei diesem einen Wort beließ, kam sie vielleicht damit durch.

»Wo?«

Verdammt. Katta schluckte. »Sie ist hier.«

Die beiden Beamten sahen sich überrascht an.

»Wir müssen dringend mit Frau Mortau reden. Wir konnten sie nicht erreichen. Es geht um ihren Mann. Könnten Sie sie bitte wecken?« Jetzt sprach die Frau. Sie sprach sanft und einfühlsam. Deswegen war sie vermutlich mitgekommen: um die schlechte Nachricht zu überbringen.

»Sie schläft nicht.«

Wieder wechselten die Beamten einen Blick. »Wir müssten Frau Mortau bitte direkt sprechen. Können Sie sie holen?«

»Das geht nicht. Das klingt jetzt vielleicht merkwürdig, aber sie bekommt gerade ein Kind.« Und wie um ihre Worte zu bekräftigen, ertönte ein gellender, langgezogener Schrei von oben. Die Beamten machten entsetzte Gesichter. Katta fügte schnell hinzu: »Die Hebamme ist oben. Ich muss ihr dringend etwas bringen. Sie brauchen mich dort. Wir konnten Jan nicht erreichen.«

Und das war wahr. Nachdem Maria versucht hatte, Jan auf dem Handy zu warnen, und dabei von einsetzenden Wehen überrascht worden war, hatte Katta die Geistesgegenwart besessen, noch mehrmals Jans Festnetz und Handynummer zu wählen. Was seine Frau unter normalen Umständen wohl ebenso getan hätte. Vielleicht hatte sie in ihrem Leben auch nur zu viele Krimis gesehen. Ein erneuter Schrei drang zu ihnen.

»Ich muss hoch! Was ist mit ihm?«

Die Beamten verständigten sich mit einem Blick.

Dann sprach sie es aus: »Er ist tödlich verunglückt. Offensichtlich mit dem Auto seiner Frau.«

Katta schlug die Hände vors Gesicht. Etwas Besseres fiel ihr nicht ein. Schließlich war sie keine verdammte Schauspielerin. Sie fragte sich gerade, ob sie wieder bis zehn zählen sollte, als ein Klagelaut sie auffahren ließ. Ihre Hände sanken nach unten, sie starrte den Polizisten direkt ins Gesicht. Die Polizisten starrten zurück.

War dieser Ton von ihr gekommen?

Da schrie Maria gellend, und gleichzeitig rief Irmel nach ihr. »Mein Gott!«, stieß Katta hervor und musste sich keinen Augenblick mehr fragen, ob es echt klang. Die Polizisten los zu werden war nun ein Kinderspiel.

Als sie oben ins Zimmer trat, rieb Irmel mit kräftigen Bewegungen Marias Rücken. Doch als sie Katta sah, ließ sie Maria kurz allein und kam ihr entgegen.

»Endlich!« Sie sah Katta fest in die Augen.

»Oh verdammt. Ich habe die Kissen vergessen!«, erwiderte diese schuldbewusst.

»Lass die Kissen, Katta! Die Fruchtblase ist eben geplatzt. Der Muttermund ist geöffnet. Es geht los!«

Katta japste. »Was ist mit Krankenhaus?«

»Zu spät. Maria braucht dich jetzt. Kannst du das?«

Es war keine besonders schwere Geburt. Zumindest sagte Irmel das. Keinerlei Komplikationen. Als es wirklich mit den Presswehen losging, fasste Maria, die kniete, Katta an den Schultern und Katta umklammerte sie und hielt sie und feuerte sie an. Als sie einmal verstanden hatte, wie das Ganze funktionierte, hatte sie keinerlei Hemmungen mehr. Es hatte direkt einen sportlichen Aspekt. Am Ende der letzten Presswehe hielt Irmel einen kleinen Jungen in den Händen, den sie nur kurz untersuchte und abtrocknete und dann in die Arme seiner Mutter legte. Erschöpft, aber glücklich lag Maria im Bett, ihren Sohn auf dem Bauch, der bald schon anfing, nach der Brust zu suchen, und gierig trank.

Katta war in ihrem ganzen Leben nie so stolz auf sich selbst gewesen wie in diesem Moment.

Engel

Erst am anderen Morgen erzählte Katta von ihren nächtlichen Besuchern. Maria reagierte gefasst, aber ihre Augen wurden dunkel vor Schmerz. Sie drückte das Kind noch ein bisschen fester an sich. Hiltrud kam gegen zehn Uhr vorbei, was Katta die Gelegenheit gab, in den Stall zu fahren. Sie sattelte Fürstprimas und galoppierte mit ihm die langgezogenen Waldwege ganz bis zum Kamm hinauf. Sie ließ den Wallach das Tempo bestimmen und er rannte, als wäre eine Herde Teufel hinter ihm her. Der Wind trieb ihr die Tränen in die Augen. Erst als das Pferd von selbst langsamer wurde, parierte sie durch, stieg ab und führte das letzte Stück zu Fuß.

Hier stand die alte Eiche, unter der sie mit Jan Blutsbrüderschaft geschlossen hatte. Sie legte ihre Hand auf die raue Rinde und dann schrie sie. Gellend und laut war ihr Schrei.

Sie schrie allen Schmerz hinaus, bis endlich Tränen ihre Wangen hinunterliefen und sie Salz auf den Lippen schmeckte. Sie weinte lange. Fürstprimas stand ruhig ganz nah bei ihr.

Langsam ritt sie schließlich zurück und weinte den ganzen Weg. Weinte um Jan, weinte um den Jungen, den sie so gut zu kennen glaubte und irgendwann verloren hatte, der unbemerkt zum Mörder geworden war, weinte um den Mann, den sie niemals durchschauen konnte, weinte um ihre unglückliche, hellsichtige Mutter, der sie keine Hilfe gewesen war, und um Max. Sie weinte um Marias Glück und darum, dass ihr Sohn seinen Vater niemals kennenlernen würde. Und am Ende weinte sie endlich um sich selbst.

Als sie zurückkam, war Hiltrud noch da. Sie hatte ein Kuschellamm fürs Baby und Stilltee für die Mutter mitgebracht. Irgendwann saßen sie alle auf dem Bett und bewunderten das Kind, das sie mit großen hellblauen Augen betrachtete.

»Wo soll ich jetzt bleiben?«

Für weitreichende Entscheidungen war es ein bisschen früh, fand Katta, aber Hiltrud sagte vorsichtig: »Ich nehme an, dass die Villa jetzt dir gehört.«

»Da kann ich nicht mehr hin«, antwortete Maria mit einem Schaudern.

»Dann bleib erst mal hier«, bot Katta spontan an. »Wir holen alles, was du brauchst«, sie verbesserte sich, »was ihr braucht.«

Schließlich holten sie die Dinge sofort und saßen dann wieder um das Baby herum, das friedlich neben seinem Lamm lag. Erstaunlicherweise war es Hiltrud, die diese Idylle störte. »Maria, warum hat Jan eigentlich geglaubt, dass du bei einer Freundin warst. Zum Haare schneiden. Über Nacht ...?«

»Eine von seiner Liste«, seufzte Maria. »Friseurin. Und nötig hatte ich es ... nach dem Streit. Ich konnte ihm sogar eine Visitenkarte geben. Hatte ich von Helena.«

»Ach ja, Helena.« Hiltrud blinzelte nun zu Katta hinüber, offensichtlich hungrig nach Erklärungen.

Katta wählte ihre Worte sorgfältig: »Ich glaube inzwischen, Helena hat für Jan bloß ausspioniert, was im Stall lief, zwischen Maria und mir. Da haben sich wohl zwei Kontrollfreaks freundschaftlich verbunden. Elsa hat mich zum Nachdenken gebracht, über ... so einiges. Ich nehme an, an dem Abend hat er Helena schlicht Geld für ihren Überwachunsdienst gegeben.« Nur für einen Moment sah Hiltrud erstaunt aus. Dann nickte sie zufrieden.

»Und deine Heckscheibe?« Maria zögerte kurz. »Hat Jan sie zertrümmert?«

»Das war Maik«, antwortete Katta. Anscheinend war jetzt wirklich Fragestunde.

»Maik?«, rief Hiltrud überrascht aus.

»Ja. Darauf hast du mich gebracht. Der Geruch. Elsa und so. Geruchsmenschen.« Sowohl Hiltrud als auch Maria sahen sie verständnislos an. »Auf Rolfs Party habe ich Elsa ein Kompliment gemacht. Das war ihm offenbar schon zu nah dran an seiner Elsa. Erst hat er mir Schmähbriefe geschrieben. Und als mich das nicht von Elsa ferngehalten hat, eher im Gegenteil ...«

»Briefe?«, hakte jetzt Maria nach.

»Ja. Ich dachte erst, sie seien von Helena. Aber da war dieser Geruch an dem Papier. «

»Helena ist Maiks Cousine«, fiel Hiltrud ein.

»Voilà! Da hatte sich Jans Überwachungskamera also mit Elsas Eifersuchtsgott verbündet«, rief Katta aus. »Damit ist ja dann alles klar!« Hoffentlich war das hier zu Ende, bevor Hiltrud zum Kern der Sache vordrang. Maria wirkte sehr fragil, sehr blass.

»Ich verstehe das nicht«, insistierte sie jetzt. Ihre Stimme war recht dünn. »Wieso Geruch?«

»Maik riecht nach Holz und Vanille«, erläuterte Katta. »Auf eine unangenehme Art. Ich habe das auf Rolfs Party gerochen. Und auch an Halloween, es ist mir nur nicht gleich eingefallen, weil ich bei der einen Gelegenheit ... egal. Ein Hauch davon hing auch an den Briefen, und irgendwann vorher war es mir auch schon unangenehm aufgefallen. Inzwischen habe ich das Parfum herausgefunden. Gängige Marke. Viele Kerle benutzen das Zeug und kommen sich damit vor wie der Boss. Aber Maik nimmt eindeutig zuviel Duft und zu wenig Deo. Darum riecht das in der Mischung so seltsam ...«

»Okay, okay«, unterbrach Hiltrud ihre Ausführungen, sah erst Katta, dann Maria forschend an. »Mädels. Klärt ihr mich jetzt auf? Was steckt hinter dieser Autogeschichte?« Maria zuckte zusammen und wurde womöglich noch blasser.

»In einer ruhigen Minute«, versuchte Katta abzuwehren. »Ich erklär dir alles in einer –«

»Ihr hattet das geplant«, platzte Hiltrud heraus. Unvermittelt herrschte totale Stille.

»Ja«, sagte Katta schließlich und nun klang ihre Stimme fadendünn. »Aber wir hatten nicht geplant, dass er Marias Auto nimmt. Wir wollten es nach unserer Rückkehr nur der Polizei vorführen. Felix hätte ihnen genau zeigen können, wo die Bremsen manipuliert waren. So hätten wir Jan auf frischer Tat ertappt.«

Leise schaltete sich Maria ein. »Dass der Sportwagen nicht ansprang, war Schicksal.«

Just als sie das sagte, musste Katta plötzlich an Felix' Gesichtsausdruck in dieser Nacht denken.

Das Schicksal konnte vielerlei Gestalt annehmen.

Die Tage vergingen. Für Maria spielte sich eine gewisse Routine ein zwischen stillen, Windeln wechseln, Baby herumtragen, weinen, schlafen und wachen. Einmal am Tag kam Irmel und sah nach Mutter und Kind. Der Kinderarzt machte einen Hausbesuch. Hiltrud brachte frisch zubereitetes Essen, sodass Katta nicht kochen musste. Sie ging nur aus dem Haus, um schnell die wichtigsten Besorgungen zu erledigen oder kurz nach den Pferden zu sehen. Maria beschränkte sich auf den Garten, um mit dem Baby, das sie sich dazu um den Bauch band, kurze Spaziergänge zu unternehmen. Sie blieb viel im Bett, wo sie jede Minute schlief, die das Baby schlief, oder wanderte mit dem Säugling auf dem Arm durchs Haus.

An einem dieser Tage klingelte es. Irmel und Hiltrud waren schon da gewesen und Katta fragte sich, wer das sein konnte. Als sie die Tür öffnete, stand zu ihrer Überraschung Rolf davor.

»Ich lasse mich scheiden.« Er sah sie forschend an. »Ich sehe, du weißt es schon!«

Eine Weile schienen beide nicht weiter zu wissen. Katta verlagerte das Windelpaket auf ihrer Hüfte, das sie eigentlich zu Maria hatte bringen wollen.

»Wer hat es dir gesagt?«, fragte Rolf.

»Als Erstes?«, fragte Katta zurück. »Ich glaube der Gemüsehändler. Abgesehen von der Frau im Naturkostladen, der Apothekerin, der Hebamme, Hiltrud, Mareike, der alten Frau Meyer und der Tochter vom Bäcker.«

»Ich wusste nicht, dass ich Ortsgespräch bin.«

»Tatsächlich nicht?«

Es gab eine Pause, in der sie hilflos herumstanden, sich stumm ansahen und wieder wegschauten. Sie konnten sich nicht lange in die Augen sehen. Rolf lächelte, zeigte dann auf die Windeln und sagte: »Das steht dir.«

»Nein, nein, nein, nein! Das ist definitiv nichts für mich. Du vergisst, dass ich bei der Geburt dabei war!«

Und wieder standen sie da. Rolf holte tief Luft und sah ihr direkt in die Augen.

»Hast du deine Meinung geändert, Katta?«

»Nein.« Das kam klar und sehr entschieden. Sie musste nicht überlegen.

»Nein?« Er klang verletzt.

»Nein«, wiederholte sie etwas sanfter.

»Verdammt, Katta! Dann warte wenigstens auf mich!«

Er hatte tatsächlich für einen Moment die Fassung verloren. Wie reizend er dabei aussah … Sie blinzelte ihn von unten herauf an, setzte ihr verführerischstes Lächeln auf, schob sich die Windeln extra kokett auf der Hüfte zurecht und sagte gedehnt: »Das könnte ich vielleicht sogar tun …«

Er sah sie mit einem unergründlichen Blick an, wandte sich dann mit einem Schulterzucken ab, das Katta ausgesprochen sexy fand. Als sie seinem sich entfernenden Rücken nachstarrte, fuhr ihr unerwartet die Sehnsucht durch alle Glieder. »Du Idiotin«, schalt sie sich selbst und beobachtete jede seiner Bewegungen, als er ins Auto stieg. Wie vertraut sie waren.

Mit einer vollendeten Gefühlsmischung, deren Hauptanteil Wehmut war und deren andere sie jetzt nicht analysieren wollte, sah sie ihn abfahren. Doch da rief Maria nach ihr und den Windeln und ihr fiel wieder ein, dass dort oben im Schlafzimmer ein Baby gewickelt werden sollte und eine junge Frau wartete, deren Schmerz größer sein musste als ihrer. Entschlossen ging sie nach oben.

Maria wickelte ihr Kind. Sie küsste es dabei sanft auf den Bauch, auf die winzigen Hände und Füße, machte sonderbare Geräusche und das Baby gluckste zurück. Katta fühlte sich bei diesem Anblick hin- und hergerissen. Es war goldig, das Kleine, und dennoch ... ganz konnte sie es nicht nachvollziehen. Zu viel Geschrei und Gestank für ihren Geschmack. Anschließend legte Maria sich wieder ins Bett und kuschelte sich an das Kleine. Sie schien erschöpft. Bald lag sie mit geschlossenen Augen und atmete ruhig. Das Baby saugte an ihrem kleinen Finger. Katta brachte ihr das Tablett mit Tee und Wasser und ein paar Keksen ans Bett und wollte gerade leise den Raum verlassen.

»Katta«, kam da eine leise Stimme aus dem Bett. »ich möchte in den Stall.«

Katta zögerte. »Äh, ich glaube, Irmel war der Meinung, du solltest dich noch ein paar Tage ausruhen.«

»Ich möchte in den Stall!«

»Soll ich sie anrufen und fragen?«, versuchte sie es diplomatisch.

»Ich möchte in den Stall!!!«

»Okay«, gab Katta nach, die wusste, wann sie verloren hatte. »Okay. Wir fahren hin. Es ist nicht so kalt heute. Ein guter Tag für einen ersten Ausflug mit dem kleinen Spatz. Warum bin ich nicht selbst darauf gekommen?«

Dann ging sie und bereitete alles vor.

*

Eine knappe Stunde später waren sie dort. Katta und Hiltrud dicht hinter sich, ging Maria langsam und entschlossen zur hinteren Box der Stute, die sie Coco getauft hatte. Im Arm hielt sie ihren Sohn, den sie zusätzlich zum Schneeanzug noch in eine weiche Wolldecke gehüllt hatte. Dort blieb sie stehen und rief leise. Die Stute schnaubte und kam sofort heraus. Als sie den Auflauf vor ihrer Box sah, zögerte sie, aber als Maria erneut ihren Namen rief, kam sie heran. Vorsichtig hielt sie die Nase an das Bündel in Marias Arm und sog tief den Duft ein, dann blubberte sie sanft. »Er ist mein Sohn«, erklärte Maria ganz ernsthaft. »Du musst ihm einen Namen geben.«

Hiltrud sah Katta an und murmelte: »Sie ist noch verdrehter als du. Und das will was heißen!«

Maria und die Stute schienen in ein lautloses Zwiegespräch versunken. Dann erschien auf dem Gesicht der jungen Frau ein Lächeln. »Jetzt weiß ich, wie er heißen soll! Er heißt Gabriel. Er braucht einen wirklich machtvollen Engel an seiner Seite.«

»Definitiv«, sagte Hiltrud zu niemand Bestimmtem.

Printausgabe gedruckt auf säurefreiem,
alterungsbeständigem Werkdruckpapier
Printed in Germany

ISBN 978-3-89741-419-8

Covergestaltung: Atelier KatarinaS / NL
unter Verwendung der Fotografie »Pferd und Herbst Natur«,
© Copyright Vicuschka / photocase
Druck und Bindung: cpi Leck

www.ulrike-helmer-verlag.de